徳間文庫

月《げっ》神《しん》祭《さい》

夢枕　獏

徳間書店

目次

人の首の鬼になりたる

1

ほんにまあ。

退屈は、飢《う》えた魔《マーラー》よりも始末の悪いものでございますよ。

「何かおもしろいことはないか」

我が殿アーモンさまが、わたくしを呼びつけてそう言ったのは、ビサーカ月の黒の八日のことでございます。

その時は、無憂樹《むゆうじゅ》の赤い花の香りが、甘く風の中に漂っておりました。

「さあ、おもしろいことと申しましてもなあ」

わたくしは椅子《いす》に腰を下ろし、テーブルの向こうのアーモンさまに申しました。

「あまりに何事もない日々が続くと、退屈で身体がとろけてしまうからな」

アーモンさまは、持っていた讃歌《ヴェーダ》を樫材《かし》のテーブルの上に投げ出し、澄んだ人なつっこい瞳を、哀願するようにわたくしにむけました。まるで、退屈の悪魔に、今にもとり殺されてしまいそうなご様子でございます。

十歳にもならぬうちから、象と力比べをしたいとわたくしにだだをこねた、可愛いぼっちゃまの頃と少しも変わっておりません。

まったく、我が殿アーモンさまほどつかみ処のないお方もおりますまい。

ご気性はむろんのこと、まず、お身体が人並みはずれて大きゅうございます。老人のわたくしが見ましても、ほれぼれするほどがっしりしておりますし、裸になれば、艶《つや》やかな肌の下に、逞《たくま》しくうねる筋肉の束がぴんと張っているのでございます。身長も、わたくしなどより頭ひとつは高く、武勇神インドラは、かくもあるかと思えるほどでありますよ。

そのぼっちゃまが、太い両腕をどっかりテーブルの上に投げ出して、首を傾け、切なそうな愛くるしい目でわたくしを見つめているのでございますな。

「女でもお呼びいたしましょうか」

「女か」

アーモンさまは、大きくのびをして息を吸い込みました。

「女はもう飽きた」

吐き出す息でつぶやきました。

もっともなことでございますよ。

二十歳の半ばを越える今日まで、アーモンさまが望めば、大抵の女は手に入りましたし、望まずとも言い寄って来る女には事欠かぬ状態でありましたから――。

「そう言えば、おもしろい芸人が王城の方に来ておるそうでございます」

わたくしは、昨日聞いた話を想い出して、申しあげました。

「ほう」

アーモンさまの瞳《ひとみ》が小さく輝きました。

「国王《ラージャン》もことの他お楽しみのご様子で――」

「その芸人は何をする？」

「踊るのでございます」

「踊る？」

「はい。シヴァ神の舞いを、讃歌《ヴェーダ》に合わせて踊るのですが、それだけではありませんぞ。身を反《そ》らせ、裸の臍《へそ》の上に水が口元まで入った水差を置き、その水を一滴もこぼさずに踊るのだそうです」

「それだけか」

「その舞い手というのが若い娘でありましてなあ。絵を描くのでございますよ」

「絵？」

「踊りながら、陰処《ほと》に筆を挿《さ》して絵を描きまする。戦《いくさ》に出る前のインドラ神、沐浴《もくよく》中の娘を誘惑するシヴァ神、聖典《ヴェーダ》の神々を、国王さまの見ている前でみごとに描きあげたとか――」

「いかんなあ」

アーモンさまの瞳に宿りかけた光が、いつの間にか消えておりました。

「あそこに筆などを突っ込むというのは、おれは好かんな」

ゆるく首をふって、アーモンさまは目を伏せました。

「いつぞやの幻術師はいかがですかな」

「あれも所詮《しょせん》は手妻《まやかし》の類《たぐい》であろう。少し前にも、空を飛ぶとかいうのがおったろうが」

「ははあ」

わたくしも想い出しました。

ふた月ほど前、空を飛べるとかいう男が、我が殿の住むこの舎《や》までやって来て、なにがしかの金を要求したことがありました。

殿はその男に金をあたえ、毎日ここで飲み食いさせたのですが、男は何日たってもいっこうに飛ぼうとしませんでな。昨日は風が悪い、今日は日がよろしくない、明日は星の位置がどうのこうのと、しかし飲み食いだけは一人前以上にするのですな。

おおかた、我が殿を、そこらの金の余った世間知らずとふんでのことだったのでしょうよ。しかし、我が殿は鷹揚《おうよう》ではありましても、事の真意を見ぬく目だけは、人より数段優れておりましてな。

アーモンさまは、男をからかっては、その言いわけの方を楽しんでおられたのですよ。ところが、男にはそれがわかりませなんだ。

ある晩、殿の大切にしておられた母君の形見の短剣を盗んで逃げようとしたところを、殿に見つかりましてなあ。

「なるほど。今宵こそはぬしが飛ぶところを見せてくれるのか」

アーモンさまはそう言って、男をひょいと抱えあげ、この舎の上まで登り、

「さあ、みごとに飛べるかな」

わたくしの見ている前で、小石でも投げるように、ぽいと石造りの手すりの向こうへ男を投げ捨てました。

小舎とはいえ、地面まで十クローナ（約十五メートル）近くはありましたからなあ。

あの時の男の悲鳴は、今でも耳を離れませぬよ。

ぼっちゃまを騙《だま》すことなど、叡智《えいち》の誉《ほま》れ高いヴィシュヌ神でさえ、なかなかできることではありませぬわ。

「ああ、ひとつ忘れておりました」

わたくしは、つい三日ほど前に聞いた話をふいに想い出しました。

「何だ」

「半月ほど前、沙門《しゃもん》のなりをした盗人が捕えられたのはお聞きおよびでございましょう」

「ああ」

「その盗人は、名をバッダカと申すのですが、つい十日前に首をはねられまして、その首がナーガの森の入口にさらされたということでございます」

アーモンさまがうなずくのを見て、わたくしは続けました。

「その首が、夜になるとあやかしをするのだそうな」

「ほほう」

我が殿は、テーブルの上にぐっと身をのり出しました。

「首がさらされて二日目の晩、近くを通りかかった商人の一家が、闇夜の中を飛びながら笑う、丸い黒い影を見たそうです。一家四人が同じ証言をしておりますから、見まちがいぶつ唱えておりましたそうな」
「はい。身の毛がよだつような笑い声をあげながら、そのあい間に、恐ろしい呪法《じゅほう》をぶつ
「それがバッダカの首と」
や聞きちがいではありません」

「たまらぬな」

我が殿は、瞳を輝かせ、舌なめずりでもしそうな顔つきでございます。

「以来、今日までに、猿が口をきいたとか、人の顔を持った虎を見たとか、一爪《ナン》にも満たない小人の群が、月光の下でかまびすしく宴《うたげ》を開いているのを見たとか、様々なあやかしの噂が後をたちません。つい三日前には、ひとりであやかし退治に出かけた、白竜隊の騎馬隊長が死にました」

「ラーハンがか」

「さようで」

「ラーハンは、王城でも指折《ゆびおり》の剛《ごう》の者だぞ」

「はい。部下の者が、翌日森へ行くと、そこにラーハンの死体が倒れていたそうです。このように首がねじ切られ、臓物をきれいに掻《か》き出された腹の中に、その首が、もの凄《すご》い形相で押し込まれておりましたそうで――」

「おもしろいな」

「は？」

「おもしろいと言ったのだ」

アーモンさまが、ぬうっとお立ちあがりになりました。

瞳はあらぬ彼方を見つめ、愛《いと》しい女子を眺めるような、何とも言えぬ微笑を、その顔にうかべておりました。

「ヴァシタ」

アーモンさまが、わたくしの名を呼びました。

「おれは決めたぞ」

「は？」

「すぐに宴の用意をしろ。シタールを弾く者がいたな。それから女だ。踊りがうまく、とびきり美しい娘がいい。あそこに筆を突っ込んで踊るとかいう娘の話をしていたな。その娘でもよいぞ」

「何事でございますか」

わたくしがいぶかしむと、我が殿は、嬉々《きき》とした顔で言ったのでございます。

「今宵は、首を肴《さかな》に、ナーガの森で酒盛りよ」

2

まこと退屈とは恐ろしいものでございますなあ。

我が殿アーモンさまが、かような所業《しょぎょう》をなさろうというのも、全ては退屈から始まったことでございます。アーモンさまは、わたくしがお止めするのもかまわず、からからと大らかに笑いながら馬をひき出しました。

わたくしたちは、まだ陽《ひ》のあるうちに舎を出、ナーガの森へと向かいました。森までは、ここからおよそ半ヨージャナ（約三・五キロ）と少しほどでございます。

森の西八ヨージャナ向こうは、もうコーサラ国との国境でしてな、こんどのことがあってから、ほとんど人影も見えぬ所でありますよ。

我々の総勢は七名。

殿とわたくしめ。それから従者がふたり。シタールをやる楽師の男がひとり。若い娘の踊り子がふたりでございます。

「なかなか美しい娘たちだが、例の絵を描く娘はどうした」

馬上から、広々とした平原を眺めながら、のんびりとアーモンさまが申されました。

「はい。とんでもないと国王《ラージャン》がおはなしになりませんでした」

「なるほど」

殿は笑みをうかべてうなずきました。

「もっともな話だな」

さて、馬を進めて行きますうちに、陽は傾き、前方にナーガの森が見えてまいりました。陽は森の背後に没しかけ、長く伸びた森の影が、我々のすぐ足許まで届いております。右手の地平線の上に、遥《はる》か雪山《ヒマヴァット》が残照をあびて、長く連なっております。雪の峰々が、黄金色に染まり、蒼《あお》い透明な大気の底に、静かに呼吸しているようでありました。

東の地平の上に、血のように赤い、大きないびつな月が登りかけておりました。

森の入口に近く、大きなピッパラ樹がそびえており、その下に、木造りの首のさらし台がありました。

つるりと頭を剃《そ》りあげた、ほの白く美しい首でございました。目は閉じられており、きれいに通った鼻筋が、上品な雰囲気をかもし出していました。

十日もここにさらされたというのに、首は、まだ生きてでもいるように見えます。暗い光の中でも、唇の、微《かす》かに薄赤いさまが見てとれます。

「なかなかの美形ではないか」

アーモンさまは、馬からおり、首の正面に立ちました。首は、ちょうどアーモンさまの腰の高さの所にさらされております。

「アーモンさま」

わたくしは言いました。

「悪いことは言いませぬ。今すぐこの場を立ち去るのが、賢い方のすることでございますぞ、見なされ――」

わたくしは首を指さしました。

「なんだ」

「この首は、つい先ほど切られたようにまだ新しく見えまするな」

「それがどうした」

「これこそが、すでにこの首があやかしであることの証拠でございます。ただの首であれば、とうに腐っておるはず」

「ふふん」

おもしろそうに我が殿は鼻を鳴らしました。

「ヴァシタ、あやかしであればこそ、おれはこうしてやってきたのではないか。恐ろしいのならば、おまえは先に帰って寝て待っておってもよいぞ」

アーモンさまは、皆に宴の用意をお命じになり、ご自分は馬をそのさらし台におつなぎになりました。

宴の用意が整い始める頃、アーモンさまは、辺りを見まわしながらつぶやきました。

「さあて、どうしたものかな」

「どういたしました」

わたくしが言いますと、

「小用をもよおしてな」

アーモンさまは、例の首の所までゆくと、やおら御前をお開きになり、男が女に対してお使いになるやんごとなきものをとり出して——。

おお。

つまり、我が殿アーモンさまは、ご自身のお小水を、バッダカの美しい顔めがけておかけあそばされたのでございます。

「ぼっちゃま！」

わたくしが叫びますと、小用をおすましになったアーモンさまがふり返りました。

「ぼっちゃまはよせと言ってるだろうが」

「いいえ、ぼっちゃま。かようなことをなされては、ぼっちゃまはとても無事には朝をむかえられませぬぞ」

「それがねらいよ」

涼しげにアーモンさまは言いました。

「こうしておけばな、こやつの恨みのあやかしは、皆、おれの方に来ようというもの。おまえや他の者にゆく分が、おれの方にまわって来れば、それこそがおれの望むところよ。おまえ達に、害がおよんではまずいであろうからな」

3

陽が沈みきると同時に、空にどっと星がきらめき始めました。

あたりの夜気の中に、しんしんと瘴気《しょうき》が満ちてまいりました。

首の正面に絨緞《じゅうたん》がしかれ、宴が始まりました。

シタールの音が響き、女たちが舞い、酒が何度も杯を満たし、夜はさらにふけてゆきました。

月が地平をはなれるにつれ、だんだんと青白く輝きはじめてまいります。

「どうだな、ヴァシタ。おまえも仙人のはしくれであれば、何か感じられるだろう」

「はい」
わたくしは答えました。
さっきから、森からもやもやとたちこめている透明な糸くずのような瘴気が、ゆっくりとまわりの大気に群がり始めているのです。
「森の中や、このあたりの〝魔〟が、あの首の影響を受けて集まってきているようだな」
「ほっておけば、それらがより集まって、巨大な魔《マーラー》の一匹になることでしょう」
シタールの音が、やけにたよりなく、細く聞こえます。微妙な音のあやを、集まった瘴気が喰っているのでございましょう。
シタールの音に、小さく、いつの間にか、何か別の音が和しておりました。
笛のようでございます。
どこから聞こえて来るのか、それは、だんだんと大きくなり、近づいてくるようです。
キイ
キイ
チイ
チ
チ

細やかな、小虫のさえずりに似たざわめきが、その笛の音と共に近づいてまいります。

ふいに、踊り娘の悲鳴が闇を裂きました。

見ると、我々の絨緞を囲んで、土の上にびっしりと小人の群が踊っているのでございます。

小人——といっても、人間の形をしているのではありません。いずれもが虫や蜘蛛《くも》の姿をしているのです。人が、人の頭や手足を持ったまま、胴体の格好だけが、虫や蜘蛛やらの姿形をしているのでございます。

人の指ほどの大きさでありましょうか。

素裸の小人達が、青い闇の底で、奇怪な六本足や八本足の手足をくねらせて踊る様は、人の魂をささくれ立たせるおぞましさがございました。

踊り娘は舞いをやめ、シタールは音をとめておりました。

「おもしろい趣向ではないか」

無頓着《むとんじゃく》なアーモンさまの声が響きました。

「踊りもシタールもやめることはないぞ。奴らに負けぬようにやるのだ」

その途端でございます。

踊り娘のひとりが、うっと呻《うめ》いて喉《のど》を掻きむしりながら倒れました。

「いかん！」

わたくしとアーモンさまは同時に立ちあがりました。

悶《もだ》える娘をアーモンさまが仰向けに押え込み、わたくしが娘の口の中へ指を突っ込みました。

他の四人は、呆然《ぼうぜん》とわたくしたちを見守るばかりでございます。

わたくしは、大急ぎで、娘の口の中と喉にいっぱい詰まっているものを指で掻き出しました。

強い臭気があたりにたちこめました。

娘が、激しく咳込《せきこ》みました。大きく喘《あえ》ぎながら、むさぼるように大気を肺の中に飲み込もうとして、喉を鳴らします。

「危ないところでございました」

わたくしは立ちあがり、娘を見下ろしながら言いました。

「なんだそれは」

アーモンさまが、わたくしの指に付いているものに目をとめ、声をかけてまいりました。

わたくしの指には、今しがた娘の口から掻き出したものがべっとりと付いていたのです。

「糞《くそ》、でございますよ」

わたくしは申しました。

「糞?」

「この娘自身の糞でございます。〃魔〃の一匹が、娘の尻の穴から体内に入り込み、口から出て行く時に、口の中に娘の糞を残していったのでございますな」

「ほう」

「なに、小ものの〃魔〃でございますよ。気の弱い者がまっ先にねらわれますが、殿ぐらいであれば、まず心配のいらぬものです。尻の穴がむずむずいたしましたら、うんときばりまして放屁《ほうひ》のひとつもなされば充分でございますわね」

「首には直接関係のないものらしいな」

「はい、始めからこの森に住む〃魔〃のうちの一匹でございましょうな」

娘に水をあたえてからあたりを見回しますと、もう、あの小人たちの群は跡形もなく消え去っておりました。

かわりに、首のさらし台の下の闇に、何か黒いものがうずくまっています。

月明りに、よく目をこらして見ますと、それは、一匹の猿でありました。

抱え込んだ膝《ひざ》の間から、小さな赤く光る目が、じっとこちらをうかがっていました。

そのすぐ上に、バッダカの首がほの白く闇に浮かんでおります。

　見つめておりますと、猿の姿が、少しずつですが、大きくなってくるようでございます。気のせいではありません。猿は、見つめるうちにもむくむくと大きくなってゆきます。猿はとうとう人間ほどの大きさになりました。

　――と。

　アーモンさまが、軽い足取りで猿に近づいてゆきました。わたくしがおとめする呼吸を失うほどの何気ない動きでありました。アーモンさまが、拳《こぶし》をふりあげ、軽く猿を殴りつけました。

　猿はびくともせず、むくりとひとまわりほど大きくなりました。大きなアーモンさまと同じくらいの大きさでございます。

　こんどは猿が、アーモンさまに殴りかかりました。拳がアーモンさまの胸にあたり、どんと大きな音がいたしました。常人であればそれで気絶してしまうほどの一撃でございます。

　しかし、我が殿は、平然と立っております。

　アーモンさまがまた拳をふりあげ、こんどはさっきよりも強い力で猿を殴りつけました。猿の身体が、一瞬、ゆらりと揺れました。

　猿の身体が、むくむくとさらに大きくなり、アーモンさまよりもふたまわりも大きくふくれあがりました。

猿が殴りかかりました。

すごい音がして地が揺れましたが、アーモンさまは涼しい顔で立っております。

「遊びはこれまでだぞ」

アーモンさまは、手かげんのない一撃を猿に向かって放ちました。

不気味な絶叫があがり、ふっと猿の姿が消えてしまいました。

絶叫が尾をひいて夜空に残り、それが、いつの間にか笑い声に変わりました。

さらし台の上の首が、かっと赤い口をあけて笑っているのです。唇の両端が耳元までできゅうっと吊りあがり、鮮やかな桃色の舌が、歯の内側でひらひら踊っております。閉じたままの目が、何とも不気味でございました。

楽師の男が、何事か声を喉につまらせて走り出しました。

走り出した途端、楽師は前につんのめるようにして倒れたのでございます。

わたくしが歩み寄りますと、うつぶせに倒れた楽師の肩の上の頭がねじくれ、完全に後ろ向きになって夜空を見上げておりました。

恐怖に見開かれた目が、まだ、自分に何がおこったのか知らぬ様子でわたくしを睨《にら》んでいました。腰衣を着けただけの彼の姿が、奇妙に哀れっぽく見えました。

わたくしの見ているうちに、ごそりと、上半身裸体の楽師の肩の肉が、どこかに消えて失くなりました。見ると、肉の消えた後に、何かの獣の歯形がくっきりと残されておりました。

いやな音をたて、こんどは頬《ほお》の肉がこそげ、白い頬骨がのぞき、そこから湯気があがりました。むっとする血の匂いが空気にあふれました。

――肉と骨とを咀嚼《そしゃく》する音。

まるで、目に見えぬ獣が、楽師の肉をむさぼっているようでございます。

わたくしの首筋の毛が、一本ずつ、ていねいにそそけ立ってゆきました。

ふいに、アーモンさまのことが頭をよぎりました。

――ぼっちゃま。

わたくしは、あわてて、さらし台の方のアーモンさまをふり返りました。

見ると、首は、もう笑うのをやめ、その前に我が殿がじっと立っているばかりでございました。

「殿――」

わたくしが声をかけると、苦しそうなアーモンさまの声が聞こえてまいりました。

「ヴァシタか――」

まるで、全身を貫く痛みを、必死でこらえているような声でありました。

見ると、両足をふんばったアーモンさまのお身体が、小刻みに震えているではありませんか。

わたくしはアーモンさまの正面に回り、月明りにその顔を見て、驚きの声をあげました。

我が殿アーモンさまの顔は、充血して赤黒くふくれあがり、両肩と首の筋肉が、堅く、岩のようにぶっくり盛りあがっているのでございます。

握られた両の拳がぶるぶると震え、呼吸もままならぬようなご様子です。

炎のような気が、アーモンさまの全身からゆらぐように立ち昇っています。

これほど力をこめているぼっちゃまの姿を見るのは、初めてでございました。

「どうなされました、ぼっちゃま！」

わたくしは叫びました。

すると、ぼっちゃまは、苦痛に歪《ゆが》められた口元を微かにほころばせ、やっとのご様子でにやりと笑ったのでございます。

「何ものかがな、今、おれの首をねじ切ろうとしているらしい」

呻きながら、我が殿は、絶えだえにそう言ったのでございますよ。

4

わたくしは、最高の悪魔祓《あくまばら》いの呪法《ヴェーダ》を唱え、ありったけの念を込めて、気をアーモンさまの背後に叩きつけました。

アーモンさまの背後に黒雲がうねり、それが黒い獣の姿に凝結いたしました。

黒い虎が後脚で立ちあがり、二本の前脚でアーモンさまの頭を抱え込んでいるのでございます。

その虎の頭は、人面をしておりました。

わたくしは、衣の懐から短剣を取り出し、その虎に飛びかかろうといたしました。

すると、いきなりその虎の身体が、ふわりと宙に浮きあがりました。

アーモンさまの左手が虎の左前脚をつかみ、右手が後ろに回されて、虎の胸の毛皮をしっかりと握っておりました。そのまま、アーモンさまは前かがみになるようにして、虎を頭上にさしあげたのでした。

アーモンさまは、虎を、さらし台のバッダカの首めがけて投げつけました。

さらし台にぶつかる寸前、虎は再び黒雲となり、霧のように首の回りに渦《うず》を巻きはじめました。

同時に、闇のあちこちから、ざわざわと不気味なものの気配がわきあがりました。

森から、空中から、さっきまでもやっていた瘴気の群が形をとりはじめ、我々めがけて集まって来るのでございます。姿の見えぬものが、地を這《は》い、宙を踊りながら、飢《う》えた鼠《ねずみ》の群が獲物に群がるように近づいてまいります。

ぞわぞわ
ぞわぞわ
身の毛のよだつような、耳に聞こえぬ音をたてながら——。

アーモンさまは、荒い息を吐きながら、わたくしの横に並びました。

「どうやら、おれたちはとんでもないものを相手にしているらしいな」

アーモンさまの首の両側に、ぞっとするような爪跡が痣《あざ》になっておりました。

瘴気の群が、さらし台の首の周囲に集まり、黒い霧と一緒になって渦まいております。

首は、その瘴気の中に完全に包まれてしまいました。

ふつふつとたぎるような気が、ごりっ、ごりっと音をたてるようにして塊《かたま》りになってゆきます。

みしみしと、空気を軋《きし》ませ、想像を絶した憎悪の圧力がとどいてまいります。

黒い霧の中央に、不思議とバッダカの首だけははっきり見えておりました。

ほの白く光る、美しい男の顔。

かっ、とバッダカの首が目を開きました。

青白い鬼火が両眼に燃えておりました。

剃《そ》りあげた頭部を喰い破るようにして、ぬうっと一本の角が生えてまいりました。角の根元からは、赤黒い血が滴《したた》っております。

口がべりべりと両耳まで裂け、唇がめくれあがり、長い牙《きば》がのぞきました。首の頭部と口元は、自分の血で赤黒くだんだらに染まっています。

ふっ、と首が宙に浮きあがりました。

頭上のピッパラの梢《こずえ》が、それにつれてざわめきます。

あの、美しい顔の表情が、首から完全に消えておりました。

コオオオ……

ココココ……

木枯らしに似た音が響いてまいりました。

クオオオオ……

ぎ　ぎぎぎ……

その音は、首の口からもれているのでございます。

首の両眼から、赤い血が頬を伝っておりました。

なんと、バッダカは、歯を軋《きし》らせ、木枯らしに似た声で泣いているのでありました。赤い血は、バッダカの涙であったのです。

身体があるのなら、肉体を押しもみ、狂おしく身悶《みもだ》えするような様《さま》でありました。

「泣いておるのか」

アーモンさまが、バッダカに声をかけました。

「そうよ、俺は泣いておるのさあ」

首が、しゅうしゅうと風のような声で答えました。

「ほほう。そのような姿になってまで、まだ涙を流さねばならぬとはな。きさま、よほどに業の深い男と見える」

「おお。たとえどのような姿になり果てようとも、我が妻にひと目会わずにおくものか」

「おお、おおおお」

「聞けば、ぬしは子供と女を殺し、わずかの食い物と金を奪ったそうだな」

「飢えておったのよ。ひもじかったのよ。あの時食い物を奪わねばどうせ死んでいたこの身さあ。おまえにはわかるまいよ。士族《クシャトリヤ》のおまえにはなあ」

「ぬし、沙門のなりをしていたらしいが、元は奴隷《シュードラ》の出だな」

「いかにもさようさ」

首を打ち振りながら、首が吐き捨てました。

口元から青い炎がめらめらと燃えあがります。

「何があった」

「我が妻が逃げたのよ」

「逃げた？」

「三年も昔のことよ。それで俺は、主人の家を抜け出し、沙門となって妻の後を追うて来たのさ」

「なるほど、沙門の姿は方便か」

「いや。俺も始めは妻のことを忘れようとしたさ。しかし、あの白い身体が忘れられなくてなあ、あの声が耳を離れなくてなあ――」

おうおうと声をあげながら、血みどろの首を振りたくった。

「三月ほど前にな、妻らしい踊り娘がいるという噂を聞いて、たまらなくなったのさ」

「後を追う途中で、そのようなはめになったのだな」

「おお、おお。愛しや、愛しや、我がスーリニよ……」

バッダカのその言葉を聞いた時、わたくしの頭に閃《ひらめ》くものがございました。

スーリニというのは、国王さまが気に入っている、陰処《ほと》で絵を描くというあの娘の名だったのでございます。

わたくしは、そのことを、アーモンさまの耳に素早く囁《ささや》きました。

我が殿はうなずいて、バッダカに声をかけました。

「会わせてやろうか」

「何だと」

バッダカが口から血を滴らせて言いました。

「スーリニに会わせてやろうかと言っているのさ」

一瞬、びくんとバッダカの動きが止まり、次の瞬間大口を開けて笑い始めました。

「騙《だま》されるものかえ――」

ぞっとするような、かすれた、しわがれた声でした。

「ふふ、はは、ひいっ。はは、騙されぬぞえ、士族《クシャトリヤ》さまにはもう騙されぬぞえ」

ぐうっと気の塊りが、首の中央に凝り集まりました。

「おまえの女、スーリニとか言うのは、陰処《ほと》に筆を突っ込んで絵を描くそうだな」

アーモンさまがそう言った途端、首が襲いかかってきました。

首が、アーモンさまの喉笛《のどぶえ》に喰らいつこうとした瞬間、殿の左腕がさっと伸び、首は、その左腕にがっぷりと噛《か》みつきました。

左腕を噛みつかれたまま、アーモンさまは、残った右腕で、がっしりと首を抱え込みました。

首は激しく頭を振って逃げようとしましたが、びくとも動けません。

なにしろぼっちゃまは、十歳のおり、象と綱引きをしたくらいですからなあ。

「そうやってしばらくおれの血をすすっておれ。腹がふくれぬうちにスーリニに会わせてやる」

アーモンさまはそう言って、両手を使わずにひらりと馬にまたがりました。

「ヴァシタ、馬の手綱《たづな》をほどけ。そうしたら自分の馬に乗ってついて来い。あとの者は先に家に帰っておれ」

「ぼっちゃま、どこへまいりますので？」

「親父《おやじ》殿の所さ。王城までな」

わたくしが自分の馬にまたがった時には、アーモンさまは手綱を口にくわえ、疾風《しっぷう》のように駆け出していました。

「おれの母殿は、ぬしと同じ奴隷《シュードラ》の出よ」

我が殿が、抱え込んだ首に、そう囁くのが聞こえました。

5

わたくしたちは、窓から、そっとスーリニの部屋の中に忍び込みました。

わたくしがまず入り込み、その後、アーモンさまを引っぱりあげたのでございます。

静かな寝息が闇の中に響いておりました。

わたくしたちが近づくと、柔らかな寝息が止み、娘が頭を起こす気配がありました。

「誰？」

おびえたスーリニの声が聞こえた時、アーモンさまの腕の中で、バッダカがびくっと震えたのがわたくしにもわかりました。

大きな、うるおいのある黒い瞳が、窓からの月明りに、濡《ぬ》れて光っているのが見えます。

「誰です？」

もう一度娘の声が聞こえました。

闇の中に、微かな嗚咽《おえつ》の声が響いておりました。バッダカの首が、アーモンさまの左腕をくわえたまま、号《な》いているのでした。

バッダカには、声の主が誰であるのか、もうわかっているのです。

わたくしが、壁の灯《あか》り皿に小さく灯を点《とも》した時、スーリニが悲鳴をあげなかったのは、まさに賛嘆にあたいすると申せましょう。

スーリニは息を飲んで我々を見つめ、そしてアーモンさまの腕の中の首に目をやりました。

スーリニにも、その首が誰のものであるのかすぐにわかったようでした。

「バッダカ……」

そう言ってスーリニは床の上に立ちあがりました。

まだ、二十歳をいくらも出ていないと思われる美しい娘でした。

腰衣の上の、炎のゆらめくむき出しの乳房が大きく上下しているさまは、あえやかな白玉とも見えました。

「そうだ。これはバッダカの首よ」

アーモンさまが、静かな、優しい声で娘に囁きました。

「おまえも、ナーガの森のあやかしについては聞いていような」

「はい」

娘が答えます。

「そのあやかしがこの首よ」

アーモンさまがこれまでのことを語り終えると、娘の瞳から大粒の涙がこぼれ落ちました。

「妻と、わたくしのことを、兄はそう言ったのでございますね」

それは、低い、静かな、しかしぞっとするような響きを持った声音でございました。

「兄、だと？」

ゆっくり、くぎるようにアーモンさまが言いました。

「はい。その首、バッダカは、わたくしの血のつながった兄でございます」

「しかし、この者は、おまえのことを妻と――」

「その通りでございます。わたくしは、バッダカの妹で、そして妻なのでございます」

後にも先にも、その時についたアーモンさまのため息ほど重いものを、わたくしは他に知りませんでした。

「何とも凄まじい話であるな」

しばらくの沈黙の後、アーモンさまは、腕の痛みも忘れて、ぼそりとつぶやきました。

スーリニが逃げ出した理由も、バッダカが沙門になった理由も、そしてバッダカがこのような姿になりながらもスーリニの後を追おうとした理由も、全てようやくうなずけたのでございます。

「スーリニよ……」

アーモンさまの左腕から口を離し、バッダカが娘に声をかけました。

もう、角は消え、牙もなくなり、美しい、しかし血みどろの首がアーモンさまの腕の中にあるばかりでした。

「兄さま。わたくしも、片時も兄さまのことを忘れたことはありませんでした」

その言葉を聞いた時、バッダカの目から、血ではない本物の涙があふれ出てまいりました。

そして、いきなりバッダカの首は宙に跳ねあがり、スーリニの喉笛に襲いかかりました。

一瞬のことに、わたくしもアーモンさまもとめる術《すべ》を知りませんでした。

声もあげずに、スーリニは床にくずおれました。

その喉元から顔をあげ、バッダカがさめざめと泣きながら言いました。

「今、この場で、いまわしい俺の首を始末してくれ――」

アーモンさまは何も言わずに歩み寄り、かがんで首に両手を添え、優しく愛《いと》おしむように力を加えました。

アーモンさまの両手の中で、首がぐしゃりと崩れ、それは、あっという間に、腐臭《ふしゅう》を放つただの肉塊に変貌してしまったのでございます。

アーモンさまの手にかかってというより、首は自らの意志でそうなったようにも見えました。

アーモンさまは、立ちあがり、下に転がっているふたつの屍体を見おろしておりました。

ええ、わたくしもこの目でちゃんと見ましたとも。

スーリニの顔は、幸せそうに、微かにほほ笑んでいたのでございますよ。

夜叉《やしゃ》の女の闇に哭《な》きたる

1

困ったものでございますなあ。

世の中には、わざわざ飢《う》えた魔《マーラー》の顎《あぎと》の中へ首を突っ込みたがるような輩《やから》が、本当にいるのでございますよ。

まことに恥ずかしながら、我が殿アーモンさまも、そのおひとりでございましてな。どこぞで虎が人喰いをしたと聴けば、ふらりとお独りでそこへお出かけになるし、いつぞや、ナーガの森にさらされた沙門《しゃもん》の首のあやかしとご対決あそばされた時などは、わたくしめ、寿命の縮む思いをいたしました。

アーモンさまが、何かしでかされる度に悪魔祓《あくまばら》いの呪法《ヴェーダ》を唱えているうち、わたくしの知っている呪法《ヴェーダ》のあらかたを使い尽くしてしまったほどでございます。これでは聖典《ヴェーダ》が何巻あっても、バラモンが何人いても、足りるということはございますまい。

それにいたしましても、今度の旅はわたくしの不覚でございました。

アーモンさまの徒然《つれづれ》をお慰《なぐさ》めするつもりで、つい口を滑《すべ》らせてしまったのでございます。

「さようにご退屈とあれば、ひとつ旅などしてみたらいかがでしょうかな」

「ほほう」

アーモンさまの瞳が急に生いきと輝き出したのでございます。

「おもしろいな」

言うのではなかったとわたくしが後悔しても、その時はもう遅かったのでありますよ。

あたふたと旅仕度《じたく》を整え、アーモンさまとわたくしとが舎《や》を後にしましたのは、丁度十六日前のことでございました。

ありがたいことに、我々はこれまで盗賊にも会わず、何事もなく旅をすることができ、いつの間にか熱際《ねつざい》も終りに近づいて、やがて雨際《うざい》が始まろうというアーサーダ月の白の十四日になっておりました。

「何事も起こらぬものだな」

大きな体軀《たいく》をもてあましぎみにアーモンさまがつぶやいたのは、マツラ国の国境近い間道を、西へ向かって歩いている時でございました。

「起こりませぬなあ」

　わたくしは、わざと素気なく申しあげました。

「こう何事もないでは、旅というのも案外つまらぬものだな」

　盗賊にも、野獣にも、性悪《しょうわる》の怪にも会わずにやってきたこの十数日が、アーモンさまには不満そうでございました。

　無理もありませぬわよ。

　アーモンさまは、わたくしがまだぼっちゃまとお呼びしていた頃から、退屈が死ぬほどお嫌いでございましたからなあ。

「アーモンさま、何事も起こらぬというそのことこそ、世の旅人の願うところでございます」

　我が殿は、恋人に逃げられた少年のように、情けなさそうな顔で、空に向けて息をお吐きになりました。まるで子供のようでございますよ。二十代半ばを過ぎているとはいえ、わたくしから見ればまだ孫のようなお歳《とし》でございますからなあ。

　わたくしは、ひどくゆったりとした気分でございました。

　久しぶりに遠方に来たこともありますし、何よりもアーモンさまと旅をするのが楽しかったのでございます。

「しかし、時々はおもしろいものも見ているではありませんか」

「何をだ？」

「はい。あの、三日前の――」

「あれか」

アーモンさまの逞《たくま》しい口元がほころび、白い歯がのぞきました。三日前のことを、思い出されたご様子でございました。

つい四日前、半年前に誕生あそばされた、マツラ国の国王《ラージャン》の御子息のために、祝の式典が催されたのでございます。

と申しましても、アーモンさまがお気に入られたのは式典そのものではございません。三日間にわたる式典の二日目に開催された、囚人による闘技会に、アーモンさまは強く心を魅《ひ》かれたのでございます。それも、ただの闘技会ではありませなんだ。勝ち残ったただ独りの者のみ、その罪が許され、自由の身になれるというものでございました。

素手ではありましたが、それだけに凄《すさ》まじい陰惨なものでございましたよ。おそらく、参加したのは、死罪かそれに次ぐ重い罪を犯した者がほとんどでございましょう。

「確かにあれはおもしろかった」

ほころびかけたアーモンさまの口元が、苦いものを嚙《か》んだように引き締まりました。

「しかし、おれは、ああいうのは好かん」

アーモンさまは足を早めました。

半日で赤土に変わった、闘技場の土の色を思い出したのでございましょう。

「あの男はどうなりましたでしょうかな」

わたくしは、前をゆくアーモンさまの広い背中に声をかけました。

「あの異形《いぎょう》か」

「はい」

あの異形というのは、闘《たたか》いに勝ち残った男のことでございます。身体の右半分が焼けただれた、背の高い痩《や》せた男でございました。

「この国の国王《ラージャン》が法典《スムリティ》を重んずる者であれば、今頃は自由の身になっていることだろう」

「あれは、何という技でございましょうか」

「不思議な手足の使い方をする男であったな」

その異形の男の闘い方は、まるで舞いをまっているように見えたのでございます。相手の動きに合わせ、その回りを踊るように回るのです。見た目には、長い手足がゆっくりと揺れ動いているだけと見えるのですが、一瞬ふわりとふたりの身体がもつれた後、気がつくと、相手が血へどを吐いて男の前に倒れているのでございました。

「おそろしい男よ……」

我が殿はつぶやいて、それっきり黙っておしまいになられました。

しばらく行くうちに、道は軽い登り坂となり、前方に丘が見えてまいりました。道は、丘の肩をぬけて、むこう側へと下っているようでございます。

道が下る少し手前の左側に、大きなピッパラ樹が生えておりました。

日輪は、すでに丘の向こうに没しておりましたが、ピッパラ樹の頭には、まだその光が届いておりました。もう一ムールタ余りもせぬうちに、夜が訪れることでございましょう。

「あの丘を越えて、まだ人家が見えぬようであれば、野宿の準備をせねばなりませんな」

わたくしが申し上げますと、アーモンさまは黙ってうなずかれ、そして、そこに立ち止まりました。

「もし野宿ならあの樹の下と想っていたのだが、どうやら先客がいるらしい」

なるほど。よく見ますと、木の根元に小さな焚火《たきび》らしきものが見え、その横に人影が座っているようでございます。

「物盗りか何かの類《たぐい》ではないでしょうが――」

「そうであれば火など焚《た》かぬよ。もし物盗りであるなら、ようやくおもしろい目に出会えるというものだ」

革製の袖《そで》なしの上着を身に付け、腰に小剣を下げただけのアーモンさまの方が、他人から見れば物盗りに見えるかもしれません。わたくしめの格好も、粗末な衣をまとっただけの、白髪白髯《はくはつはくぜん》の汚ない爺《じじ》いでございましてな。

我々がそこへ着く頃には、ピッパラ樹にあたっていた光も梢《こずえ》を離れ、辺りには薄闇が漂っておりました。

微風の中に、仄《かす》かな、マンゴーの甘い芳香が匂っております。丘の向こうに、マンゴー園でもあるのでございましょうか。

ピッパラ樹の下で火を焚いていたのは、ひとりの痩《や》せた男でございました。粗末な布を腰に巻いただけの、平民《ヴァイシャ》とも奴隷《シュードラ》とも見える格好でございます。

男は、近づいてゆく我々に注意をはらう風もなく、背を幹にあずけ、炎に視線をやったまま、左半身をこちらに向けているのでございます。

わたくしは、この辺りに人家があるかどうか聞こうと、男の方へ歩み寄りました。

男が、すっとその顔をあげました。その顔を正面から見た時、わたくしは思わず声をあげておりました。なんと、男の顔の右半分にやけどの跡があり、そこの皮膚は醜《みにく》く引きつれていたのでございます。斑《まだら》模様のヒキガエルを、何匹もそこに取りつかせているようでございました。

「ほほう」

男は笑ってわたくしを見上げました。唇の左側がきゅうっと吊りあがり、それで笑ったとわかるのですが、顔の右半分はほとんど無表情でございます。世にある悪鬼のどのような表情にも増して、その笑顔は不気味なものでございました。

男は、さきほどわたくしとアーモンさまが話しておりました、あの〝異形〟だったのでございます。

「この俺の顔を知っていると見えるな」

わたくしが言葉をつげずにおりますと、異形はさらに言葉を続けました。

「あれを見たのか」

あれ、というのは、もちろん三日前に行なわれたあの闘技会のことでございます。

「見せてもらったよ」

わたくしの後ろに立ったアーモンさまが答えました。

「ふふん」

「なかなかおもしろい技を使う」

「なあに、たいしたものじゃねえよ」

うねるような殺気がぐうっと異形の肉体からふくれあがり、異形の目がぎらりとアーモンさまをねめあげたのでございます。

アーモンさまは涼しい顔でそれをお受けとめなさいました。

「何か用か」

「道を訊《き》こうと思ったのだがな、まさか相手がおぬしだとは想わなかったよ」

「俺で悪かったかな」

異形が立ちあがると、今しがたの殺気が嘘《うそ》のように消えておりました。異形の目が半眼になり、まるで夢見るようにアーモンさまを見つめるのでございます。なまじな殺気などより、遥《はる》かに剣呑《けんのん》なものでございました。

大きなアーモンさまと、痩せた異形の背丈はほとんどかわりません。

「たまらぬな」

アーモンさまは嬉《うれ》しくて舌なめずりしそうな声をお上げになり、にいっと笑みを浮かべたのでございます。

女の悲鳴が聴こえてまいりましたのは、その時でございました。

そして、赤子の泣き声。

マンゴーの甘い果実の芳香がしきりと漂う中を、丘の向こうから何者かが走って来る気配でございます。薄闇の中に姿を現わした黒い影は、炎と、そして我々とを見つけたようでした。女でございました。

「お助け下さいまし」

女は、走り寄って来ると、せっぱつまった声で叫んだのでございます。その女の腕の中では、今年生まれたばかりと思われる赤子が、激しく泣きじゃくっておりました。

続いて姿を現わしたのは、三人の男でございました。いずれも、右手に抜き身の剣を握っており、闇に、その色がしらしらと光っておりました。

「その女を渡してもらおうか」

男たちのうちのひとりが、野太い声で言いました。

アーモンさまは、近づいて来た男たちと女とを、交互にゆっくりと見比べ、落ち着いた声で女に申されました。

「どうだな、あの者たちはあんたを渡せと言ってるが」

「いやでございます」

女がきっぱりと申しました。

「なるほど――」

ぼっちゃま――いいえ、アーモンさまの声音が嬉しげなものに変わったのが、わたくしめにはわかりました。なにしろ、もう二十年以上ものつきあいでございますからなあ。

「そういうわけだ。この女はいやだと言っているぞ」

「おまえたちには関係《かか》わりのないことだ」

先ほどの男が言いました。

「何故この女を欲しがる」

アーモンさまが申されますと、男が低く吐き捨てました。

「面倒だな」

ぎらりと熱風のような白刃が、ぶんと空気を裂いて横なぐりにアーモンさまの首に襲いかかりました。アーモンさまは、すっと身を引いて、鼻先でそれをかわしました。

「危ないなあ」

アーモンさまの口元から、白い歯がこぼれました。

無言のまま、男たちが襲ってまいりました。アーモンさまの剣が男たちの白刃を受け、火花が散りました。

わたくしも、そこに震えておったわけではございません。女を背にかばい、仙術の幻力《マーヤー》をもちいて、わたくしと女との回りに結界を張りめぐらしました。これで、外から見ますと、我々の姿は丁度人ひとり分だけずれて見えるのでございます。案の定、わたくし共にかかってきた男の剣は、うまく我々を捕えることができず、空《くう》を切りはじめました。

わたくし共にひとり、アーモンさまにひとり、そしてもうひとりはあの異形の男に打ちかかっておりました。異形の男は、真上から襲ってきた剣をふわりとかわすと、すっと男の後ろに回ったのでございます。異形の男の引きつれのある右手がゆるりとゆらめいて、男の首筋を撫《な》でました。男はそのまま前のめりに倒れ、そのまま動かなくなりました。まるで、眠っているようでございます。しかし、眠っているのではございません。男の首は、奇妙な角度に折れ曲がっていたのでございます。

わたくしには撫《な》でただけのように見えたのですが、瞬間的に、よほど強い力が男の首に加えられたのでございましょう。

その時、アーモンさまの声が響いてまいりました。

「たっぷり楽しませてもらったよ」

見ると、アーモンさまは、突いてきた男の剣をかわし、左手で男の剣を握った右手首を無造作につかんだところでございました。

「もうやめだ」

そう言ってアーモンさまは、男の手首を軽くおひねりあそばされました。

男の手首から先が、剣を握ったまま信じられない角度に折れ曲がり、肉を突き破って白い骨の先がとび出ていました。男は、一瞬その手を見つめ、剣を落としておそろしい悲鳴をあげたのでございます。

わたくし共に打ちかかっていた男が逃げ出す姿は、実に楽しいものでございましたなあ。ひとつの死体とふたつの剣を残し、男ふたりが去った後、最初に口を開いたのは、異形の男でございました。

「俺は行くぜ」

言いながら、かがみ込んで自分が倒した男の剣を拾い、それを身につけました。

アーモンさまに向きなおり、

「その女には関係《かか》わりを持たぬ方がいい」

女を睨《にら》んだのでございます。

「追手が、マッラ国の兵士だったからか」

女の身体が、びくんとするのがわかりました。

「ほう。まるっきりの馬鹿ではないようだな」

「やはりな。そんな気がしたのだが、おぬしはどうしてわかった?」

「こいつは牢番だった男だ」

異形の男は、足元に倒れた男を示しました。

「なるほどな」

「こいつには苦い目をなめさせられた――」

「また追われるぞ」

「ふん。この国にはもう二度ともどってくるつもりはないさ。ひとつ用をかたづけたらな」

「用？」

「けっ」

男は背をむけ、濃くなった闇に、溶けるように姿を消したのでございます。

女が、不安そうな顔で赤子を抱え、アーモンさまとわたくしとを見つめておりました。

2

奇妙なことになったものでございますよ。

まったく、人がどこでどのような目に遇いますものやら、このヴァシタめにもまるで見当がつきませぬわ。

ナジャータ――というのが女の名前でございました。

ところが、このナジャータは、礼と自分の名を言ったきりで、他のどんな質問にも口を開いてはくれませなんだ。

わたくし共は、異形の男が残していった火を囲んで話をしていたのですが、そのうちにしばらく静かであった赤子が再び激しく泣き出したのでございますよ。

「乳を欲しがっているのでございます」

ナジャータが狼狽《ろうばい》して言いました。

「乳? ぬしは乳が出ぬのか」

アーモンさまが訊くと、ナジャータは顔を伏せてうなずきました。

「ぬしの子ではなかったのか」

その問《とい》にナジャータは答えませんでしたが、その沈黙こそが、アーモンさまの言葉が事実であることを何よりも強く語っておりました。

「まあよい。いずれにしろ、そういつまでもここにいるわけにはいかぬことだ。いつ、新たな追手がやって来るとも限らぬからな」

「早々にここを立ちまして、人家を捜しましょう。乳を欲しがる赤子に、乳なしで野宿をさせるわけにもいかぬでしょうからな」

「お待ち下さい」

我々が立ちあがりかけると、ナジャータが覚悟を決めた様子で顔をあげたのでございます。わたくしは、そこで初めて、炎に照らされたナジャータの顔をとっくりと見ることができたのですが、それは美しい女子でございましたな。歳は二十三〜四でありましょうか。高い鼻筋をあげ、きりっとした黒い瞳をわたくし共に向けているのでございます。

「何故追われていたか、理由《わけ》をお話しすれば、お力になって下さいましょうか」

「話によってはな。どの道、同じ相手に追われることになってしまったのだ」

「ぼっちゃま!」

わたくしは思わず声をあげてしまったのでございます。

「ぼっちゃまはよせ」

「いいえ、ぼっちゃま。ぼっちゃまのようなお立場の方が、軽はずみな行動をしてはなりません。聞けば、相手はマツラ国の兵士だという話ではありませんか。このナジャータと赤子を近くの人家まで連れて行ったら、我々はすみやかに一番近くの国境からこの国を出て行くのが最良の道でございます」

「まあ待て、話を聴いてからだ」

わたくしの心配を他《よそ》に、アーモンさまは鷹揚《おうよう》に言ったものでございます。

わたくしが黙りますと、ナジャータが口を開いたのでございます。

「私が腕に抱いているこの赤子は、チャンダーラでございます」

腹をすえた女の声音が、夜気に凜《りん》と響きました。

「なんと――」

思わず声をあげたのはわたくしでございました。

しかし、それも無理はありませぬよ。チャンダーラというのは、婆羅門《バラモン》の女と奴隷《シュードラ》の男との間に生まれた子供を指す言葉だったのでございますから――。

自分の言葉の効果を充分確かめてから、ナジャータは言葉を続けたのでございます。

「先ほどアーモンさまがおっしゃいましたように、私はこの子の母ではございません。この子の母は――」

ナジャータは一度言葉を切り、深く息を吸い込みました。

「この子の母は、マツラ国王のお后様《きさき》でございます」

「なに!?」

「嘘《うそ》ではございません」

「つい数日前に開かれた式典は――」

「はい。この子のためのものでございます」

わたくしは、ほんの何日か前に見た、きらびやかな式典の様子を想い出しておりました。

着飾った象の背の輿《こし》に乗った国王《ラージャン》とお后。兵士の行進と楽の音。黄金を縫い込んだ綾絹《あやぎぬ》に包まれた赤子——。

　その赤子が、今、わたくしの日の前で、粗末な布にくるまって泣き声をあげているのでございます。この赤子が、階級《ジャーティ》の一番上に位置するバラモンの女と、一番下に位置するシュードラとの間に生まれたチャンダーラであり、しかも不義の子であるとは——。

「このことが国王《ラージャン》に知れたのは、式典の最後の日の晩でございます。父のシュードラは首をはねられ、お后は御自分で毒をお仰《あお》ぎになりました。国王《ラージャン》は、このことが外に漏《も》れるのを恐れ、全てを秘密のうちに葬ろうとしたのです。今頃は、お后様病死の令《ふれ》が王宮から出されていることでしょう」

「なるほどな」

「この子も病死とされるところだったのですが、その身を案じたお后様が、私と信用のおける従者にこの子を託してその前に城外へ逃がしたのです」

「さっきの男共は、国王《ラージャン》の放った追手というわけだな」

「はい」

「しかし、力になってほしいと言われても、おれとこのヴァシタとで、マッラ国の兵士全部と戦うわけにはいかんぞ」

「わかっております」

「で、どうしろと言うのだ」

「私とこの子とを、サーキャ国まで連れて行っていただきたいのです」

「ふむ」

「私とお后様は、もとはサーキャ国の人間でございます。三年前、お后様がこのマツラ国へ嫁ぎましたおり、侍女であった私も共にこの地へまいったのでございます」

「なるほど」

「この道を丘の向こうへしばらく下ると、ナムナーダ川の支流にぶつかります。その支流を遡《さかのぼ》り、水源の岩山を越えて三日も歩けばサーキャ国の東のはずれに出るはずでございます」

「確かな話か」

「そのように聞いてまいりました。今はほとんど使われていない道とかで、この道ならば安全と想っておりましたのですが、まさかここまで手がまわっていようとは——」

「この分では、他の道も推して知るべしだな」

「はい。従者ふたりを殺された今となっては、私ひとりではとても岩山を越えて三日も歩くことはできませせぬ」

全てを話し終え、張りつめていたものがゆるんだのでございましょう。ナジャータの黒い瞳から強い光が消え、今はすがるような眼差しでアーモンさまを見つめるばかりでございます。ここでアーモンさまに見離されたら、この女子はここで赤子の生命を断ち、自らの生命もその場で断ってしまうかと想われました。

「よかろうよ」

それまで腕を組んでいたアーモンさまは、腕を解き、静かに立ちあがったのでございます。下からの炎に照らされた貌《かお》が、昼間とは打って変わって精悍《せいかん》なものになっておりました。

星の光り始めた天を、ピッパラ樹の梢越しに仰ぎ、

「おもしろい」

独り言のようにつぶやいたのでございます。

アーモンさまの口元に、太い笑みが浮かんでおりました。

3

はい。

まことに人の綾なす絵物語りは、叡智《えいち》を誇るヴィシュヌ神でさえ、知り極めることはできぬものでございますなあ。

まさかこのような異国の地で、異国の后殿が生み落とした不義の子、しかもチャンダーラである赤子を守って他国へ落ちのびる手助けをしようとは想いませなんだ。

おお、そうでございますよ。我が殿アーモンさまご自身も、我が国王さまがシュードラの娘に生ませたお子でございます。ぼっちゃまも、このチャンダーラと同じく、色姓《ヴァルナ》の異なる者どうしの間に生まれたバーヒヤなのでございますよ。

さて、我々が出発してまもなくのことでございます。

丘を下った所にある小さなマンゴー園の手前に、ふたりの男が倒れて息絶えておりました。ナジャータに付き添っていた従者たちでございます。焚火から持ってきた炎をかざしてみると、あてにしていた乳の入った革袋からは、すっかり乳が流れ出ておりました。

「しかし、ここにマンゴー園があり、すぐ先に川もあるというなら、近くに人家があるだろう」

「左様《さよう》でございますな」

「だが、このマンゴー園は、あまり良く手入れをされておらぬようだ」

「――――」

「見ろ」

アーモンさまが、すぐ先の地面に炎をかざしました。そこには、熟して樹から落ちたと思われるマンゴーの実が、幾つか転がっていたのでございます。

「何かあるとみえる」

甘い腐りかけた果実の芳香と血の匂いの混じる濃い闇の底に、何かしら不気味なものが潜んでいるようでございました。肉《ししむら》の奥を、冷たい触手でふいにそろりと撫《な》であげられたような気がいたしました。

しばらく行くと、はたして川があり、その手前に、泥と木とで造られた数軒の家がございました。

この頃には、東の空に月が昇り、灯《あか》りがなくとも、辺りがぼんやりと見えるようになっていたのでございます。

「ここで待っているがよい」

わたくしとナジャータを、一本の榛樹《はんじゅ》の根元に待たせ、アーモンさまは、単身、小さな村の中へ入って行ったのでございます。アーモンさまの影と家の影とが重なり、すぐにアーモンさまの姿は闇に溶けて見えなくなりました。

しばらくしてもどって来たアーモンさまの手に、一頭の山羊《やぎ》が曳《ひ》かれておりました。一方の手には、何やらものがたくさん入っているらしい麻の袋を下げておいでででございます。

「食料を手に入れてきた」

袋の中に入っていたのは、米、麦の粉、干し肉、ギー、そしてマンゴーの実と、金《かね》の器でございました。

「その赤子に、この山羊の乳を飲ませてやりたいのだが、そうもいかぬ。ひとまず安全そうな場所を見つけてからだ」

赤子をナジャータが背負い、袋はアーモンさまが背にくくりつけ、わたくしが山羊を曳き水の入った革袋を腰に付けて、我々は歩き出したのでございます。

細い川の右岸に沿って登ってゆくのですが、月があるとはいえ、夜道でございます。なかなか行程がはかどりません。

半ムールタ程も登った頃、先頭を歩いていたアーモンさまが立ち止まりました。道の右手に大きな岩が突き出ており、我々は、ようやくその陰で休むことができたのでございます。

「ここなら、火を焚いても見つかることはあるまい。それに、この岩の上からは、おれたちが越えてきた丘の道が見えるはずだ。追手が松明《たいまつ》を持ってやって来れば、ひと目でわかる」

我々は、そこをその晩の宿と定めたのですが、アーモンさまが声を落とし、ふいにとんでもないことをおっしゃったのは、食事の最中でございました。

「これまで黙っていたのだが、ひとつ言っておくことがある」

わたくしとナジャータは顔を見合わせ、アーモンさまの次の言葉を待ちました。

「さっきのことだが、マンゴーの実が、腐るにまかせて落ちているのをおまえたちもあそこで見たであろう」

わたくしたちがうなずきますと、アーモンさまはさらに言葉を続けたのでございます。

「下の村でな、人がいた家というのは、たった一軒だけであった。夫婦に子供がふたり。これではとてもマンゴー園の世話などできるものではない。他の家の者のほとんどは、しばらく前までに皆この地を去ったのだ。何故だかわかるか？」

「さあて。わかりませぬなあ」

「何か、出るらしい」

「――――」

「その何かは、どうやら人を喰うらしい」

「何と言われました」

「二十年ほど昔から、この道筋に、何やら怪鬼《カラヨー》が出るらしいのさ。おかげで、このずっと先にある村などは、十数年前にとっくに人がいなくなってしまったという話よ――」

4

――翌日。

ほとんど何事もなく、我々は岩山を夕刻までに登りきることができました。

小径《こみち》があるとはいえ、まず馬などでは越えられぬ岩山で、山羊でさえ、何度かはアーモンさまが肩にかついで登らねばならぬ所もあったほどでございます。難儀《なんぎ》な想いをいたしましたかわり、追手も馬などを使えぬであろうと、ひとまず安心をしたのでございました。

夕暮れまでに、岩山の上の起伏の途中にある、無人の村に着いておりました。村と申しましても、何軒かの小家が、岩の間の草地にぽつんぽつんと点在しているだけでございました。

我々は、その中でも、最も造りの丈夫そうな家に、宿をとることにしたのでございます。と申しましても、入口に立てかける戸板もなく、天井には、煙出しの透間にしては充分すぎるくらいの穴がいくつもあいている家でございます。土壁の所々も崩れておりました。

食事を済ませますと、辺りはもうすっかり暗くなっておりました。

月が昇るにはまだ間があり、仮に昇ったとしても、ここは岩山のゆるい西の斜面にあたるため、しばらくは月神ソーマの光もここまでは届かぬことでございましょう。アーモンさまが、最初の見張り番に立つことになり、わたくし共が先に休むことになりました。

しかし、眠ったと想う間もなく、わたくしはアーモンさまに起こされたのでございます。交代にはまだ間があるはずで、何事があったのかとわたくしが目を開けますと、

「見ろ」

抜き身の剣を握ったアーモンさまが、その剣で火の側の床を指し示しました。

そこに、みっつの黒いものが横たわっていたのでございます。

「鼠?」

「いや、形は似ているが、どうやら違う何かであるらしい」

見ている間にも、そのいやらしい黒いものは、ゆっくりと形を変えているのでございます。

「この屋に入って来ようとしたのでな、今この剣で殺したばかりだ。おそらくは魑魅《ちみ》の類であろうな」

それは、闇に溶けるように小さくなり、見守るうちに消えてしまったのでございます。

「何でございましょう」

目を醒《さ》ましたナジャータが、身を起こしてこちらを見ておりました。

ふいに、入口辺りに何者かの気配がございました。

わたくしとアーモンさまは、入口の方へ視線をむけました。

そこに、人影がありました。

「また会ったな」

そこでふてぶてしい笑みを貌《かお》の左半分に浮かべていたのは、あの異形《いぎょう》でございました。

「アザド——」

ナジャータが低く叫びました。

「俺の名を知っているとは、おまえ、王宮の者だな」

言いながら男は中へ入ってまいりました。

「どうやら俺の先に誰か歩いているらしいことは足跡でわかったのだが、それがおまえたちだったとはな。これでわかったよ。後からマッラの兵士がついて来てる理由《わけ》もな」

「なんと」

わたくしが立ちあがると、異形の男——アザドは薄く笑ってゆるく首を振りました。

「心配いらねえよ。喉《のど》を裂かれてやつらはもう、五人全員黄泉王《ヤマ》の所へ行っちまってる

「おぬしが殺《や》ったのか」

アーモンさまが申しました。

「俺じゃねえ」

アザドはかぶりを振り、

「どうやらここには何か出るらしいな」

「ああ。そいつは人を喰うそうだ」

「そうだろうよ。俺が見に行った時には、奴らの内臓は、きれいに喰い荒されていたからな」

「おぬしは何でここへやってきた。サーキャ国へ抜けるつもりか」

「それもあるがね。それだけじゃねえ」

「ほほう」

「かたづけておく用があると言ったろうが。あんたらにゃ関係のねえ話だ」

「夜の中を、ここまでやって来たのですか」

ナジャータが言うと、アザドは火の前にどっかと座って答えたのでございます。

「闇を恐がってちゃ、俺らはこれまで生きちゃ来れねえよ。火をかりるぜ。昨日はあんたらに俺の火をやったようなものだからな。これであいこだ」

何やら腰に下げていたものを枝に刺し、炎にかざしました。それは、一匹の岩蜥蜴《いわとかげ》でございました。

「美味《うま》そうだな」

アーモンさまがそう言って剣を腰に収めた時、外の闇から、不気味な動物の叫び声が響いてきたのでございます。

すぐ外に繋《つな》いでおいた山羊の声でございました。山羊が、何かに襲われているのでございます。

赤子が鋭い声で泣き出しました。

「ぼっちゃま！」

わたくしめが叫んだ時には、アーモンさまはもう外へ飛び出しておりました。わたくしが続けて外へ出ようといたしますと、それをアザドが止めました。

「何をするか」

「俺が行く。爺さんはここで女の面倒を見ていろ」

アザドが飛び出して間もなく、ふたりはもどってまいりました。

アーモンさまは、胸に山羊を抱えておりました。

「いかんな。山羊をやられた。もう赤子に乳をやることはできぬぞ――」

見ると、山羊の喉の肉が、何かの鋭い顎《あご》に噛み切られ、ごっそりこそげていたのでございます。

「まだわずかに息はある。今のうちにできるだけ乳をしぼりとっておけ」

アーモンさまが山羊を置くと、太い両の二の腕がわたくしの目に止まりました。

「ぼっちゃま！」

アーモンさまの右の二の腕に、ぞっとする数条の掻《か》き傷があり、肉がめくれ上がってそこから血が滴《したた》っていたのでございます。

「心配いらぬ」

アーモンさまはそう言って金の器を手に取り、山羊の喉から流れる血をそれで受けました。床が血の海になるのを防ぐためでございました。血の匂いが、むうっと屋内にたちこめました。

「そんなことよりぼっちゃまの手当てが先でございます」

わたくしは、血止めの仙薬をぼっちゃまの傷に塗り――それは気弱い者ならそれだけで青ざめて気を失ってしまうほどのものでございました――そこから悪い気が入らぬよう、とっておきの呪法《ヴェーダ》を何度もそこへ吹きかけました。

「何だったのでございます?」

わたくしは、気を取りなおしてぼっちゃまにおたずねしたのでございます。

「わからん。素早い奴だった」

「ありゃあ、蜘蛛《くも》だぜ」

それまで黙っていたアザドが口を開きました。

「蜘蛛!?」

「ああ。そんな風に見えたってことさ。しかし、本当に蜘蛛かどうかとなると、俺にも自信がねえ。蜘蛛としても、相当にでかいやつだな」

その時、闇の奥から、不気味なこの世のものではない怪鳥の声が聴こえてまいりました。獣とも、鳥とも、他の何のものともつかぬおぞましい声でありましたが、ひとつだけはっきりとわかるものが、その声にはございました。それが何ものであるにしろ、その声の主は、おそろしく腹をすかせているということでございます。

き〜〜〜〜〜〜〜〜い

き〜〜〜〜〜〜〜〜〜〜い

わたくしは、自分の身体の毛が、一本残らずそそけ立っていくのを感じておりました。

闇の奥から、無数の小動物の群が、ひしひしと寄り集まって来る気配がございました。

この岩山中の怪《け》がここに集まって来たのではないかと想えるほどでございました。

その瘴気《しょうき》の中心でしきりにひしりあげる声には、この世のありとあらゆるものに対する、血も凍るような呪詛《すそ》の響きがこもっていたのでございます。

——と。

声が止んで、入口近くの闇に、そこだけ闇が黒く凝縮したように、何かがわだかまっておりました。ふつふつとたぎるような瘴気がそこからわきあがってまいりました。

「乳が、もう出ません」

ナジャータが、かすれた声で申しました。

革袋には、もうしわけ程度の乳しかとれなかったようでございます。

山羊は、とうに息絶えておりました。

金の器には、どっぷりと赤黒い血が溜《たま》っておりました。

何を想ったか、アーモンさまはその器をすっとおとりになり、入口に、ゆっくりと歩み寄って行ったのでございます。誰も声をたてる者はおりませんでした。

ふっと、濃い闇が消えた隙《すき》に、アーモンさまは血の入った器を、入口近くの闇に置きました。アーモンさまがこちらにもどって来ると、再びそこに音もなくまた何ものかがもどってまいりました。

そして、一生のうちに、もう二度と聴きたくないような音が、そこから響いてきたのでございます。

ぴちゃ、ぴちゃ、という、そこにいるものが、器に溜ったまだ湯気《ゆげ》のあがっている血をすすりあげる音でございました。

器のすぐ上の闇、黒いわだかまりの中心から、青白く燃える双眸《そうぼう》が、凝《じ》っとこちらを睨《にら》んでおりました。

やがて、血をすすりあげる音が止み、ふいに双眸の光がそこから消えました。同時に、屋の外にひしめいていたものの気配も、全て消え去っておりました。

そして器に溜っていた血は、きれいになくなっていたのでございます。

5

蒼《あお》い空から照りつける陽光の下を歩いておりますと、昨夜のでき事も、まるで嘘のようでございます。

消化の悪い悪夢が、まだ重く身体の底によどんでいるようでございました。しかし、昨夜のことが夢でも何でもない証拠には、アーモンさまの右腕には、生なましい傷がしっかりと刻みつけられて残っているのでございます。

我々は、アザドと、そして赤子とを加えると五人になっておりました。

赤子には、もうしわけ程度に残った山羊の乳を水で薄め、それでどろどろになるまで米を煮こんで食べさせました。我々が食べたのは、昨夜死んだ山羊の焼いた肉でございます。

それにいたしましても、アザドは得体の知れぬ男でございます。

ほとんど口をききませんが、それでもアーモンさまとは、不思議と気持が通じ合っているようでございました。

岩山の広い岩だらけの尾根伝いに、起伏をたどりながら、それでも道は少しずつ下っておりました。

そして、この岩山を下りきらぬうちに、我々はまた夜をむかえたのでございます。

今度は、辺《あた》りにはどんな小屋もございません。しかし、アザドは、この付近に心あたりがあるらしく、もう少し先へ行けば家があるはずだと申します。

我々は、アザドの言葉に従い、一本の松明《たいまつ》をたよりに先へ進むことにいたしました。

ゆくうちに、はたして、早くもひしひしと魑魅の群が寄ってくる気配がございました。

形もなく、音もなく、次第に濃くなっていく闇と共に、それがわたくし共の回りをぶ厚く包んでゆくのでございます。

ナジャータの腕の中で、赤子が激しく泣き出しました。

き〰〰〰〰〰い
き〰〰〰〰〰〰い

ふいに、闇のどこからか、あの声がひしりあげたのでございます。

びくっとナジャータが身を震わせて、赤子を抱きしめました。

その時、先頭を歩いていたアーモンさまが立ち止まったのでございます。

「何でございます?」

アーモンさまは、鋭い眼光で、すぐ先の岩の上を睨んでおられました。

その岩の上に、夜の闇が吐き出した汚物のように、ぼってりと黒いものがうずくまっておりました。

き　き

き

と、それがきしりあげ、ぼっと青白い燐光《りんこう》が燃えあがるように、光る双眸が開いたのでございます。

ふっ

ふっ

ふっ

小刻みに、小さな息を、それは吐き出しているのでございます。

不気味な含み笑いのようでございました。

そして、それは、やがて、まぎれもない禍《まが》まがしい笑い声に変わったのでございますよ。

「ほっほっほっほ……」

その口とおぼしきあたりから、間違えようのない人語が低くこぼれ出てまいりました。

「ひもじや、ひもじや、ひもじやなあ――」

肌にねばりつく、いやらしい声でございました。

「美味《うま》そうな赤子じゃぞえ……」

きいっ

きいっ

きいっ
と、鳴きあげる口のあたりに、しらと白い歯がのぞきました。

アーモンさまが、手に持った松明《たいまつ》を、それに向かって投げつけました。

松明は、岩にあたってはじけ、赤い火の粉を闇に散らしました。

松明が地に落ちた時、もうその姿は消えておりました。

しかし、その前に、わたくしは一瞬この目ではっきりと見たのでございますよ。

おお。

それは、まさしく蜘蛛でございました。

細い手脚。ぶっくりとふくれた腹。小さな頭部――。

しかし、蜘蛛、というのはむろん比喩《ひゆ》でございましてな。その蜘蛛の四本の手脚の先には、まぎれもない人間の指が付いていたのでございます。

わたくしが見ましたのは、いびつに歪《ゆが》んだ身体で這《は》う、人間の姿であったのでございます。

細長い枯れ枝のような手脚は、骨そのものが不格好に曲がり、ねじくれておりました。

「見たな。今のを」

アーモンさまが言いました。

わたくしは、声もなくうなずくばかりでございました。

アーモンさまは松明を拾いあげ、再び我々は歩き出しました。

「糞《くそ》！　いつから、ここがこんなになっちまったんだ」

アザドが背後で呻《うめ》きました。

この頃、ようやく月が姿を現わし、ぼんやりとではございますが、あたりが見えてまいりました。

一日歩いたことにより、岩山の頂そのものは、遠く背後になっており、昨夜よりは早く月神《ソーマ》の恩恵にあずかることができたのでございます。

荒涼とした、異世界の風景が広がっておりました。

いつの間にか、辺りには、生きた草や木が一本もなくなっていたのでございます。

草や木だけではございません。小さな虫や、蜥蜴《とかげ》のような生き物すら、ここには生きておらぬようでございました。

大地から突出した異形の岩の群が、屍《むくろ》のように月光を浴びているばかりでございます。

「あったぞ」

声をあげたのはアザドでございました。

アザドが走り出しました。その先に、大地にひれ伏すようにして一軒の家が建っておりました。

周囲に気を配りながらアザドに続き、家の前に立った時には、アザドはすでにその家の中に入っておりました。

石と土と木材と、あらゆるものでつぎはぎされた家でございました。

中へ入ってみますと、ふいに生臭い臭気が鼻をつきました。

――これは。

アーモンさまが炎を天井にかざしました。

それを見た時、一瞬、わたくしは天井が動いているのかと思いました。

天井だけではございません。梁《はり》と言わず壁と言わず、家の内側の全ての表面が、瘤《こぶ》のように丸い、黒いものでおおわれ、それがもこもこと蠢《うごめ》いているのでございました。昨夜も見たあの魑魅《ちみ》、鼠《ねずみ》に似たものが、びっしりとそこにたかっていたのでございます。

「外へ出るんだ」

アーモンさまが叫ぶと同時に、天井から、ナジャータの腕の中の赤子めがけ、ひときわ大きな黒い塊《かたま》りが落ちてまいりました。

身をひねってかがみ込み、自らの身体で赤子をかばったナジャータの上に、どん、と黒い塊りがぶつかってきたのでございます。

アーモンさまが、ほとんど同時に、松明をその黒い塊りに叩きつけておりました。

黒い塊りが、ナジャータの上から転げ落ちました。

ナジャータの首が無くなっておりました。

しかし、その腕の中に抱えられた赤子がまだ泣いているところを見ると、赤子は無事だったのでございましょう。

床に落ちた黒い塊りが、ゆっくりと横に広がってゆきました。表面の黒いものが、ひとつずつ離れてゆくと、その下から、先刻見たばかりの人蜘蛛が出てまいりました。

人蜘蛛は、身に黒い魑魅を這わせながら、両腕でナジャータの首を抱え、その頬肉《ほおにく》を喰ろうているのでございました。

生肉が骨から引きはがされるいやな音が響きました。

き
き
き
「ひいっ」

と、歯をむいてそれが燃える目を我々に向けました。

「わざわざこの屋に喰われに来たか」

むき出された白い歯が、ぬらぬらとナジャータの赤い血で濡《ぬ》れ光っておりました。

「ぬかったわよ。赤子の首を盗ろうとしたのが、女の首を盗ってしもうたぞえ――」

にいっと笑った白い歯の間から、ぞろりとまっ赤な舌が這い出てまいりました。

その時には、赤子はもうわたくしがこの腕にかかえておりました。

「おう。美味そうな声で泣きやる」

それが、ごろりとナジャータの首を床に転がしました。たちまち、あの黒いものたちがそれにたかって、首は見えなくなってしまいました。

アザドが、剣を抜いて投げつけました。

剣に貫かれる瞬間、それの身体は宙に跳んでおりました。

それが天井の梁にしがみついた途端、こんどはアーモンさまの投げた剣が、それの左手を梁に縫いつけていたのでございます。

「げえっ！」

不気味な絶叫が響き渡りました。

「い、痛いぞえ」

アザドの身体がふわりと宙に舞い、左の拳《こぶし》がそれを襲いました。

しかし、アザドの拳は空を打ち、とんとアザドは床に片膝をついて舞い降りました。

それは、己れの左手をそこに縫いつけられたまま、自ら腕を噛み切って逃れていたのでございます。

「化物！」

アザドは喉をふりしぼって叫びました。

「きさま、この家をどうしやがったんだ」

「どうしただと、これが屋は、昔から我が棲《す》みかよ」

「なに⁉」

「ひいっ。ききき……」

それは、ひきつったように首を振りたくって笑いました。

「我が子供を人に盗られし恨み、いまだ我が肉の奥に燃えさかっておるのさあ――」

それの口から、言葉と共にめらめらと青白い炎があがるのでございます。

「それはまことか！」

一瞬、アザドの気がゆるんだ隙に、それは、黒い颶風《ぐふう》となって、出口へ向かって走りました。

それを我が殿が阻もうとした時、アザドが殿を突き飛ばしてその黒い颶風の前に立ちはだかりました。

がっ、と音がして、見ると、アザドは全身でそれを抱き止めていたのでございます。

それの牙が、アザドの右肩に食い込んでおりました。

それが、アザドの肩の肉を喰いちぎりました。

アザドは、その激痛を頬を歪めてこらえ、火よりも激しく叫んだのでございます。

「母よ！　あさましい姿になり果てて、我が顔を見忘れたか！」

アザドの両眼から、血の涙が滴っておりました。これまで、表情のかけらも見せなかった右半分のひきつれた顔が、今は悲哀に痛ましく歪んでおりました。

「二十年前、六歳になる俺をさらって奴隷《シュードラ》とした男は、我が手でくびり殺してきたわ。ようやくここへもどってみればこのありさまとは――」

アザドの醜くやけどをした顔は、これまでの年月の苦労を語ってあまりあるものでございました。

血涙の滴《したた》るその顔を見ていたそれは、アザドの腕の中で身をよじり、狂おしい吠《ほ》え声をあげました。

それは、やはり血の涙を流して哭《な》いているのでございました。

生きながら心臓をつかみ出される人間でも、これほど悲痛な声はあげますまい。

「母よ。最後に喰ろうた肉が、己が息子の肉であったことを幸せに想え！」

言うなりアザドはその腕に力を込めたのでございます。

不気味な、骨の折れる音がして、それの身体から、信じられぬほどの大量の血が流れ出てまいりました。

出る血が無くなった時、それは、アザドの手の中で、ひからびた屍《むくろ》となり、からからとこぼれ落ちました。

わたくしとアーモンさまとが歩み寄ると、アザドの足元には、ばらばらになった白骨が、差し込む月光に青く光っているばかりでございました。

傀儡師《くぐつし》

1

アザドは、足を止めた。

前方の人だかりに興味を覚えたのである。

マガダ国の支配下にある街、ルサンビーの北のはずれであった。

一本のピッパラ樹の根元を、半円形に囲んで、小さな人垣ができていた。人垣の向こうから、月琴《げっきん》の音と、聖典《ヴェーダ》を謡《うた》う低い男の声が響いてくる。

人垣の中には、汲《く》んできたばかりの水を入れた壺《つぼ》を抱えている女もいた。商い品の絨《じゅう》緞《たん》を背負ったままの商人もいる。大人や子供、あわせて三十人余りの人間が、魂を奪われたように、半円の中心に目をやっていた。

アザドは、そこを覗《のぞ》いてみる気になった。

目的がある旅ではない。

夕暮までには、まだいくらか間《ま》があった。

どうせ野宿である。ルサンビーの街を出た街道のどこかで、土の上に塒《ねぐら》を見つけるつもりだったのだ。その場所が、数クローシャ後でも先でも、特別な違いはなかった。

アザドは、人垣の後方から、中を覗き込んだ。常人より、頭ひとつは背が高い。そこからでも、中の有様《ありさま》を見ることができた。

不思議な光景がそこにあった。

ふたりの人間がいた。

ひとりは男、もうひとりは女だった。

ふたりはピッパラ樹の根元に絨緞を敷き、その上に座していた。五弦の月琴を弾《ひ》いているのが女、聖典を謡っているのが男だった。

女は、大きめの布をゆったりとまとっていた。まだ二十歳前の若さに見える。肌が出ているのは、両腕の肘《ひじ》から先と、顔だけである。鳶《とび》色の大きな瞳と、長い黒髪を持っていた。奴隷《シュードラ》とも見えたが、肌の色が場違いなほど白い。王《ラージャン》の閨《ねや》か王妃の湯浴《ゆあ》みの場所にでもいる方が似合いの女だった。

奴隷にしろ、まずダスユではあるまい。

ダスユというのは、もともとインドに住んでいた人種、ドラヴィダ系の原住民を指す言葉である。奴隷階級《シュードラ》のほとんどが、このダスユと言ってよかった。

男は、婆羅門《バラモン》のように見えた。だが、まともな司祭僧《バラモン》なら、こんな所で、奴隷女と人目に触れるようなことはしなかろう。商人くずれの沙門《しゃもん》、そういったところが正しいかもしれなかった。

小さな男だった。女よりも、ひとまわり小さい。

老人だった。頭にはほとんど毛が無く、白い髯《ひげ》だけがある。猿のようであった。褐色の布を無造作に身体に巻いていた。細い脛《すね》がむき出しになっている。前でしゃがんでいる人間なら、胡坐《あぐら》をかいた脛の間から股間が覗けそうだった。

その沙門風の男——老人は傀儡師《くぐつし》だった。

ふたりの前に、もう一枚の絨緞が置かれ、その上で人形が踊っていた。

二十爪《ナン》余りの、木彫りの人形だった。

十体の人形は、それぞれ、讃歌《ヴェーダ》の神々を象《かたど》ってある。精緻《せいち》な造りで、神々が身に付けている装身具には、本物の金が使用されていた。

その神々が、老人の傀儡師の謡《うた》に合わせて、踊っているのである。火神アグニが、マルト神群と共に、雪山《ヒマヴァット》の魔竜を退治する有様を、踊りにしているらしかった。

アグニが、小さな片足をひょいとあげ、首を振りながらくるりとまわる。

人形とは思えぬ滑《なめ》らかな動きだった。

チン
チン
装身具の金属が触れあって、澄んだ細い音をたてる。

まるで生きているようである。小さく縮められた人間が、木彫りの人形に扮《ふん》しているのかと思った。しかし、人形の肌には、きちんと木目《もくめ》が走っている。

どのようなからくりがあるのか、アザドには見当もつかなかった。糸であやつっているとは見えなかったし、見物人はともかく、後からやって来た自分までが、あやかしにかけられているとも思えない。

手妻《てづま》の類ではないらしかった。

手妻は、所詮《しょせん》、小手先の技である。

おそらくは幻力《マーヤー》の類だろうが、生半可《なまはんか》な修行でできるものではない。そこらの仙人でも、この人形を幻力《マーヤー》で動かすことはできようが、人のように動かし、謡《うた》に合わせて踊らせることなど、そう簡単にできるものではない。

老人の目は、半眼になっている。

自分の声に合わせ、人形の上で、ひらひらと、細い骨ばった手をゆらめかせている。

その手にあやつられるように、人形が踊る。

人形が小手をかざし、くるりとそれをひるがえして、足をとんと踏むたびに、見物人の間に、感心したざわめきが沸いた。

——鮮やかなものだ。

アザドの目が、食い入るように、人形を睨《にら》んでいた。体内の気が、知らずその視線にこもっていた。

——と。

ふいに人形が動きを止めた。

それぞれ、手をあげかけ、足をあげかけた格好のまま、ばたばたと人形が絨緞の上に倒れた。

人垣から失笑がもれた。

月琴の音が止んだ。

「誰かな——」

猿に似た老人のしわがれ声が、低く響いた。

老人の顔がすっと持ちあがった。小さな半眼の目が、まっすぐアザドに向けられていた。

「――む」

老人が驚きの声を呑み込み、半眼の目が一瞬いっぱいに見開かれた。それが、瞬時に普通の大きさにもどる。

人垣が割れ、老人の正面に、アザドの全身があらわになった。

それまでアザドに気づかなかった見物人たちの口から、あからさまな驚きの声がもれた。その声には、はっきり不快な響きがこめられていた。

アザドにはわかっていた。

自分を初めて見た人間は、誰でも同じような顔をする。驚きと、そして不快さの入り混じった顔だ。

アザドは、粗末な腰布を付けているだけであった。腰に、鹿革の鞘《さや》に収められた、大ぶりの山刀《ククリ》が下がっている。これで弓でも手にしていれば、狩人《キラータ》とも見える。

並はずれた長身であった。

この場にいる最も大きな男より、頭ひとつ大きい。一見、瘦《や》せているようにも見えるが、そうではない。無駄な肉というものが、きれいに削《そ》ぎ落とされているのだ。皮膚の下には、しなやかで強靭《きょうじん》な筋肉の束がうねっていた。

だが、人々が驚いたのは、その体軀《たいく》にではなかった。彼らは、アザドの全身を包んでいるその皮膚を見て驚きの声をもらしたのだ。

アザドの長身を包む皮膚の右半分が、焼けただれて醜くひきつれていたのである。鼻すじからへそを通る身体の中心にその境目があり、そこからきれいに右半分が別人のように違う姿をしているのだ。その境目は、ぐるりと背をまわり、首すじから髪の毛の中まで続いていた。腰布の中にある陽根の中心にまで、その境目が続いているかもしれなかった。

顔の右半分は、悪鬼の形相をしていた。

目のかたちがかわり、唇の端が吊《つ》りあがっている。ほとんど表情らしきものがないかわりに、その右半分は、泣いているようにも、笑っているようにも見えた。

だが、その左半分の顔だけを見ると、そこらの男など遥《はる》かにおよばない、美しい貌《かお》だちをしていた。それも、ひ弱な美しさではない。たくましく整った顔だ。二十六〜七歳であろうか。少し厚めの唇から、白い歯が見えている。鋭い目をしていたが、瞳の奥に、暗い光があった。

アザドは、そこにつっ立ったまま、炯《けい》とした目で老人の視線を受け止めていた。

「ハリ・ハラかな——」

呻《うめ》くように老人が言った。

陰火が、その半眼にした目の奥に燃えていた。暗い憎悪の炎だ。

「ハリ・ハラ、だと？」

アザドはその名をくり返した。

人形が倒れたことについては見当がついている。

人形を見つめる余り、その視線に乗せて、知らず強い気を放ってしまったのだ。その気が、老人の幻力《マーヤー》を乱したのであろう。しかし、老人の言うハリ・ハラが、何のことなのかわからなかった。

「そうよ。このナハルジャの傀儡《くぐつ》の邪魔をしにきたか――」

傀儡師の老人――ナハルジャが吐き捨てた。

「ハリ・ハラなど知らん」

「ぬかせ」

ナハルジャが立ちあがった。

身長はアザドの胸までもなかった。体重は半分以下である。

ナハルジャは、自分の左手の人さし指を口に含み、指先の腹をぎりっと嚙《か》み破った。

――かっ！

と、ナハルジャの口から赤いものがアザドの顔に向かって飛んだ。

アザドは、身を沈めてそれをよけようとしたが、それより先に左腕が動いていた。左の二の腕が、その赤いものを空中で払っていた。

二の腕に、赤いものが付着していた。

血であった。

にっと笑ったナハルジャの唇から、数本の黄ばんだ歯が覗《のぞ》いた。その歯が、己《おの》れの赤い血で濡《ぬ》れていた。

「何をしやがる！」

アザドが言った。

左側の唇が吊りあがった。

しかし、右側の表情はほとんど変わらない。

不気味な顔であった。

人垣が、大きく開いていた。

さっきよりも、大勢の人間が集まっていた。

皆、好奇の目で、アザドとナハルジャを眺めていた。

「ちっ」

アザドは細く舌を鳴らし、背を向けて走り出した。

「あばよ。つきあってられねえぜ」

人の間を駆け抜けながら叫んだ。

アザドが走り去った後も、ナハルジャはまだそこに立っていた。

アザドの消えた方角を睨《にら》んでいる。

その唇が、ゆっくりと笑みのかたちに歪《ゆが》んでいった。

笑っているのではなかった。

それは唇のかたちだけで、そこに浮かんでいるのは、間違えようのない、憎悪の表情であった。

2

月が出ている。

青い闇が、あたりを包んでいた。

わずかに風がある。

その風が、多羅樹《ターラ》の林の中で眠っているアザドの鼻に、微《かす》かなマンゴーの香りを運んでくる。アザドは、眠りながらその匂いを嗅《か》いでいる。

耳には、まわりのくさむらで鳴く無数の虫の音が、絶え間なくとどいている。

その虫の音が、いつの間にか止《や》んでいた。

アザドは、眠りながらそのことに気がついている。

——なぜか。

そう考えている自分を、眠っている自分が眺めている。

まだ起きて確かめるほどのことではない。確かめるために行動すれば、本当に目覚めてしまう。できることなら、そのまま眠りをむさぼっていたいのだ。

さらに時間が過ぎた。

アザドの耳は、小さな物音を捉《とら》えていた。

虫の音ではない。

もっと別の音だ。あるかなしかの幽《かす》かな音。小さな、細い金属が微かに触れあう音だ。

それが近づいてくるようでもあり、ずっと同じ場所で聴《き》こえているようでもある。

——何かの危険の兆候かもしれない。

とアザドは想う。

しかし、起きるほどではない。

その音が、もう半分ほどの距離にくるまでは、まだだいじょうぶだろう。

夢うつつの状態で、アザドはその音を数えている。

どこかで聴いたような音だ。

——その時。

ふいにアザドの全身を、おそろしい恐怖が貫いた。背中に、冷たい氷の棒を突っ込まれたようだった。

凄《すご》い殺気が、アザドを包んだ。

殺気と逆の方向に、夢中で首を振った。

ザクッ、と、それまでアザドの首があった土の上に、金属の切先がめり込んでいた。薄いその刃先が、アザドの首の皮膚をかすめていた。

ぞっとして、アザドは立ちあがっていた。

立ちあがったアザドの左のふくらはぎに、鋭い痛みがはねた。

「これは！」

アザドは小さく叫んでいた。

闇の底に、小さな影が蠢《うごめ》いていた。

アザドの膝までもない黒い影。

昼間見た、あの傀儡師の人形たちであった。梢越《こずえ》しにこぼれてくる月明りに、人形の手に握られている剣の刃が、しらしらと光っていた。

人形が動くと、

チン

チン

と、澄んだ音がする。

人形が身に付けた、小さな装身具が、触れあって音をたてているのだ。

さっき聴《き》こえていたのがこの音だった。

——裏をかかれたか。

と、アザドは思った。

遠くから聴こえてくるその音に気を取られているうちに、アザドは見えない敵の術中に落ちていたのである。

遠くで聴こえていたのは、あれは、囮《おとり》であったのだ。人形の半分を遠くに潜《ひそ》ませ、わざと音をたてさせていたのである。

それにアザドが気をとられている隙《すき》に、残りの半分が近づいていたのだ。

あとほんの数刹那《サーナ》気づくのが遅かったら、さっきの一撃で、きれいにアザドの頸動脈《けいどうみゃく》は断ち切られていたであろう。

人形――聖典《ヴェーダ》の神々の顔が、無表情にアザドを見あげ、闇の底からひしひしと迫って来る。

マルト神群のひとりが、すっと剣を振りあげ、思いがけない速さで切りおろしてきた。

「しゃっ！」

鋭い呼気《こき》を放って、アザドの身体が跳ねあがった。

アザドの巨体が、軽々と宙に舞った。

アザドは、頭上の木の梢に跳びついていた。

大きくたわんだ枝の反動を利用して、アザドはその枝の上に身体をのせた。

ふくらはぎの傷を手で触れて確認する。

浅手だった。

血は流れているが、傷は筋肉にまでは達していなかった。

――どういうことなのか。

樹の上でアザドは考えた。

あのナハルジャという傀儡師がやっているのに違いない。

しかし、何のために人形に自分を襲わせるのか。

昼間、アザドに術を乱されて、恥をかかされたことを根に持っているのだろうか。

あの時、人垣からもれた失笑を、アザドはまだ覚えている。

――あれで見物人から金をもらえなかったからというわけでもあるまい。

「ハリ・ハラか――」

アザドは声に出してつぶやいた。

ナハルジャが言ったハリ・ハラという言葉が何なのかわからなかったが、そのことに関係がありそうだった。

アザドにはまるで覚えがなかった。

ナハルジャの、凄《すご》い目つきを思い出した。

〝因〟の深い目つきだった。

ハリ・ハラはともかく、どうして自分の居場所がわかったのか、そのことも不思議だった。

木の下で、大きな甲虫のように、人形たちが蠢いているのが見えた。

ごちゃごちゃとひと塊りになった、不定形の黒い獣のようにも見える。

皆、一様にアザドを見あげている。

亡者の群が、妄執《もうしゅう》を断ち切れずに、闇の底であがいているようでもある。

さすがに、木の上にまでは追って来れないようであった。

とにかく、今は逃げねばならなかった。

相手をしたところで、所詮《しょせん》、むこうは人形である。切ろうが突こうがどうしようもないであろう。バラバラになった手足が、それぞれなおも這いながら動いて自分に向かってくるのを想像すると、あまりいい気分ではなかった。

アザドは、自分の左腕がかすかに熱をもっていることに、ふいに気がついた。そこに目をやった。

肘と手首の中間あたりに付着した、赤黒いもの。

あの時、ナハルジャが吐きつけてきた血であった。アザドは、それを、左腕ではらったのだ。

その血を、アザドは何度もぬぐおうとしたのだが、だめであった。眠る前まで、樹にこすりつけたり、土でこすったりしたのだが、まるでとれる様子がなかった。皮膚ごとひきはがすより方法はないのかもしれなかった。

その血から視線をはずして、アザドは、となりに生えている樹に目をやった。こちら側に向かって、一本突き出している枝があった。今、アザドが乗っている枝と、同じくらいの太さだった。

アザドは、その枝と自分との距離を目ではかった。

なんとかやれそうだった。

もっと遠い距離を跳んだことだってある。

しかし、その時は昼で、今は夜である。

それでも自信はあった。

アザドは、自分の体重で、乗っている枝をたわませた。だんだんとその振幅を大きくしながら呼吸をはかる。

目は、これから跳び移る樹と、その横のもう一本の樹を交互に見つめている。

やるのなら、いっきにやらねばならなかった。

昼間なら、下の人形を避けて跳びおり、そのまま走り去ることもできようが、夜ではそうもいかなかった。跳びおりた闇のどこかに、あらたな敵が潜んでいる可能性もあるからだった。

跳びおりるなら、いきなり、やつらの思いがけない方向と場所でなくてはならない。

アザドの左側の顔に、太い笑みが浮かんでいた。

この事態を、楽しんでいるようにも見えた。

はずみをつけたアザドの身体が、夜の闇に舞った。

ざっと梢を鳴らし、アザドは目標の枝に跳びついた。そのまま身体を振って、さらにその横の樹に向かって跳んだ。そして、いっきにできるだけ遠くの草の上に着地する。

そして走った。

すばらしい速さだった。

獣並みに夜目《よめ》が利《き》くらしい。

林の中を駆け抜けていくアザドの巨体は、瞬時も止まらない。たくみに樹をすり抜けてゆく。

アザドの数クローナ右手の闇の中を、やはり凄いスピードで、同じ方向に駆け抜けていくものがあった。

アザドと、ほとんど変わらない速さであった。

「来たな」

アザドがつぶやいた。

笑みが浮かんでいるが、それが顔の左半分だけなのが不気味だった。

横手を走っていた黒い影が方向を変えた。

斜めに、アザドの進行方向に向かって近づいてきた。

アザドは、方向もスピードも変えなかった。

影とアザドとが、闇の中でぶつかった。

もの音はしなかった。

黒い影が、アザドに跳ねあげられたように宙に舞っていた。

くるくると回り、ざっと枝を鳴らして影が頭上の梢にしがみついた。

その下を、いっきにアザドが駆け抜けた。

影は、そのまま動かずに、アザドの走り去るのを目で追っていた。

右から黒い影が近づいて来た瞬間、アザドが影に向かって、右の手刀を放ったのだ。

充分にタイミングをはかった一撃だった。

しかもカウンターである。まともに当たれば、骨までひしゃげてしまう威力を持っていた。

だが、その手刀は空を切った。

影が地を蹴ってそれをかわしたのだ。

「あなどれぬ奴よ、ハリ・ハラめ――」

まだ揺れる枝にしがみついたまま、影がつぶやいた。

3

　──三日がたっていた。

　アザドの目は、赤く血管が浮き出ていた。

　あれから、ほとんど眠っていないのだ。

　眠ると、あの人形が襲ってくるのだった。

　最初の晩を入れて、三晩続けて人形と戦ったのだ。普通の者ならば、神経をすり減らし、とっくにまいっているところである。

　特に、昨夜のできごとには、さすがのアザドも恐怖を押えることができなかった。

　昨夜、アザドは、川の中洲に眠ったのである。まわりを水に囲まれたその場所ならば、安全と思ったのである。

　苦肉の策だった。

　相手は、木の人形である。

　ゆるい流れとはいえ、人形の身長よりは水は深い。むりに渡ろうとすれば、人形は流されてしまうだろう。

ところが、深夜になって、次々と人形はやってきた。

月光のちりばめられた青黒い水面に、ひとつ、またひとつと人形の顔が現われて来た時には、首すじの毛がそそけ立った。

人形は、その手に石を抱え、水面下の川底を、歩いて渡ってきたのである。

それから今日の朝まで、アザドは一晩中戦い続けたのだ。

肉体が、限界近くまで疲労していた。

人形につけられた、あちこちの傷が熱を持っていた。

アザドは、マガダ王国の都、ラージャガハに近い、小さな村までやってきていた。

疲れのため、村人がアザドに向ける好奇の視線も、まるで気にならなかった。

最初の粗末な小屋にたどりつくと、そこにいた女を捕まえて、アザドは訊《き》いた。

「このあたりに、聖典《ヴェーダ》にくわしい婆羅門はいねえか――」

アザドの姿を見、答えずに逃げ出そうとした女の腕を、アザドの手がつかんだ。

「な、教えてくれ。このあたりに婆羅門はいねえかい」

女は、つかまれた腕の痛さに顔をしかめていた。

全裸の子供が、小屋の中から出てきた。女にしがみついて泣き声をあげた。

女は、怯《おび》えた声で、婆羅門のひとりが、いつも沐浴《もくよく》に来る場所を告げた。

「すまなかったな」

アザドは女の腕を放し、その場所へ向かった。

そこは、アザドが昨夜人形に襲われた中洲よりも、一クローシャほど下った川辺であった。大きなピッパラ樹の古木が、川辺から水面に枝を投げかけていた。

そろそろ、最後の沐浴の始まる時刻だった。

陽《ひ》が西に大きく傾いていた。夕暮が近づいているのだ。

眠気をこらえながらアザドは待った。

婆羅門がやってきた。五十歳をいくらか過ぎたくらいに見えた。独りだった。

アザドは、ピッパラ樹の陰から姿を現わした。

婆羅門の顔色が変わった。

アザドの右半分のひきつれを見たためばかりではない。神聖な場所に、階層《ジャーティ》の下の人間を見たためである。

婆羅門の多くが、沐浴に向かう途中に、奴隷《シュードラ》とすれちがうと、いったん家にもどってからまた沐浴に出かけなおしたりする。

この婆羅門も、そのクチらしかった。

婆羅門の前に、うっそりと立ちはだかり、アザドは言った。

「ちょっと訊きたいことがあるんだが――」

婆羅門は、無言のまま顔をそむけて、立ち去ろうとした。

「待てよ」

アザドは婆羅門の腕をつかんだ。

すごい力で、婆羅門がそれを振り払おうとする。しかし、がっちりと食い込んだアザドの指は、離れなかった。

「おれは奴隷《シュードラ》じゃねえ」

アザドが苦いものを、吐き捨てるように言った。

婆羅門の抵抗が弱まった。

「平民《ヴァイシャ》か」

「そうだ」

「信じる他なさそうだな」

「そういうことだ」

アザドが言うと、その顔を、婆羅門が睨むように見た。

「――ダスユか」

と、婆羅門がつぶやいた。

自分に言い聞かせるような口調だった。

婆羅門のその言葉に、アザドは答えなかった。

「教えてもらいたいことがある。ハリ・ハラというのは何のことだ」

アザドが言うと、婆羅門の顔に意味ありげな笑みがこぼれた。知っている顔つきである。

「その前に、その手を放してもらおうか」

アザドは、婆羅門の腕を放した。

「教えてくれ」

「ハリ・ハラとな？」

婆羅門に落ち着きがもどっていた。

「そうだ。ハリ・ハラとはなんだ」

「神の名前よ」

「神の？」

「いかにも。それもただの神ではない。ふたりの神がひとつになった神の名前がハリ・ハラだ」

「――――」

「わからぬのか。叡智《えいち》の神ヴィシュヌと、破壊神シヴァがひとつになったのがハリ・ハラよ——」

「なに!?」

「婆羅門なら子供でも知っていることだ。ハリ・ハラはな——」

婆羅門は、言葉をいったん止め、また笑みを浮かべた。

「——ハリ・ハラは、その身体のまん中からふたつにわかれているのだ。片方がシヴァ、片方がヴィシュヌとな。ちょうど、おまえのその身体のようにだ」

婆羅門は、アザドを左手で指さした。

確かに、アザドはそのように見えた。

焼けただれ、ひきつれた肌を持つ半身が破壊神のシヴァ、整った貌《かお》だちの半身が、叡智の神ヴィシュヌ——。

まさしくそのハリ・ハラが、この世に具現した姿がそれであった。

「もうひとつ教えてくれ。婆羅門の秘法の中に、木彫りの人形を、生き物のようにあやつる術はあるのか——」

アザドが言うと、婆羅門の顔色が変わった。

「おまえ、どこでその法を見た?」

「やはりあるのだな」

「ある。しかし、婆羅門の法ではない。それは邪法だ」

「邪法だと」

「幻力《マーヤー》をもってする、遠動の法よ。ヴ・ヴを信仰する祭官がその法を使うと聞いたことがある」

「ヴ・ヴとは？」

「ダスユの神で、蛇身人頭の蛇魔さ——」

婆羅門が言った。

陽が沈みかけていた。

また、あの夜がやって来ようとしていた。

ふと、婆羅門の目が、アザドの左腕に止まった。

そこにナハルジャに付けられた血が、まだこびりついていた。

「おまえ、血縛りをかけられているな」

「血縛り？　この腕の血のことか」

アザドは左腕をあげた。

「そうだ。やはり、邪法でな、己れの血を相手の身体に付けて、そいつを逃げられぬようにする法のことさ。いったん血を付けられると、どこへ逃げようとも、相手にその場所が知られてしまう――」

「何かそれから逃げる方法はないのか」

「ない。いや、血縛りをかけた相手を殺すことができれば、自然にその血は洗い落とすことができる。だが、相手が生きているうちはだめだ」

「自分が死ぬか、相手が死ぬかか――」

重い塊りを吐き出すように、アザドが言った。

まったく、やっかいなことに巻き込まれたものであった。

「ヴ・ヴとハリ・ハラとは、何か関係があるのか」

「ああ。ヴ・ヴを信仰する者にとって、ハリ・ハラは敵《かたき》だ。ヴ・ヴは、インドラに退治された、蛇魔ヴリトラの子さ――」

「――――」

「ヴ・ヴはハリ・ハラに殺されたということになっている」

「なるほどな。それで、ハリ・ハラが敵《かたき》か」

アザドが言った時、ふいに頭上の樹の間に、強い瘴気《しょうき》がふくれあがった。

「危ない！」

アザドが叫んだ時、頭上から、ふたつの黒い物体が落下してきた。

アザドが、身をかわしてそれをよけていた。

血が凍りつくような悲鳴が、婆羅門の口から吐き出された。

おぞましい、二度と聞きたくない悲鳴であった。

婆羅門の左の肩口に、あの人形がしがみつき、首の付け根から身体の中心へ向けて、深々と剣を突き立てていた。

血しぶきがあがった。

血が、点々と黒く汚した大地に、どっと婆羅門が倒れた。

血の泡を吐いていた。

婆羅門の身体は痙攣《けいれん》し、すぐに動かなくなった。

婆羅門の肩に、幽鬼のように取りついていた人形が、もぞもぞと起きあがった。

アザドを襲った人形は、すでに起きあがり、下からアザドを見あげていた。

ふたつの人形が動いた。

チン
チン
と、澄んだ金属音が迫りかけた闇に響いた。

長い夜が始まった。

4

五度目の夜がおとずれようとしていた。

身体が、泥のように疲労していた。

ほとんど眠っていないのである。昼間、わずかな時間、仮眠程度の睡眠をとっただけだった。

今度、ほんのわずかでも眠ったら、本格的に眠り込んでしまうことは目に見えていた。

そうなったら、たとえ雷がすぐ近くに落ちたところで、気がつきはしないだろう。

そして、おそらくは二度と目を開くことはないに違いない。

しかし、何にも増して、眠りへの誘惑は堪え難かった。この身を切り刻まれることになろうとも、眠りをむさぼりたかった。

細胞のひとつずつにまで、ぎっしりと砂がつまっているようだった。

目がくぼみ、頬の肉がこそげていた。

この五日間で、驚くほど肉が落ちていた。

無駄な肉だけでなく、疲労が、必要な肉まで削《そ》ぎ落としてしまったのだ。

今晩中に何とかしなければならなかった。

体力の、最後のひとしずくまでもが、しぼりつくされてしまったようだった。

今、アザドを支えているのは、得体の知れない怒りだった。超人的な精神力で、肉体を叱咤《しった》しているのだ。

——くたばってたまるか。

という意識があった。

ハリ・ハラだか、ヴ・ヴだか知らないが、身に覚えのないことであった。向こうの勝手な理由で殺されるのは、我慢できぬことだった。

アザドは今、最後の戦いをいどもうとしていた。

今度はこちらからしかけてやるのだ。

どうころぶにしろ、これを最後の晩にするつもりだった。

森の中である。

すでに、闇が重く垂れ込めていた。

そこは、森の中の小さな広場だった。草地の上で、アザドは火を焚《た》いていた。

見あげれば、梢に丸くふちどられた夜空が見える。

どの樹からも、ほどよく距離をとってあった。木の真下に眠る危険が、昨日の一件ではっきりしたからだ。人間ほどうまくはないにしろ、あの人形共が、樹にも登れることを知ったからである。

おれのために、あの婆羅門は死んだのだ。

川原から拾ってきた砂岩の上で、アザドは山刀《ククリ》を研《と》いでいる。たんねんに、ていねいに研いでいた。

時おり、水を含ませた布で、刃をぬぐっては、その研ぎ具合を確かめる。

昼の間に、想いついたことがいくつかあった。

それを、今晩試してみるつもりだった。どうせ、今晩しか機会はないのだ。

だから、こうして、敵に見つかりやすくなる危険をおかして、火を焚いているのだ。

人形は、相手が生き物でないだけに、始末が悪かった。今日までに、四体は破壊しているから、残っているのは、あと六体だった。人形は、手や足を壊《こわ》すだけでは動きを止めない。棒で叩けば、遠くへすっとぶが、すぐにまた起きあがって追ってくるのだ。

生きた人間が相手なら、もっと楽であった。

人間は、気を発散させている。その気を読めば、ある程度は次の動きの予測がつく。しかし、相手が人形ではそうはいかなかった。

人形にやられた身体中の傷がうずいていた。身体全体が、ぼうっと発熱している。痛みは、今となってはむしろ楽であった。

痛みにすがることで、意識を保つことができるからだった。しかし、今はその痛みすらが、遠のいている。浅手ではあったが、まともな治療をしていないため、傷が膿《うみ》を持ち始めているのである。

何よりも辛いのは、眠れないことだった。

——だが。

と、アザドは刃を研ぎながら考える。

自分にはもっと辛いこともあった。これくらい耐えられなくて、どうするというのだ。どうなるにしろ、明日の朝までにはカタがつくのだ。

そうすればいやになるほど眠ることができる。それが、死という眠りであるにしてもだ——。

アザドは、幼い頃、母親のもとからさらわれ、奴隷として育てられた。

それも、ただの奴隷ではない。主人のなぐさみものとなるだけの、戦闘用の奴隷であった。

主人の命令のままに、他の奴隷と、生命をかけて戦わされたのだ。相手は、人間だけではなかった。獅子《しし》の時もあれば、巨大な蛇であったこともある。

相手に勝つ度《たび》に、アザドは、主人によって身体に赤く焼けた剣を押し当てられた。それも、きちんとアザドの右半身ばかりをねらって――。

主人の楽しみは、アザドを戦わせるだけでなく、一匹の化物を造り出すことの方にあったようだった。身体の半分を醜いひきつれでおおわれた獣が、こうしてできあがったのだ。

アザドは、勝ち続け、火傷《やけど》の跡にまた火傷が重なり、今のような姿になった。

だが、赤く焼けた剣を押し当てられる痛みよりは、自分が生き残るために、相手を殺すことの痛みの方が遥かに辛かった。

逃げ出して、いつか母親のもとに帰りたいという狂おしい欲求さえなかったら、もうとっくに死んでいたところだ。

ある日、隙を見て主人をくびり殺し、アザドは逃げ出した。

そして、ようやく母親のもとへ帰りついてみると、母は、我が子を失った悲しみのあまり、人肉を喰らう夜叉《やしゃ》となり果てていたのである。

アザドは、その両腕で、血涙を流しながら、母を抱き締めて殺したのだった。

アザドの肉を口に頬ばりながら死んでいった母の姿が想い出された。

アザドの肉体の奥に、熱い溶鉄に似た炎がちろちろと燃えていた。けっして消えることのない、暗い炎だった。

その炎が、今、アザドを救っているのだ。

――あの時も、こんな月が出ていた。

刃を研ぎながら思う。

刃はみごとに研ぎすまされていた。

もともとは、打撃力でものを切るための山刀《ククリ》が、髯でも剃《そ》れそうなほどになっていた。

今晩の目的のためには、もう充分である。

しかし、アザドは、刃を研ぐのをやめなかった。

今は、研ぐ、ということより、眠らないためにその動作を続けているのだ。鋭利な白い刃先を見つめていると、しんと心が澄みわたり、肉体の奥から這《は》いあがってくる眠気をおさえてくれるのだ。

アザドの感覚も、異常なほどに研ぎすまされていた。長時間眠らないと、人間には、ふいにこういう状態がおとずれる。

身体中の感覚が、かつてないほど鋭敏になっている。風にさやぐ、葉ずれの音のひとつずつが、きちんと聴きわけられるほどだった。

その葉ずれの音の中に、微かに別の音が混じっていた。

チン

チン
という、金属と金属とが触れ合う細い音。

——来た。

アザドの顔に、不敵な笑いが浮かんでいた。

この数日間の恨みの全てを込めて、戦ってやるつもりだった。

肉体が、ぎりっと緊張してひき締まる。

ぞくぞくするような興奮が、アザドの肉体を包んでいた。残った力の全てが解放される時を知って、肉体が喜びに震えているようであった。

アザドを中心にして、草の上に枯れ草が敷きつめられていた。

人形たちが、近づくだけ近づいた時が勝負だった。

カサ、カサ、と、小さな足が枯れ草を踏む音がした。

アザドは、近づいて来る足音の数を数えた。

全部で六つ。

思った通りだった。

神々の姿をした人形が、アザドの周りを取り囲んだ時、アザドは動いていた。

焚き火から燃えた木の枝を拾いあげ、立ちあがっていた。その木の枝を、次々に人形たちの背後に投げた。

くるくると、闇に赤い弧を描いて燃えさしが飛んだ。枯れ草の上に煙があがり、それが、たちまちオレンジ色の炎に変わる。

パチパチという音がはじけた。

炎の中に、手に剣を持った神々の姿が浮かびあがった。奇怪な光景であった。神々は、少しも火を恐れていなかった。無表情な顔で、アザドに迫ってくる。彼等自身には、意志がないのだ。

飛びかかってきた最初の神、アグニを、アザドは炎の枝でおもいきり叩きつけた。アグニの身体が、背後の炎の中に転がった。アグニが立ちあがる。その身体には、もう炎がまとわりついていた。

火神アグニは、名の通り、炎を身にまとったまま、アザドに向かって歩いてくる。枯れ草を踏むその足元から次々に炎があがっていく。

炎の中で、伝説のハリ・ハラと化したアザドは、神々を炎の枝でなぎはらい、ただひとつ残しておいた出口へ向かって走った。

悪鬼と人面の半分ずつの相を持ったアザドの顔に、赤い炎がてらてらとゆれた。

アザドは咆哮《ほうこう》した。

獣の雄叫《おたけ》びであった。

せばまる出口を駆け抜けざま、アザドはそこに炎を落とした。出口が、たちまち炎でふさがってゆく。

ナハルジャは、どこかでこの光景を見ているはずであった。

あわてているに違いなかった。

黒い獣となって、アザドは森の中へ駆け込んだ。

5

月琴の音が聴こえていた。

誰かが、夜の森の中で、月琴を弾いている。

それが誰か、アザドにはわかっていた。

ナハルジャの連れていた、あの奴隷《シュードラ》の女である。

音の方に歩いてゆくと、小さな焚火の前に、あの女が座っていた。

ゆったりとした布をまとい、大きな瞳で前方の闇を見つめている。長い髪が、微かに風にそよいでいた。

色の白さが、闇に鮮やかだった。

アザドは、気配を断ち、ゆっくりと女の背後に近づいた。

「もう無駄だぜ——」

アザドは言った。

女が手を止め、アザドを振り返った。

「あんたらの大事な人形は、今頃は灰になっている頃さ」

女の顔に、驚きの色が浮かび、一瞬の波紋のように、それはすぐにおさまった。

アザドは、左の唇をゆっくりと吊りあげて笑った。そのまま女の傍に立った。

女は、アザドの左腕に目をやり、そして微笑《ほほえ》んだ。

「〝血縛り〟を切り取ってしまったのね」

「ああ」

アザドはうなずいた。

アザドの左腕から、血が流れていた。アザド自身の血であった。アザドは、研いだ山刀《ククリ》で、〝血縛り〟をかけられた皮膚を、薄くはいだのである。

「ナハルジャの爺さんは、おれの行方を捜して、森の中をうろついていることだろうぜ」

アザドは、女の横に腰を下ろした。

「ナハルジャを待たせてもらう。今夜中にケリをつける――」

「ハリ・ハラが、またヴ・ヴの一族を殺すのね」

女が、透きとおった声で言った。

「おれはハリ・ハラなんかじゃない」

「いいえ、ハリ・ハラよ」

「おれにはアザドという名前がある」

「ならば、アザドでハリ・ハラなのよ、あなたは――」

女が、迷いのない声で言った。

「ばかな」

「知ってる？　ものはね、人でも獣でも花でも、誰かがそう呼んだ時から、その呼ばれたものになるのよ。神々だって、みんな同じことなの――」

「――」

「アザドというあなたの名前を知っている者が、みんな死んでしまったら、この世界からアザドという人もいなくなるのよ」

「おれは、ひとりになってもおれだぜ」

「そう。あなたは、ひとりになってもあなたよ。でも、アザドではなくなってしまう。名前はね、本人のためにあるのではなく、あなたを見てくれるもののためにあるのよ。ね、ハリ・ハラ……」

女の言葉に、何かアザドが言いかけた時、焚き火の向こうに、ナハルジャの姿が現われた。

アザドは立ちあがっていた。

「ケリをつけようぜ」

ぼそりと言って、ナハルジャの前に立った。

ナハルジャの目が、すごい殺気をこめてアザドを見つめ、それがすぐに半眼になる。

ふいに勝負が始まっていた。

ナハルジャの手に小剣が握られていた。

それが、よどみない動きで、アザドを襲った。

アザドは、そのことごとくを、まるで風のような身軽さでかわした。白刃をくぐりながら、アザドは、舞いを舞っているようにも見えた。アザドは、山刀《ククリ》を使おうとしなかった。

剣先が、それまでより、数瞬長く横に流れた時、アザドの巨体が、すっとナハルジャの懐に入り込んでいた。

アザドの手がふいに伸び、軽くナハルジャの首を撫《な》でた。

ナハルジャの細い首が、奇妙な角度に折れ曲がっていた。肩と頭とが横に平行になっていた。

猿に似た目が、驚いたように見開かれ、アザドを見ていた。それから二度剣を振り、ナハルジャは、ゆっくり前のめりに倒れた。

そして、もう二度と動かなかった。

あっけない勝負だった。

アザドの肉体から、急速に力が失せていった。

全ての力を出しつくしてしまったのだ。

「ハリ・ハラ、あなたの勝ちね――」

アザドの背後に、女が立った。

――ああ。

と答えようとしたアザドの背に、激痛が走っていた。

アザドは、自分に何がおこったのかと思った。

背に手をまわし、激痛の箇所に触れた。

堅く、冷たいものが手に触《さわ》った。それが、みるみるなま温かくぬるぬるしたもので濡れてくる。

アザドの山刀《ククリ》が、アザドの背に、にょっきりと生えていた。

女が、アザドの山刀《ククリ》を抜き取り、それでアザドを刺したのだ。

それが、ようやくアザドにわかった。

アザドが女に向きなおる。

女の美しい顔が笑っていた。

美しい顔だと、アザドは思った。

「そうか、あんただったのか。みんなあんただったのか――」

「そうよ。本当の傀儡師はあたしだったの。あの人形も、ナハルジャも、みんなあたしがあやつっていたのよ。最初の晩に、あなたとぶつかった黒い影もこのあたしだったのよ――」

女が優しい微笑を顔にためながら言う。

まるで、少女のようであった。

「あたしは、ダスユの中でも、一番濃くヴ・ヴの血をひいているの――」

女の肩から、はらりと布がはずされた。

全裸になった女が、足元に布を落としたまま、炎の灯《あか》りの中に浮かびあがった。

「お――」

アザドは呻いた。

「そうよ」

優しく、あやすように女が言った。

歌うような声だった。

「よく見るのよ、ハリ・ハラ。これが本当のあたし——」

アザドは見た。

女の、美しい乳房が、途中から蒼《あお》い鱗《うろこ》でおおわれていた。鱗は、赤い乳首のすぐ下あたりから始まり、暗い虹の光沢を放っていた。その鱗は、胸から腹を伝い、膝のあたりまで肌をおおっていた。

「ぐ……」

と、アザドの喉が鳴った。

蛇魔ヴリトラの子ヴ・ヴ——その血を伝えるという娘が、優しい笑みを浮かべ、全裸でアザドの前に立っているのだ。

「死になさい。ハリ・ハラ——」

女が歌うように言う。

「ヴ・ヴの舞いを見ながらね」

女の華奢《きゃしゃ》な白い手が、闇の宙にゆっくりと持ち上がり、小さくひるがえる。

とん、とん、と素足が地を踏み、女が舞い始めた。

アザドに語りかけていた女の声が、高い何かの旋律のようなものに変化していた。

夢の中で聴く、身をとろかすような声であった。

体内から外へ抜け出てゆこうとする力を押さえ込むように、アザドは己れの肉体を、しぼり上げた。

背に激痛が走り抜ける。

その激痛がアザドを、一瞬、覚醒させた。

女の視線が、宙にひるがえした自分の小手《こて》に動いた。

「くうっ」

アザドは、呻きながら女に跳びついた。

女の動きが止まっていた。

アザドの太い指が、女の白い喉を包んでいた。

薄れていく意識を呼びさましながら、アザドはゆっくりとその手に力をこめた。

上背の差がありすぎて、山刀《ククリ》の先端は、心臓までとどいていなかった。

しかし、血が身体から流出していくにつれ、アザドの力も流失していった。

手から、腰から、背中から、エネルギーがどんどん逃げ出していくようだった。

それでも、アザドは、その手の力をゆるめなかった。

ハリ・ハラも何もない。

同じダスユが、なぜダスユを殺すのか。

それを問うように、アザドは指をしぼった。

女は、まだ、アザドを見ていた。

アザドも、また、女の眼を見ていた。

女の黒い瞳の表面に半人半獣の自分の顔が映っていた。

女は、苦悶《くもん》の動きではなく、まだ舞いの続きだとでもいうように、ゆるゆると手を動かしていた。

それが、自分の務めだとでもいうように、ゆっくりと、ていねいに、優しくその指に力を加えていった。

泣きそうな顔をしているアザドをいたわるように、女の顔は、まだ優しい微笑を浮かべていた。

夜より這《は》い出《い》でて血を啜《すす》りたる

1

はい。

もう、まことに、何と申せばよいのやら——。

我が殿アーモンさまのご気性といいましたら、まだ子供の頃と少しも変わっていないようでございます。

ご退屈の虫に、アーモンさまがおとり憑《つ》かれになりますと、わたくしはもう冷や汗ものでございますよ。またぞろ、何やら危険なことをお始めになるやも知れず、その度に、わたくしは、はらはらのし通しで、頭もこのように、どんどん薄くなってゆく一方なのでございます。

聖典《ヴェーダ》の中にも、頭の毛の濃くなる呪法《じゅほう》はございませんし、まことに困ったことでございます。

アーモンさまが、ご退屈されると、わたくしもそれを慰めるべく、あれやこれやと、お心を楽しませるものを捜すのでございますが、最近のアーモンさまは、退屈を感じられると、旅に出るのがお気に入られているご様子でございます。

今度の旅も、アーモンさまのお心をお慰《なぐさ》め申しあげるために、わたくしがお連れ申しあげたのでございます。

丁度、ビサーカ月の黒の十二日の陽暮《ひぐ》れのことでございました。

紅い無憂樹《むゆうじゅ》の花の香が、昏《たそが》れの陽に、とろりと溶《と》けている頃でございました。

「どうにも退屈でやりきれぬな」

アーモンさまがふとつぶやきました。

「旅に出たとは言っても、何事もおこらぬでは、ナーガの森で、あやかしの二〜三匹でもからかっていた方がマシではないか」

アーモンさまのお口からは、国王様《ラージャン》が聴いたら、お怒りになるような言葉ばかりが出てくるのでございます。

「何事もおこらぬ、ただそれだけのことを、誰もがどれだけ望んでいるのかを知らないから、ぼっ、ちゃ、ま、はそう言えるのでございますよ」

「ぼっちゃまはいかんと言ったではないか、ヴァシタ――」

アーモンさまが、わたくしをたしなめます。

「ぼっ……」

……ちゃまと言いかけて、わたくしは口をつぐみました。

アーモンさまは、その時、腕を組んだまま空を見あげておりました。

星が、その光を増し始めてゆく頃で、空がいよいよ深く、わたくしたちの頭上に広がっておりました。

わたくしとアーモンさまとは、大きな榕樹《バンヤン》の根元に今夜の宿をとることに決め、ふたりで火を囲んでいる所でございました。

アーモンさまのひときわ大きく、分厚い胸が、ゆるくふくらんでは、また縮んでいます。

わたくしにとっては左手、アーモンさまにとっては右手の方角の遥《はる》か遠くに、神々の御《お》宿《やど》、雪山《ヒマヴァット》の峰々《みねみね》が連なって広がっています。

陽の光は、すでに雪山《ヒマヴァット》の頂《いただき》を通り過ぎて、さらに上方の天へと光の矢を走らせています。

空からの照り返しで、ほんのわずかに、雪山《ヒマヴァット》の雪の色が赤く染まっています。

澄んだ空気の底に、神々の連座が、青く虚空《こくう》に浮くようによく見えております。

アーモンさまは、今はそちらの方に視線を移しておりました。

ふたりの間で燃えている焚火《たきび》の炎が、アーモンさまの横顔に、ゆらゆらと揺れております。

そのお顔を見て、わたくしはいくらか安心いたしました。ゆったりとした太い唇が、心なしか笑みを含んでいるようでございます。

実際には退屈はなさっているにしろ、アーモンさまは、かなりのところ、満足もなさっているようでございました。

おお。

わたくしは実のところ、この岩のようなお方が、とても愛《いとお》しくてならないのでございます。

わたくしたちのいる所は、小高い丘の中腹でございまして、なだらかな岩の起伏の向こうに、さえぎるもののない、雪山《ヒマヴァット》の姿が見えるのです。

この丘を下った所に村があるらしく、ふたつみっつの炎が、下方の青い闇の中に見えておりました。

乳粥《ちちがゆ》の入った鍋《なべ》を、その炎のどれかが煮ているらしく、下から吹きあげてくる風の加減で、どうかするとその匂いがここまで届いてきます。

わたくしもアーモンさまも、先ほど食事はすませたのですが、何しろこの巨体ですから、アーモンさまは、食べ足りなかったのでございましょう。何やらしみじみと腹をすかせた熊のような顔をなさっておいででした。

コーサラ国との国境に近い辺りで、もしかすると、下の村は、もうコーサラ国なのかもしれません。

「退屈だ退屈だ」

とおなげきになるアーモンさまをあやしながら、話などしておりますうちに、陽もとっぷり暮れてまいりました。

見上げれば、頭上から垂れ下がっている榕樹《バンヤン》の気根の間から星が見えております。気の遠くなるほどの星の数でございました。

——と。

その時、灯《あか》りのちらちらする下の方の村から、何やら人の声が、風に乗ってとどいてまいりました。

切れ切れに聴こえてまいりますのは、何やら聖典《ヴェーダ》の一節を唱しているもののようでございます。

「呪法《ヴェーダ》だな――」

アーモンさまがぽつりと言われました。

なるほど、呪法《ヴェーダ》でございました。

悪しき毒虫や毒蛇から身を守るための呪法《ヴェーダ》の中でも、特に力の強いものでありました。

「婆羅門《バラモン》が誰ぞ来ているようでございますな――」

わたくしが言いますと、アーモンさまがうなずきました。

夜気に乗って、ひときわ冴《さ》えざえと、呪法《ヴェーダ》の声が高まります。

「あやかしが出ると見たが――」

アーモンさまが、背の寒くなるような笑みを、その口元に浮かべました。

「あやかしなんぞ、そう出るものではございません」

「しかし、あの呪法《ヴェーダ》は何だ。夜になれば、何やら出てくるので、あのようなものを唱えておるのではないか――」

「いいや、必ずしもそうとは限りませぬわ。村の誰ぞが、婆羅門《バラモン》に、呪法《ヴェーダ》の教えを受けているのではありませぬか」

「婆羅門《バラモン》が、平民《ヴァイシャ》に呪法《ヴェーダ》を教えたりなどするのか――」

「今日びの婆羅門《バラモン》のうちには、そのような輩《やから》も、かなりおるようでございますからなあ

「――」

「ふむ」

「なんぞのあやかしで出るようでしたら、このヴァシタめが、あんなものより、よほど効きめがあるとっておきの呪法《ヴェーダ》を用意しておきますから、ぼっちゃまは、つまらぬ考えなど捨てることです」

「つまらぬこと？」

「また、のこのこあやかしの出そうな所へとお出かけになりたそうなお顔をしておりますからな――」

「呪法《ヴェーダ》であやかしやもののけから身が守れるなら、こんなに便利なことはないが、呪法《ヴェーダ》そのものには、たいした力はあるまいな。呪法《ヴェーダ》そのものに力があるのなら、誰が唱えようと、それなりの効果があろうが――」

「まあまあ。それにしても、このヴァシタの呪法《ヴェーダ》は特別な生気《プラーナ》をもちいますのでな。かなりの効き目はあると思われますよ」

「ヘタな呪法《ヴェーダ》は、かえって、自分の所に、悪い怪《け》を呼び寄せるというから、それもいいかもしれぬな」

「アーモンさま――」

「冗談さ、ヴァシタ」

そのような話をしておりますうちに、いつの間にやら、焚火の炎が小さくなっておりました。

アーモンさまは、お尻の下に敷いておりました太い枝を手におとりになり、それを炎の中に投げ入れました。

火の粉がはぜて、小鬼の眼玉のように、夜の中に舞いあがります。

「そろそろ眠るか――」

じきに、長い雨際《うざい》の季節が始まろうという頃でございます。そうなれば、このような気ままな旅をしていられるものでもありません。

アーモンさまの父君である国王《ラージャン》も、雨際《うざい》の始まるまでにはもどるようにとおっしゃっておりましたから、そろそろ、足を王舎の方へと向けねばならぬ頃でした。

眠るか――とアーモンさまがおっしゃってから、さらにしばらく、わたくしどもは話を続け、さていよいよ眠ろうかというその時、闇の奥から、不気味な人の悲鳴が響いてきたのでございます。

まるで、悪魔《マーラー》に、尻から魂を抜き取られる時の声のようでありました。

その悲鳴が、さらに不気味な絶叫に変わり、それがふいに途ぎれました。

最初に聴こえたのが、誰かがこの闇の中で恐ろしいものと出会った時の悲鳴、次に聴こえたのは、その誰かがその恐ろしいものに襲われた時の絶叫と思えました。

わたくしとアーモンさまとは、焚火をはさんで顔を見合わせました。

悲鳴が聴こえたのは、闇の下方、灯りの見えていた村の方向でございました。

アーモンさまは、無言で、焚火の中に手を入れると、先ほど投げ入れた木の枝を拾いあげました。

のっそりと立ちあがります。

「いけません、ぼっちゃま」

わたくしは強く言い放ちました。

アーモンさまは、その炎のついた枝を握ったまま、闇の下方を睨《にら》んでいます。

いつの間にか、呪法《ヴェーダ》の声が止んでいました。

アーモンさまは、燃える木の枝を握ったまま動こうともいたしません。

下方の村に、人の騒ぐ気配が満ちました。

「火のそばから動いてはなりません。アーモンさま」

わたくしは言いました。

「動きはしない」

アーモンさまが、広い背を、半分わたくしに向けたまま答えました。

「どうやら向こうの方から、こちらにやってくるらしいからな――」

アーモンさまの身体の中で、何かの力が、ぎりっとたわむ気配がありました。

わたくしも立ちあがっておりました。

アーモンさまの横に並びます。

闇の下方から、何者かがこの丘を登ってくる気配があります。

いえ。

気配というよりは、それは妖気《ようき》でございました。

この世の者ならぬ肉を持つ者だけが、その身体から発することのできる瘴気《しょうき》――まさしく、妖気でございます。

とろとろと精気を吐き出す生きた汚物が、ゆっくりと登ってくるのでございます。

先ほどの悲鳴が聴こえてきたのは、我々と下の村との中間あたりの丘の斜面だったのでございましょうか。

その悲鳴は、我々の所へ届くのと同時に下の村まで届いているに違いありません。だからこそ、呪法《ヴェータ》の声も止んで、何か騒がしい気配が満ちているのでございましょう。

小さな音。

何ものかが、斜面の小石を踏み、草を踏んで近づいてくる音でした。

人間!?

わたくしは、妖気をひしひしと身に受けながら、その妖気をさぐりました。肌から、皮膚一枚分下までその妖気を滲《し》み込ませて、自分の肌との馴《な》じみ具合を見るのでございます。

その妖気は、わたくしの皮膚で小さくはじけ、無数の鳥肌を、わたくしの皮膚の表面にたててゆきました。

風が斜面を吹きあげてきます。

腥《なまぐさ》い臭気が、その風の中に混ざっておりました。

甘い、口の中が酸っぱくなるような臭い。

「血だ」

短くアーモンさまが言いました。

それは血の匂いでした。

わたくしは、闇に眼を凝《こ》らしました。

星明りの下に、黒々と、近い岩が見え、その間に草が揺れています。

それよりさらに遠くは、黒く闇へ溶け込んで、炎の灯りは届きません。

小石や、草を踏む何かの気配が、ふいに止みました。

何ものかが、我々のことに気づいて、動きを止めたのです。

「あそこだ」

アーモンさまがつぶやきました。

ちょうど、炎の灯りが届くか届かないかの辺りでした。

そこに、黒々とうずくまっているものがありました。

人の高さではありません。

それよりももっと低い、地面に近いあたりに、不気味な黒いわだかまりがあるのです。

そのわだかまりの中心あたりに、何かがふたつ、小さく光っています。

何ものかの眼。

何ものかが、そこにうずくまって、両眼でわたくしとアーモンさまとを睨んでいるのでございます。

その眼の表面に、アーモンさまが手にお持ちになっている炎が映り、光っているのでございました。

その光が、時折、見えたり見えなくなったりするのは、そのものが、眼を閉じたり開いたりしているからでございましょう。

アーモンさまもわたくしも、薄い布ひとつを身につけているだけでありました。

わたくしは、腰に細身の短剣を差しておりましたが、アーモンさまはまるっきりの丸腰でございました。

焚火の前に置いてある皮袋の中には、もうひとつの短剣が入っておりますが、アーモンさまは、いつもそれを身につけようとはなさいません。

その皮袋を取ろうとわたくしが腰をひきかけた時、いきなり、アーモンさまが足を前に踏み出しました。

ざっ
と、土を蹴《け》って、それが岩の影に疾《はし》りました。

——人か!?

一瞬、わたくしにはそれがそのように見えました。

確かに、それは人に似た格好をしておりました。

しかし、わたくしは、もうひとつのものも、はっきりとこの老いぼれた眼で見ていたのでございます。

その、横へ跳んだものの脚の間——尻から、黒々と、太い蛇に似たものが生えていたのでございます。

アーモンさまも動いておりました。

黒い影が消えた岩の反対側へ、回り込もうとする動きです。

無茶苦茶なことをするアーモンさまでございます。

相手が何ものかもわからぬというのに、武器も持たずに、黒い影の後を追おうというのでございますから——。

「いけません！」

そう叫んだ時には、アーモンさまは、岩の反対側へ回り込んでいました。

しゅっ
と、不気味な、何かが空気を裂く音が響きました。

アーモンさまの手から、炎の点《っ》いた枝が飛んで、炎が消えていました。火の消えた枝が、くるくると、闇の中に赤い光の筋を描いてゆきます。

それが、岩にぶつかって無数の火の粉をはじけさせました。

アーモンさまの横に、わたくしは立ちました。

「大丈夫でございますか」

「ああ」

アーモンさまは答え、闇の奥に視線を走らせました。

その視線の先の闇の中を、凄《すご》い速さで、何ものかの気配が遠のいてゆきます。

アーモンさまは、それから数歩足を進めて、地に落ちた、木の枝を拾いあげました。

枝といっても、人の手首以上もある太いものでございます。

赤い燠《おき》の部分に数度、アーモンさまが息を吹きかけますと、枝に、また炎が呼び戻されました。

その炎に、アーモンさまの顔が浮かびあがります。

「おお――」

なんとも嬉《うれ》しそうな顔をしておいでof でございました。

その時、わたくしは思わず声をあげておりました。

炎の灯りに浮きあがったアーモンさまの頬と、太い右腕に、ぞっとするような赤い筋が走っていたからでございます。

「どうなされました」

「どうもしない」

と、アーモンさまは涼しい声で言われました。

「しかし――」

「あいつにやられただけだ」

「やられた？」

「あいつが、出合い頭に、いきなり尾で殴りかかってきたのだ。それを右手で払ったのだが、松明《たいまつ》が飛ばされ、尾の先で頰を傷つけられたのだな――」

「尾？」

「尾だな」

こともなげに、ほろりとおっしゃって、アーモンさまは、炎の点いた枝を握ったまま、下へ向かって歩き出しました。

「どうなさるおつもりですか」

「悲鳴の聞こえた辺りまで行ってみる」

そう答えた時には、もうかなりの下まで下っておられました。

わたくしはあわててアーモンさまの後を追いました。

こうなると、もう、止めても聴き入れてくれるアーモンさまではありません。

その場所は、すぐにわかりました。

凄い血の臭いが夜気にたちこめていたからです。

血の塊りのようなものがあり、そこから血臭が空気の中へ溶け出しているようでございました。

先を歩いていたアーモンさまが、立ち止まりました。

そう言って、足元に炎をかざしました。

「見ろ」

「――――」

わたくしは、その炎に照らされたものを見て、思わず息を飲み込みました。

これまでに、何度も人の死体は見てまいりましたが、これほど無残なものは、そうはございません。

それは、腰布を付けただけの、仰向けの男の死体でありました。

心臓の所に大きな拳《こぶし》が入りそうな穴が開いており、その穴に、どろりとした鮮血が溜《た》まっており、腹が、斜めに裂かれ、そこから内臓が半分ほど、外へこぼれ出ておりました。

しかし、凄いのは、その胸や腹の傷ではございません。

わたくしを驚かせたのは、仰向けになったその男の首から上でございました。

その男は、顔がなかったのでございます。

いいえ、正確に言うならば、その男は、顔から全ての肉が無くなっていたのでございます。

というよりも、顔の肉を喰らわれたのでございましょう。

ぞっとする歯の跡が、首のあたりの肉や、髯《ひげ》の生え際のあたりの肉に残っておりました。

髪の毛と耳だけを残し、首から上は骨になっておりました。

血に濡れた白い頭蓋骨《ずがいこつ》が、むき出しになっており、炎の灯りをてらてらと映しておりました。

口が半開きになっており、むき出した歯のむこう側に、赤い舌があるのまで見てとることができました。

異様であったのは、眼玉が、そっくりそのまま残っていたことでございます。

まぶたまでも喰われ、閉じることのできなくなった眼球が、夜気にさらされておりました。

その眼は、まだ、生きているもののように、ぎょろりと、頭蓋骨の中から天を睨んでいるようでした。

哭《な》いているように見えました。

「誰だ!?」

その時、ふいにアーモンさまが言い放ち、後方へ炎の灯りをかざしました。

わたくしたちのすぐ後方——そこにある岩の陰から、ひとりの美しい女性が、怯《おび》えた眼で我々を見つめていたのでございます。

まだ、若い娘でございました。

十五～六歳でしょうか。

腰に布を巻いているだけで、腰から上は裸でございます。両の乳房は、まだ完全に熟しきってはおりません。

怯えてはおりましたが、娘は逃げませんでした。

わたくしたちと死体とを、交互に見つめておりました。

どうやら、娘は、この男の死体が誰であるのか、それが気になっているようでございました。少なくとも、この娘には、我々がこの男を殺したのではないことが、わかっているようです。

「知り合いか?」

アーモンさまが言いました。

娘はうなずきかけ、次には首を振りかけてまたうなずきました。

娘は、おそるおそる岩の陰から出、アーモンさまの横まで歩いてまいりました。

顔を歪《ゆが》めて屍体《したい》を見つめ、顔を横にそらせました。

「知っているのか」

アーモンさまが言うと、

「ナーラダッタ……」

小さく娘が答えました。

「ナーラダッタというのか、この男――」
アーモンさまが言うと、娘は、小さくうなずきました。
その顔に、安堵《あんど》の色が浮かぶのをわたくしは見ました。
その死体が、娘が心に思っていた誰かではなかったからでしょう。
腰布を見て、娘は、その男が誰であるかを判断したものと見えます。
「この上で奇妙なものを見た。それがどうやら、この男を嚙《か》み殺したらしいな」
アーモンさまが言いました。
娘は、唇をつぐんで黙りました。
娘は、おし黙ったまま、そこにしゃがみ込みました。
男の腰に手をかけ、男をひっくり返そうとします。
アーモンさまが、娘に炎の点いた枝を持っていない方の手を貸しました。
男の身体がうつ伏せになりました。
「ほう――」
アーモンさまの眼の色が変わりました。
その理由がわたくしにもわかりました。
男の腰布がめくれあがり、尻の付け根が見えておりました。

その尻の合わせ目が血まみれになっており、その周辺の肉が、かなりの量、失くなっていたのです。

腰の尖《とが》った骨の、白い先端が肉の中から見えておりました。

何かの獣に噛《かじ》り取られたような有様となっておりました。

そこを見ていると、赤い肉の中で、何か動くものがありました。

血の中で、無数の小さなものが、もこりもこりと這《は》っているようでありました。

血泥の中で蠢《うごめ》くウジ。

それは、まさにそう表現した方が良いものでございました。

血肉の中から、ウジよりもやや長い、目も口も鼻も手も足もない虫が、這い出てくるところでありました。

「むう」

アーモンさまがそこへ炎を近づけると、ウジが身をよじってもがき出しました。

と——。

ふいに、一匹のウジの姿が血の中にとろけ、ふっとその姿を消しました。

続いてもう一匹、そしてまた——

「精気の塊りか——」

アーモンさまがつぶやかれました。

「左様でございますな」

わたくしは言いました。

「何かがここにとり憑《つ》いていたか――」

「はい」

何か、人に悪さをするものが、人の肉体にとり憑《つ》いていて、その悪さをするものが抜けた後には、その時その時で状態は違いますが、このようなものが、出てくる時があるのでございます。

とり憑いたものの精気が、人の精を啖《く》らって、形をとったものとでも申しましょうか。

とり憑いたものが逃げた後も、そのようなものが人の体内には残っているのです。

今、わたくしどもが眼にしておりますのは、それが、死んでゆく人の体内から抜け出てくるところだったのでございます。

「アジャセ……」

娘がつぶやいて、立ちあがりました。

こらえようのない不安が娘の顔にあふれておりました。

「アジャセ!」

娘が夜の闇に向かって叫びました。

2

ほんにまあ。

我が殿アーモンさまの退屈の虫も困ったものでございますが、それに劣らず困ったものが、若い男女の、魅《ひ》かれあう心と申しましょうか――。

わたくしどもが出会った娘の名前は、リーパームドラと申しました。

リーパームドラは、今夜、この場所で、心を通い合わせた若い男と逢瀬《おうせ》の約束をしていたというのでございます。

妖《あや》しいものの出るのを承知で、このような振舞いにおよぶのでございますから、まことに歳頃《としごろ》の娘を持った親の心情というのも、なかなかのものでございましょう。

約束の刻限に遅れ、この丘を登る途中で、リーパームドラは、わたくしたちも聴いたあの叫び声を耳にしたのだそうでございます。

余程気丈な娘だったのでございましょうなあ。

途中で、行くのを止めようかと思いはしたものの、相手の男のことが気になって、ここまで登ってきたのだということでございます。

やってきてみれば、相手の男のアジャセの姿は見えず、わたくしとアーモンさまが、顔のない男の死体の前に立っていたと、まあ、そういうわけだったのでございますよ。

「まあ、妖物《ようぶつ》でありましょうなあ」

「妖物とは？」

アーモンさまが、わたくしに訊《き》きます。

「このナーラダッタとかいう男にとり憑いていたものでございますよ」

「――――」

「実体のないもののけのようなものではなく、生身の肉を持った、生きたあやかしとでも申しましょうかな」

「ほう」

「古《いにしえ》の竜か何かの精が強く凝って、実体を持ったものと同化したか、実体を持ったものに変じたものでありましょうな」

わたくしがそこまで言った時、娘が、ふいに立ちあがって、

「黒尾精《ヴリカーラ》――」

と、その娘がつぶやきました。

「ヴリカーラ？」

と、アーモンさまがお訊《たず》ねになりました。

「なるほど……」

娘の答を聴くまでもなく、わたくしはうなずいておりました。

「知っているのか、ヴァシタ」

アーモンさまが言います。

「これまで見たことはありませんが、名前くらいは——」

「黒尾精《ヴリカーラ》か。どんな妖物なんだ」

「人の身にとり憑く妖物としては、かなりたちのよくないもののうちのひとつです」

「詳しく話してくれ」

ぼっちゃまの目が輝いています。

わたくしにおねだりをするぼっちゃまのそのような眼を見ますと、不謹慎なことではございますが、わたくしのような老いぼれ仙人は嬉《うれ》しくなってしまうのでございます。

ぼっちゃまが、まだご幼少のおり、女性のやんごとなき股の持ちものについて、わたくしがお教え申しあげた時のことを思い出してしまうのでございますよ。

しなくともよい咳払《せきばら》いなどひとつついたしまして、わたくしは、口を開きました。

「ぼっちゃま——」

　アーモンさまは、わたくしがそう呼ぶと、あまり良い顔をなさいませんでしたが、それでも、好奇心の方が強いらしく、何事も申されませんでした。

「いくらわたくしが、仙人と申しましても、彼《か》のヴィシュヌ神の叡智《えいち》より優れているというわけではございません。黒尾精《ヴリカーラ》について何もかも知っているとは限りませぬわい。しかし、いくらかのことくらいは、耳にしておりましてな——」

「早く言え」

「あれは、蛇性の妖物でございましてな。形は、蛇の尾に似ております。人の尻にばかり、喰らいついてとり憑くのですよ。背骨の一番下のあの先の部分に喰らいついて、そこから人を支配するのでございますな——」

「どう支配する？」

「人の要《かなめ》は、この背骨でありましてな。これは頭の中の脳にもつながっておりまして、人の中心にそったこの部分を支配しますと、大抵の人間を自由にあやつることができるのでございます」

「ふむ」

「そこから、そのとり憑いた人間の血や骨髄《こつずい》の液をすするのでありますな。しかし、とり憑いた人間が死なぬ程度にでございます。しかしまあ、血をすすられ、骨髄まで吸われては、その人間もすぐに弱ってしまいます。そこで、妖物は、人を移りかわるのです――」

「――――」

「夜、人を待ち伏せまして、やってきた者に襲いかかるのですね。相手はびっくりして、抵抗します。その隙《すき》に、新しい相手の尻にとり憑くのですよ」

「で、新しいのにとり憑いたとして、それまでとり憑かれていた者はどうなってしまうのだ」

「このようになってしまうのでございますよ」

わたくしは、地面に倒れている男を指差しました。

「とり憑いた新しい人間に、前の人間を殺させて、胸に穴をあけて、そこへ尾の先を差し込んで、そこから血をすするのです。尾の力はたいへん強くて、一撃で人を倒すこともできるのでございますよ」

「すると、ここに倒れているのは、前に黒尾精《ヴリカーラ》にとり憑かれていた男ということだな」

「はい」

わたくしが答えた時、横で聴いていたリーパームドラが、声をあげて泣き出しました。

「アジャセ……」

恋しい男の名を呼んで、両手の中に顔を埋めました。

リーパームドラをこの場所で待っていたアジャセは、ここで、黒尾精《ヴリカーラ》にとり憑かれたナーラダッタと出会い、黒尾精《ヴリカーラ》にとり憑かれてしまったということでございます。

その時、下の方から、何本もの炎が、闇の中を登ってくるのが見えました。

十人近い人間のざわめきがとどいてきます。

彼等は、口々に、リーパームドラの名と、アジャセの名を呼んでいました。

リーパームドラが声をあげると、

「いたぞ」

「あそこだ」

声が聴こえ、炎の揺れがいちだんと大きくなりました。

すぐに、その人間の集団が姿を現わしました。

松明《たいまつ》と、武器とを手に握った男たちでした。

どの顔も、青白く、強《こわ》ばっています。

男たちの眼が、リーパームドラと、下に倒れている男の死体、そして、我々に向けられました。

「おまえらっ!」

先頭に立っていた男が、左手に握っていた松明を投げ捨て、右手に持っていた太い棍棒《こんぼう》を両手に握って、それを頭上に振りかぶりました。

「おう」

と涼しくアーモンさまが答えた時、激しい気合とともに、その棍棒がアーモンさま目がけておもいっきり振り下ろされました。

この男、アジャセの父親か、身内の者らしいのですが、とんでもない勘違いをしているような様子です。

しかし、それを説明している間もありませんでした。

アーモンさまは、その棒を少しもよけようとはなさいませんでした。

「ぼっちゃま!」

わたくしがそう叫ぶのと、アーモンさまが、ひょいと、ひらいた掌《てのひら》を上に持ちあげたのと同時でございました。

ご自分の頭上に差し上げたアーモンさまの右の掌を、棒がおもいっきり叩いておりました。

その棒が、次には地を殴る音が響きました。

男が、棒を握ったまま、前へつんのめって倒れました。

地面を叩いたのは、中ほどで半分に折れた棒の折れ口だったのでございます。

男は、力を込めすぎて、自分の身体の平衡《へいこう》を失ったのでした。

折れた棒の別の半分は、アーモンさまのその右掌の中に握られていたのでございます。

「まあ、落ち着けよ」

どよめいた村人の声に重なって、よく通るアーモンさまのお声が、静かに響いたのでございます。

3

それから四日後の晩のことでございます。

わたくしとアーモンさまとは、あの村に近い、マンゴーの林の中を歩いておりました。

マンゴーのとろけるような甘い香りが、林の夜気の中に、蜜《みつ》のようにこもっております。

その夜気を、ゆるゆると掻《か》き混ぜるように、アーモンさまの巨体が、わたくしよりもやや先になって、歩いてゆくのです。

「まだ来ぬか」

アーモンさまの唇が、わたくしの頭より拳ふたつみっつ分は上の空中から、わたくしに向かって言いました。

「そうは申されましてもなあ――」

「およそ三日、遅くとも四日後には、またあれが出ると言ったではないか」

「しかし、わたくしは本人ではありませんのでなあ――」

「次にとり憑く相手を捜しているなら、このおれなどは丁度よかろうと思うたのだが――」

「ご冗談を――」

もし、このような所を、父王様に見られたら、わたくしの立場がございません。

まことに口とは、禍《わざわ》いのもとでございますなあ。

アーモンさまは、自ら、あの妖物退治を買って出てしまわれたのでございますよ。

あの妖物が、この近辺に現われるようになったのは、半年ほど前のことだったということでした。

すでに五人が犠牲になっており、数日前から、コーサラに住んでいる婆羅門《バラモン》に、呪法《じゅほう》の中からインドラ神に捧げるヴェーダを唱えてもらっているとのことでした。

それを耳にしたアーモンさまが、〝呪法《ヴェーダ》で妖物が静められるのならこんな楽なことはない〟などとインドラ神が耳にしましたならば、雷《いかずち》でアーモンさまを引き裂きそうになる言葉を、お言いになったのでございまして――。

実は、その婆羅門《バラモン》というのは、金が欲しいだけの、イカサマ婆羅門《バラモン》だったのですが、またそれだからこそ、アーモンさまがそう言ったのをよいことに、怒ってさっさとコーサラへ帰ってしまったのでございます。

〝生身の肉を持った妖物相手なら、このおれが退治してやろうよ〟

そうアーモンさまが言ったものですから、もう引っ込めない状態になってしまったというわけなのでございますよ。

で、わたくしとアーモンさまは、いつ妖物が出てくるかと、自らの身体をおとりにして、夜になると、こうして村の近辺をうろついているのですが、まだ黒尾精《ヴリカーラ》は現われないのでございます。

もし、黒尾精《ヴリカーラ》が他の土地へ行ってしまったのなら、わたくしとしてはこんなにありがたいことはないのですが、どうもアーモンさまはそうは考えてはいないご様子です。

「しかし、あの娘……」

アーモンさまがつぶやきました。

「リーパームドラのことでございますか」

「まさか、家を出て来はしまいな」

わたくしはそうは言ったものの不安になりました。

リーパームドラは、わたくしどもが外へ出る時に、自分も一緒に連れてゆけと、毎回せがむのでございます。

しかし、そうはいきませぬわいね。

黒尾精《ヴリカーラ》とはいっても、それにとり憑かれているのは、自分の思う男の肉体です。アーモンさまが、黒尾精《ヴリカーラ》を退治するといっても、では自分の愛《いと》しい男はどうなってしまうのか──。

リーパームドラの心配はそこにあるようでございました。

わたくしとアーモンさまが林の中を歩いておりますと、ふいに、アーモンさまが立ち止まりました。

「どうしました?」

わたくしは声をかけました。

アーモンさまは答えませんでした。

「ぼっちゃま──」

わたくしが、左手に持った松明をかざして見ると、アーモンさまは、歯を喰いしばり、

「まさか──」

顔をまっ赤にしているではありませんか。

全身に力が入っているらしく、身体がぶるぶると震えています。首が、いつもの倍近くも太くふくれあがっていました。

「ぼっちゃまっ」

松明でアーモンさまの足元を照らした時、わたくしは驚いて声をあげました。

「黒尾精《ヴリカーラ》！」

ぼっちゃまの左脚に、あのおぞましく太い尾が、がっしりとからみついているではありませんか。

尾の表面には薄く体毛がはえています。

尾は、横の藪《やぶ》から伸びていました。

象とでさえ力比べをしたアーモンさまが、これほど力をこめられているのは、めったに見たことがありません。

わたくしは、夢中で炎を、ぼっちゃまの足に巻きついていたそれに押しつけました。

しゅっ
と、その尾がほどけ、藪の中へ消え去りました。

「むうっ」

闇をひと睨《にら》みして、アーモンさまは、その尾の消えた藪の中へ飛び込んでゆかれました。

「無茶な！」

悲鳴に近い声をあげて、わたくしもアーモンさまの後に続きました。

松明を持っているのはわたくしです。

それを持って藪の中へ飛び込んだわたくしは、いくらも行かぬうちに、アーモンさまの背にぶつかりそうになり、立ち止まっておりました。

理由は、すぐにわかりました。

アーモンさまのすぐ前に、片手を後方に回した女が立っていたのです。

「リーパームドラ！」

わたくしは声に出していました。

彼女に歩み寄ろうとしたわたくしの手を、アーモンさまが引きました。

「なにをなさいますか」

その力があまりに強かったので、そう叫んだ時、わたくしの鼻先を、しゅうっと音をたてて、何かが走り抜けました。

もし、アーモンさまがわたくしの身体を引っぱるのが遅かったら、わたくしはおそらく顔の肉をえぐられていたことでしょう。

「あれは、もう、リーパームドラではない」

アーモンさまが言いました。

わたくしは、炎をかざして、リーパームドラを眺めました。

若い、美しい肢体。

眼。赤い唇。

しかし、その唇は赤すぎました。

眼にもその唇にも微笑が浮いていましたが、それには、冷たい、見る者をぞくりとさせるものがあります。

ぬらりと、唇が舌を舐《な》めました。

すると、唇の赤い色がぬぐわれ、本来の唇の肉の色が見えました。リーパームドラは、自分の唇についた血を、今、舐めとったのでした。

リーパームドラの背後で、揺れているものがありました。

彼女の尻から生えた、長い、黒いもの——。

「黒尾精《ヴリカーラ》！」

ぞくりと鳥肌をたててわたくしは叫びました。

背後に回していた手を、リーパームドラが前に差し出しました。

その手に握られていたもの。

それは、男の首でした。その男の髪を、リーパームドラの細い手の指が握っているのです。

その首から、地面に、血が滴《したた》っておりました。

強烈な眺めでございました。

我々の後を追って家を抜け出したリーパームドラの方が、先に黒尾精《ヴリカーラ》に出会ってしまったのでしょう。

黒尾精《ヴリカーラ》がリーパームドラにとり憑き、リーパームドラに自分の愛しい男の血肉をすすらせ、それをあらためて、今、リーパームドラの体内から吸収しているのでございましょう。

自らも、その尾の先を、アジャセの体内に差し込んで、血を吸ったに違いありません。

に・た・り——と、もの凄い笑みをリーパームドラが浮かべました。

手にした首を、いきなりアーモンさまに投げつけてきました。

それをアーモンさまが手で払いのけた瞬間、リーパームドラの身体が、宙に跳ねあがっておりました。

信じられないほど高く、リーパームドラの身体が宙に舞いあがりました。

その途端です。

アーモンさまの身体が大きく後方に倒れておりました。

アーモンさまの首に、リーパームドラの尻から生えた尾の先が、からみついていたのです。アーモンさまの身体の上に、リーパームドラがまたがりました。

アーモンさまは、首に巻きついた尾を、両手で握っています。開いてはおりますが呼吸をしているとはおもえないその太い唇に、楽しくてたまらぬといった、ぞくぞくするような笑みが浮かんでおりました。

「ぼっちゃま!」

叫んで、打ち下ろした松明を、リーパームドラが払いのけました。松明の炎が消えて、松明はわたくしの手を放れて向こうの草むらに落ちました。

その時、アーモンさまの太い両脚が持ちあがって、リーパームドラの胴をはさみつけました。胸のあたりの、尾を、その手で握りなおし、凄い形相で、おもいっきり引きました。

がつん、

と、骨と肉のちぎれるいやな音がして、アーモンさまにまたがったリーパームドラの股の間から、ずるりと、尾の根元がひき出されてきました。

その根元の切り口は、まっ赤で、肛門に似た穴があいており、その周囲にはびっしりと歯が生えておりました。

その歯が、アーモンさまの顔目がけて襲いかかりました。

その歯のはえた尾の根元を、アーモンさまの大きな右手がしっかりと握りました。

くちゅっ
と、いやな音がアーモンさまの掌の中でしたかと思うと、大量の血が、尾の根元を包んだアーモンさまの右掌の指の間から、噴水のようにほとばしり出てきました。

それが、アーモンさまの身体の上に雨のように注ぎました。

くねくねと、アーモンさまの胸の上で尾が動き、首に巻きついていた尾の先端がほどけ、そのまま、動かなくなりました。

大きな音をたてて、アーモンさまが、肺の中に空気を吸い込みました。

胸が大きく盛りあがると、そこにまたがっていたリーパームドラの身体がかしいで、ゆっくりとアーモンさまの上に倒れ込みました。

アーモンさまは、荒く呼吸をしながら、哀《かな》しみをこめた顔で、その娘の身体をしっかりと抱きとめたのでございました。

妖樹・あやかしのき

序章

ほんに、女子《おなご》の色香ほど、おそろしいものはございませぬなあ。

女の髪は、象をもつなぐと申しますのは、あながち、嘘《うそ》ではございません。

まったく、女の髪や肌の中には、そこらの幻術師があやつるものより、よほど効きめのある幻力《マーヤー》が潜んでいるもののようでございます。

さようでございますなあ。

美しいものの中には、常に、怖《おそ》ろしいものも潜んでいるのでございますよ。

美麗な花ほど、その内に秘めた毒にはもの凄《すさ》まじいものがあるようでございます。

わが殿アーモンさまなどは、わたくしと酒など酌《く》みかわすおり、しみじみとこのように申されたりいたします。

「なあ、ヴァシタ。美しい花に毒があるのではないぞ。美しいということが、すでに毒なのだ……」

まことにごもっともなお説でございますことか。

この老いぼれ仙人のヴァシタも、これまで様々な毒ある花を見てまいりましたが、真実、花の怖ろしさというのは、その毒よりも美しさにあるもののようでございますよ。

それにしても、他人《ひと》より頭ひとつは背の高い、大力無双のアーモンぼっちゃまの口からそのような言葉をうかがいますと、わたくしも、しみじみとしてしまうことでございます。

ほんにまあ、わたくしの眼《め》には、いつでも、やんちゃな頃《ころ》のぼっちゃまの姿が眼に浮かぶのでございます。

十歳のおりでしたか、父王《ラージャン》の眼の前で、象と綱引をするのだと言ってきかなかったぼっちゃまの姿も、十二歳のおり、ふらりとおひとりでナーガの森へお出かけになり、夕刻、人喰《く》い虎《どら》の皮を被《かぶ》っておもどりになった時のぼっちゃまの姿も、わたくしははっきり覚えておりますよ。

その晩も、わたくしとアーモンさまとは、向かい合って葡萄酒《ぶどうしゅ》を飲んでおりました。

長い雨際《うざい》が終ってしばらく経《た》った、末伽始羅《マカシラ》月の中ほどのころであったと思います。

ぼっちゃまは、例によって、退屈の虫にとり憑《つ》かれて、酒を唇に運びながら、しきりと溜息《ためいき》ばかりおつきになっておりました。

「どこかにおもしろい話はないか――」

つまらなそうに、アーモンさまが、わたくしにつぶやくのでございます。

その晩だけでも、何度、わたくしはぼっちゃまのその同じ言葉を聴かされたことか。

「こんなに退屈な日々が続くと、身体《からだ》が腐り果ててしまいそうだな」

「ぼっちゃま」

わたくしは、声をあげて、アーモンさまをたしなめます。

「ぼっちゃまはよせ、ヴァシタ――」

アーモンさまは、わたくしがぼ、っ、ち、ゃ、ま、とお呼びするのが気に入らないようでございますが、わたくしにとっては、幾つになってもぼっちゃまはぼっちゃまです。

「いいえ、ぼっちゃま。世の人々が何をのぞんでいるのかというと、その退屈な、平穏な日々をこそ望んでいるのでございますよ。その、人々が望む一番のものを手になさっておいでのくせに、その平穏がいやだとは何事でございますか」

「しかしなあ――」

「しかしも何もございません。これまででも、ぼっちゃまは、他人と比べただけでも様々な恐《こわ》い眼にお遭《あ》いになっているではありませんか。その度に、わたくしはとっておきの呪法《ヴェーダ》を使わされ、今では、聖典《ヴェーダ》のほとんどを使い果たしてしまいましたぞ」

「そうであったかな」

「そうですとも。同じ呪法《ヴェーダ》を使うというのは、使えば使うほど、その効力が薄れてくるものなのでございますよ。その都度、工夫をこらし、少しずつ呪法の言葉を変えてゆくことによって、なんとか、その効力を保っていられるのですから――」

大きな身体をもてあましぎみに、アーモンさまは、また、溜息をおつきになりました。

開いた窓から、その時、涼しい風が入り込んでまいりました。

ひんやりした夜気の中に、甘い芳香が溶けておりました。

数日前から咲き始めた、末利迦《まつりか》の花の匂《にお》いでございます。

「思い出すなあ、ヴァシタ……」

アーモンさまは、つぶやきました。

眼を遠くの彼方《かなた》にやって、何ごとかに想《おも》いをはせているようでございました。

「さようでございますなあ」

わたくしは答えました。

わたくしには、ぼっちゃまが何のことを言っているのか、すぐにわかったからです。

「ちょうど、昨年のいま時分であったかな」

「はい」

わたくしは答えて、もう一度、末利迦の花の匂いを、しみじみと鼻から吸い込みました。

「覚えているか？」

「覚えておりますとも」

わたくしはぼっちゃまの顔を眺めながら言いました。

そうです。

あれは、ちょうど、昨年の今時分でございましたか。

「なあ、ヴァシタよ、雪山《ヒマヴァット》のあたりにでも出かけてみるか」

ふいに、そのおり、アーモンさまが、そのように申されたのです。

「雪山《ヒマヴァット》へ？」

「うむ」

「なんでまたかような場所へなど？」

わたくしは訊《き》きました。

場所はちょうど、この小舎《こや》の外でございました。

アーモンぼっちゃまは、小舎の前に立ち、ぼうっと、視線を遥《はる》かな森と平原の向こうへと向けておられました。

昼。

空のよく晴れ渡った午後のことでございました。

ぼっちゃまの視線の彼方に、白く山の峰が見えておりました。

神々の住まわれる、雪山《ヒマヴァット》の山々でございます。

「こうして眺めていたらな、急に行きたくなった」

その時もまた、ぼっちゃまは、今夜のように退屈の虫にとりつかれておりました。

「しかし、ぼっちゃま、雪山《ヒマヴァット》は御存知《ごぞんじ》のように、雪をいただいておりまして――」

わたくしが申しあげても、ぼっちゃまは、もうわたくしの声など聴こえぬかのように、視線を雪山《ヒマヴァット》に向けているのでございます。

「――聖典《ヴェーダ》の神々の住まわす場所で、途中には、妖《あや》しの獣や、山賊、様々な危険が、待ちかまえております」

「それなればこそ、おれはあの山まで行ってみたいと思うているのさ」

おお――とわたくしは心の中で声をあげてしまいそうになりました。

思わず、胸の内で、わたくしは声を出さずに聖典の一句を唱えました。

妖しの獣や危険に出会いたいから出かけてゆくのだと、そうアーモンさまは言っているのと同じではありませんか。父王《ラージャン》からおあずかりしたアーモンさまの身に何かございましたら、全《すべ》てわたくしの責任でございます。

「いけません、ぼっちゃま」

「何故だ」

一度言い出したら、ぼっちゃまはもうひきません。

独りでも、ふらりと馬に乗って出かけてしまわれるに違いありません。

アーモンさまは、切なそうな眼でわたくしを見、また雪山《ヒマヴァット》の方に視線をお向けになりました。

雪山《ヒマヴァット》の上の青い空に、ひとつの片雲が浮いて、西へむかって動いておりました。

「なあ、ヴァシタよ。あの雲を見よ」

ぼっちゃまは、はるばるとした視線を雪山《ヒマヴァット》に向けたまま言いました。

「あの雲の流れてゆく果てを、この眼で見にゆきたいとは思わぬか」

ぼっちゃまは、また、子供のようなあの眼でわたくしを見つめました。

仕方がありません。

ぼっちゃまをひとりで雪山《ヒマヴァット》にやるわけにはいきません。

結局、わたくしは、ぼっちゃまの徒然《つれづれ》をおなぐさめ申しあげるために、一緒に、出かけることにしたのでございました。

そのおりに、わたくしとぼっちゃまとは、この世のものならぬ妖しのものと出会うことになったのでございます。

一章　美麗の牙

1

　突然の雨でございました。

　夕刻近くなって、晴れていた空に、ゆっくりと暗雲が走り始め、陽《ひ》が沈んだ時には、雨になっていたのでございます。

　石南花《しゃくなげ》の森の中でした。

　大きな石南花の樹《き》の根元に宿を定め、食事を済ませて、火を囲んでいるところに、雨が降り始めたのでございます。

　始めは、蜘蛛《くも》の糸のようにひそひそと降りはじめた雨が、次第に針の太さになり、さらにその量を増してゆきました。

花の終った石南花の葉が、闇《やみ》の中で濡《ぬ》れてつやつやとした光を帯び炎の色を点々と映しています。

いつの間にか炎の勢いが、弱くなっていました。

その炎を前に、石南花の幹に背をあずけているのは、わが殿アーモンさまでございます。

ほんに、アーモンさまの身体は、惚《ほ》れぼれするほど、大きゅうございます。

ゆったりと、山のように大きいのでございます。

アーモンさまは、土の上に胡座《あぐら》をかき、炎を見つめておられました。

髪はそれほど長くはございません。

結んだ唇がやや厚く、顎《あご》は岩のようでございます。

炎を見つめている眼が、ひどく優しい光に満ちておりました。

瞳《ひとみ》の表面に、赤く火の色が映っております。

アーモンさまの前に座っているわたくしは、白髪の老人でございます。

鼻の下から顎にかけての髯《ひげ》までも白うございまして、ひょろりと痩《や》せた体軀《たいく》をしております。

身にまとった布から伸びている腕や脚が、バッタの肢《あし》のようだと言う方もございますが、この細い腕や足でも、それなりにこの老人にはきちんと役にたってはいるのでございます。

わたくしの顔には皺《しわ》が浮いております。

深い皺でございまして、その皺に埋もれるようにして、眼がございます。

鋭い眼つきをしているのですが、よく見つめればその鋭い眼の中に、どこかひょうきんなものが漂っていると、ぼっちゃまは時々言われます。

「まさか、雨とは思ってもおりませなんだ」

わたくしは言いました。

雨際《うざい》が終って、寒際《かんざい》に入っておりました。

これまでは雨が降りっ放しでございましたが、寒際に入ってからは、ぴたりと雨がやむのでございます。

そうなると、めったに雨の降ることはございません。

今日だって、昼の間は雲ひとつなく、空や大気のどこにも雨になる徴候を見ることはできませんでした。

それなのに、雨でございます。

「しかたが、あるまいよ、ヴァシタ」

すでに、葉が雨滴を支えられなくなって、頭上から落ち始めておりました。

「たまらぬな」

アーモンさまが言いました。

近くに、別の、手頃な宿となる場所を捜さねばならなくなりました。

「ほどよい宿を捜すとするかよ」

アーモンさまが立ちあがりました。

「ぼっちゃま、どこへ――」

わたくしは声をかけました。

「ここに居ては濡れるだけだ」

アーモンさまが、天を見、炎を見つめて、おっしゃいました。

アーモンさまは、左腰に、剣を下げておりました。

雨は、まだその強さを増しつつありました。

「ひどい雨になる前に、片付けを済ませて、この場所を動こう」

「はい」

わたくしはうなずきました。

ほどなく、準備ができ、わたくしとアーモンさまは歩き出しました。

もう、すでに夜でございます。

手に握った枝の炎がなければ、とても歩けるものではございません。

ございます。
焚火《たきび》の中から、出発する前に、われわれは燃えた木の枝を一本ずつ、手にしてきたので
歩き始めた途端に、雨の降る量が減ってまいりました。
炎が消えぬ程度でございました。
石南花の森は深くどこまでも続いておりました。
歩いても歩いても、続いているのでございます。
周囲を、絹のような銀霧が包んでおりました。
その中を、我々は歩き続けました。
休むのは大きな木の空虚《うろ》か、岩穴でもよいのですが、それが見つからないのでございま
す。
「ヴィシュヌの踊り舞台というが、本当に、そこにヴィシュヌ神が来るのか」
アーモンさまが、後ろのわたくしに声をかけてきました。
われわれが、これからむかおうとしている雪山《ヒマヴァット》のひとつの頂に、満月の晩になると、ヴ
ィシュヌ神が天から降りてきて、舞いを舞うのだというのでございます。
それについて、アーモンさまは、わたくしに訊《き》いているのでございました。
「さて、話でございますからなあ――」

わたくしが答えました時、前を歩いていたアーモンさまの巨体が立ち止まりました。

巨岩が、その動きをふいに止めたようなものでございました。わたくしも足を止めました。

「火だ」

アーモンさまが言いました。

「火？」

「見ろ」

わたくしは、横へのいた広いアーモンさまの背の後方から前方に眼をやりました。

「おう……」

わたくしは声をあげました。

前方の闇の奥に、ちらちらと小さく踊っている、赤いもの。

針先で突いたような大きさでございましたが、それは、まさしく炎の赤でございました。

見えるのは、ほんのわずかの範囲だけでございました。アーモンさまが深く頭を下げ、わたくしが爪先《つまさき》立ちをしたくらいの高さに、その炎の赤の見える場所があるのでございます。

左右に、頭ふたつ分も動くと、その炎は見えなくなります。

木の幹か木の枝か、それとも他《ほか》の何かが、炎とわれわれとの間にあって、炎を見る場所をわずかにずらすと、その障害物が、炎を隠してしまうらしいのです。

「火なれば、人もおりますな」

わたくしはつぶやきました。

「酒と、喰いものもだ」

言って、アーモンさまが、ざくりと無造作に下生えを踏み分けて、歩き出しました。

「ぼっちゃま」

わたくしは声をかけました。

なるほど、火のそばには、人もおりましょうし、酒も喰《た》べものもあるやもしれません。

——しかし。

「その火のそばに、どのような人間がいるのかもわからぬうちから、そのように無造作な音をおたてになってはなりません。そこにいるのが、山賊や異教の徒でないと、どうして言えましょう」

「わかっているさ」

アーモンさまは、ざくりざくりと象の歩くような音をおたてになり、前へ進んでおゆきになります。

「ぼっちゃま」

わたくしは、ぼっちゃまの背に、低く鋭い声をかけました。

「まだ聴こえはせぬよ」

足取りをかえようともいたしません。

それでも、その炎との距離が近づくにつれて、アーモンさまは、あのがさつな足音をおひかえになるようになりました。

そうなると今度は、さすがに、枯れ葉が足の裏で割れる音さえ、おたてになりません。まるで悪智恵《わるぢえ》に長《た》けた虎が獲物に忍び寄る時は、かくもあろうかというほどでございます。

その頃には、周囲の樹々も、別のものにかわっておりました。

黒々とした大きな樹が、われわれの周囲に立ち並んでおります。

橅《ぶな》の樹でありました。

そこは、橅森の中にできた、小さな草原《くさはら》でございました。

水に濡れた草の先が、わたくしの膝《ひざ》先に触れ、冷たい雨滴がさらさらとこぼれてゆきます。

その時には、雨は小降りになり、細かく森の空中に漂うようになっておりました。

われわれの周囲に漂う雨滴が、はたして雨であるのか、雨滴であるのか、もはや判然とはいたしません。

それどころか、この霧は、ぼんやりと薄い光さえ放っているようでございました。

いいえ、霧が光を放つはずはありませんから、この霧の上の空に月があり、その月がこの霧を光らせているのかもしれません。

普段なら、とてもわかりようはないほど微《かす》かな光ですが、闇に慣れたわたくしとアーモンさまの眼には、その、微かな、青い、冷たい光が見えるのでございます。

その霧に、我々の手にした炎の色が、薄く映じています。

アーモンさまとわたくしは、無言で、それぞれ自分の手にした炎を、草に押しつけて消しました。

幽幻の世界へ足を踏み入れてゆくように、わたくしとアーモンさまは、その霧の草の中に入ってゆきました。

「石小屋《カルカ》か……」

ふと、アーモンさまがつぶやかれました。

その時には、朧《おぼろ》の光を放つ霧の中に、それが見えておりました。

それは、雪山《ヒマヴァット》の麓《ふもと》に棲《す》む異国の民が造る、石の小屋でございました。

四方に石を積みあげて壁を造り、中央に木の柱をたて、その柱に梁《はり》をわたし、木の皮と葉とを上に乗せて屋根とした、粗末な小屋でございます。

山牛《ヤク》を追いながら、山中の草地を転々と移動してゆく異国の民が、よく、このようなものを、牛を放つ場所の近くに建てるのでございます。

しかし、石小屋《カルカ》ながら、それは普通の石小屋《カルカ》ではないようでした。

その石に、色が塗ってあるからでございます。

だいぶ剝《は》げ落ちてはおりますが、積みあげた石のあちこちに、赤や青の絵の具の色が残っているのでございます。

何かの絵のようであり、模様のような気もいたしますが、もとより、夜の山中でございますから、その色もかたちも判然とはいたしません。

いくら、霧が微光を帯びていると申しましても、あるかなしかの光でございますから。

石と石との間には、土がつめてあります。

その四方の壁のひとつに、四角い窓があって、そこから、われわれが眼にした炎の灯《あか》りは見えていたのでございます。

屋根の煙出しから、霧の中へ、薄く煙が漂い流れてゆくのが見えます。

その煙出し近くの煙は、下の炎の色を受けて、微かに赤く染まっておりました。

入口には、木の枝を格子状に縛ったものに、さらに草や細い小枝をあみ込んだ扉がたててありました。

扉と言っても、実際には、そこをくぐる時に、手でその戸を持ちあげて、それをわきへのけるというだけのものでございます。

入口近くの地面に、まだ切ったばかりの太い木の枝が差してあり、そこに、一頭の山牛《ヤク》が繋《つな》がれていました。

どういう人間が、この石小屋《カルカ》の中にいるのでございましょうか。

「見てまいりましょう。もし、近在の村の者たちのようであれば、この中で一夜を過ごすのも、悪くはないでしょう――」

わたくしは、そこにアーモンさまを残し、そっと草を踏んで、窓の側《そば》に歩み寄りました。

その窓から、中を覗《のぞ》き込もうとした時でございます。

ふいに、屋根の上で、ばさりという音がいたしました。

ぽう

と、それが鳴きました。

それは、ばさりばさりと、羽音をたてて、わたくしの頭上の闇の中を、まわり始めたのでございます。

ぽう！

ぽう！

わたくしは、その羽音の主に軽く幻力《マーヤー》をあてて、声を静めさせようとしました。印《ムドラー》を結ぼうとしたわたくしの肩を、いつのまにかわたくしの背後にやってきていたアーモンさまの手が軽く押さえました。

「何もするな、ヴァシタ」

アーモンさまが言いました。

――と。

入口の戸が、ふいに、外側に向かってばさりと倒れてきました。

石小屋《カルカ》の中の炎の光が、その上に差しました。

灯りが霧にあたって、周囲がわずかに明るくなりました。

その灯りの中に、石小屋《カルカ》の中から、ぎらりと光る金属が出てまいりました。

剣の切先でございました。

「誰《だれ》だ？」

声がして、ゆっくりと、人が出てまいりました。

鎧《よろい》こそ纏《まと》ってはおりませんが、明らかに兵士とわかるいでたちと、ものごしの男でございました。

右手に、抜き身の剣を握り、左手には、焚火から持ってきたと思われる、火のついた枝を握っておりました。

男は、立って、わたくしたちを見つめました。

「何者だ、おまえたちは？」

低い声で、男が問うてまいりました。

むろん、ぼっちゃまほどではありませんが、身体つきのがっしりした男でございます。

「旅をしていたのだが、道に迷うたのだ」

アーモンさまが、ゆったりと前へ足を進めて男に答えました。

頭上では、さかんに、翼が空気を打つ音が響いています。

ぽう！

ぽう！

ぽう！

「迷うた？」

「迷うて、森の中でひと晩過ごすつもりが、雨になった。雨を避ける場所を捜そうと歩いていたら、灯りが見えたのでな。ここまでやってきたのさ」

アーモンさまが、しっかりした声で言いました。

抜き身の剣を眼の前に見ても、少しも動じた様子はございません。

男は、答えたアーモンさまとわたくしを、じろじろとひと通り眺めまわしました。

さすがにアーモンさまの肉体から発せられる気品のある、しかも強い気はわかるのでございましょう。

その男の腰が、こころもち後方に退《さ》がっていました。

なにしろ、アーモンさまは、そこにただ黙ってお立ちになっているだけで、人を圧することのできる雰囲気を、その身体に秘めているのでございます。

その雰囲気というのは、アーモンさまの身体が、ただ大きいというそれだけのものからくるわけではございません。

美しい毛並を持った大きな野生の虎と、たったふたりきりで向かいあってみれば、アーモンさまのその雰囲気のいくらかはわかっていただけるかもしれません。

向きあってみれば、虎は、吸い込まれるような、美しい眼をしているものでございます。その眼で見つめられると、怖ろしいという気持ちさえどこかに遠のき、不思議な優しささえ、その眼からは伝わってくるのです。

純粋な力を有したものには、奇妙な優しさが潜んでいるものなのでございますよ。

それは、向きあったその虎が、襲いかかってくるとかこないとかいうのとは、もうひとつ別の次元のことでございます。

わたくしめには、まだ幸いにその経験がございませんからこれは想像ですが、もしかすると、虎は、その優しい眼をしたまま、あのおそろしい腕力でもって、獲物を打ち倒すのかもしれません。

いえ、ぼっちゃまの話でございました。

その男は、どっかりとそこに立っているだけのぼっちゃまに気圧《けお》されたように、前に踏み出しかけた足を、そこに止めてしまいました。

「ガイ、どうしましたか?」

涼し気な男の声が響き、剣を握った男の横に、石小屋《カルカ》の中からひとりの男が出てまいりました。

その男は、まだ、二十五、六歳と見える、美しい青年でございました。

頭は、きちんと剃髪《ていはつ》されておりました。

それだけ見れば、近頃流行《はやり》の沙門《しゃもん》かとも見えますが、身に纏っているのは、黒い、婆羅《バラ》門《モン》が身につけるような服でございました。

ひと眼見た時に、女と見まごうかと思えるほど、白い肌をしておりました。それも、ただ白いだけではなく、どこかに、ほんのりと赤い色を潜ませた白い色でございます。

赤い唇に微笑を浮かべて、その男はアーモンさまを見やり、

「ほう」

白い歯をみせて、すっと唇を横に引きました。

「士族《クシャトリヤ》か」

男がつぶやくと、空中を舞っていたものが、ばさばさと翼をふって、その男の頭上に動き、男の左肩に舞い下りてまいりました。

猫の眼をした漆黒《しっこく》の鳥でございました。

「梟《ふくろう》か――」

アーモンさまが、太い唇に微笑をお溜めになったまま、おっしゃいました。

ぼう……

と、美麗の青年の左肩で、その梟が、低くひと声鳴きあげました。

「かわった梟だな」

アーモンさまは、梟を見やりながら言いました。

そのかわったという意味は、わたくしにもわかりました。それは、梟が、黒いという意味ではなく、ぼうと梟が鳴いた時、その嘴《くちばし》の中に、兵士の手にした炎に照らされ、白い、尖《とが》った歯が並んでいるのが見えたからでございます。

青年の肩の上を、細い紐《ひも》のようなものが、ぬらりと動きました。

その紐は、肩にとまった梟の尻《しり》から生えている蛇の尾でございました。

青年はまだあの微笑を浮かべたまま、

「入りますか」

アーモンさまにむかって言いました。

「ウルパ」

剣を手にした男が、その黒衣の青年に顔を向けて言いました。

〝入りますか〟

と言ったことを咎《とが》めているらしいようです。

ウルパというのが、その青年の名のようでした。

「いいでしょう、ガイ」

青年――ウルパが言いました。

ガイ、というのが、その剣を握った男の名のようでした。

男――ガイの返事を待たずに、ウルパがわたくしどもに声をかけてよこしました。

「どうぞ」

ものごしの柔らかな、女のような男でございます。

アーモンさまとわたくしを見て、また、微笑いたしました。

「いいのか」

アーモンさまが訊《き》きました。

「はい」

「あまえさせてもらおう」

アーモンさまがゆらりと巨体をゆらして歩き出しました。

剣を抜いたガイの横を通る時に、アーモンさまは、ひょいと右手を伸ばしました。

というのも、ガイが右手に握った剣が、アーモンさまの歩いてゆく前に突き出されていたからでございます。

斜め前方に突き出された剣の先は、石小屋《カルカ》の壁に届きそうで、その切先と壁との間に、人の通り抜けできる隙間《すきま》はありません。

「これをのけさせてもらうよ」

アーモンさまは、その太い唇に、笑みを浮かべておっしゃいました。

その剣の刃《やいば》を、アーモンさまは、伸ばした右手の人差し指と親指でおつまみになり、その切先を自分の心臓のある場所にあてました。

そのまま、アーモンさまは、胸で切先を押すようにして、歩き出されました。

——ぼっちゃま。

わたくしの心臓はすくみあがりました。

ガイの剣が、ぼっちゃまの行手をはばんでいたのは、わざとであるのか、偶然であるのか、わたくしにはわかりません。

どちらにしろ、ガイが、われわれに良い印象を持っていないのは事実です。

そのガイが握っている剣の切先を自分の心臓にあてるなど、ぼっちゃまは気が狂われてしまったのかと、わたくしは思いました。

ガイがその気になり、力を込めれば、前に歩いてゆこうとするアーモンさまの力と重なって、切先は、たやすく、ずぶりとアーモンさまの心臓に潜り込んでしまうでしょう。

ところが、アーモンさまが、微笑を浮かべて前に進んでゆくのと一緒に、その剣も後退してゆくではありませんか。

すっ、
と、男の剣が下に落ち、切先が下を向きました。

その刃の横をすり抜けるようにして、アーモンさまは、ウルパの前に立ちました。

わたくしも、ほっと胸を撫《な》で下ろし、アーモンさまに続いて、石小屋《カルカ》の中に入ってゆきました。

わたくしの鼻に、肉の焼けるよい匂いが、まず届いてまいりました。

そして、火の匂い。

人をほっとさせる匂いでございました。

見ると、一方の壁の下に、石を転がしてかまどが造られており、そのかまどの中で、勢いよく火が燃えておりました。

その火に、削《けず》った小枝に刺した肉があぶられています。

山羊《やぎ》の肉の匂いです。

ほっとするような暖気が、石小屋《カルカ》の中にはこもっておりました。

その暖気の中に、酒の匂いまでこもっているではありませんか。

アーモンさまは、もう、その眼を輝かせておられます。

わたくしは、いまにもアーモンさまの喉《のど》が、ぐびぐびとやんごとない音をたててしまわれるのではないかと、はらはらいたしました。

そのかまどの火を囲んで、ふたりの男が地に腰を下ろしておりました。

ひと眼見て、士族《クシャトリヤ》とわかる男たちでございました。

向かって、右側の土の上に胡座《あぐら》をかいているのは、年配の男でした。

年齢は、四十歳くらいと見えましょうか。

どっしりとした岩のような身体つきの男で、左頬《ほお》に、ぞっとするような刀傷が走っております。

もうひとりは、アーモンさまとは同じくらいの年齢でありましょうか。

細身で、年配の男とは逆の側に胡座をかき、背を石の壁にあずけて、腕を組んでおりました。

組んだ腕の中に、凝《じ》っと弓を抱えて眼を閉じているのでございますが、妙に隙《すき》のない男でありました。

隙がないというなら、年配の男の方も同じです。

このような山中の石小屋《カルカ》の中にいるにしては、どうも不似合な男たちでございました。どこぞの王舎の、近衛兵《このえへい》といった雰囲気がその身辺に漂っております。

入って行ったわれわれに、年配の男が、じろりと眼を向けてきました。

「道に迷われたとか――」

年配の男が訊いてまいりました。

外での我々の話を耳にしていたのでございましょう。

「急に雨まで降り出しましてな、それで、雨をしのげる場所を捜しているうちに、この場所を見つけたのです」

わたくしは、アーモンさまに代って申しあげました。

「このあたりの人間ではないな」

男が言います。

わたくしとアーモンさまの、通った高い鼻筋と、顔の造りを眼にとめたのでございましょう。

この近辺の山あいに住む民は、いずれも、顔は扁平で、鼻が低く、眼はどちらかというと細めでございます。

獣皮と、布で造った長沓《ながぐつ》をはき、分厚く布を着込んで、山牛《ヤク》を山あいに追っては、その乳や、畑でとれたわずかの作物で、生活をしている者たちです。わたくしも、アーモンさまも、靴こその彼等と同じ長沓をはいていますが、これは、五日ばかり前に出会った山の民から買い求めたものでございました。

「ずっと南の方の国からだ」

アーモンさまは、おっしゃいました。

「国は？」

男が訊きます。

「それは言わぬ方がよかろう」

アーモンさまが言いました。

男を眺め、

「そちらも、この辺の人間ではないのだろう？　言わぬが互いのためではないか」

「なるほど」

男がうなずきました。

国の名を名告《なの》りあって、互いに敵対する国の人間であったら、困った事態になってくるからでございます。

「もとより、我らは、戦さとは別の用向きでこの地へ足を踏み入れたのだ。余計ないざこざは避けたい」

男は、われわれに、油断のない視線をむけながら立ちあがりました。

「しかし、何をしに、この地に足を踏み入れたのか、それだけは、まず訊いておこうか」

立ちあがる時に、足元に置いていた剣を左手に握っています。

まだ、右手こそ剣の柄《つか》にかけてはいませんが、いつでもそうする心構えが、男にあるのは明らかでございます。

どっしりとした、風格のある男でした。

腕を組んで眼を閉じていた男は、いつの間にか眼を開き、鋭い刃物のような視線を、我々に向けております。

わたくしとアーモンさまの後方には、あの黒い婆羅門衣を着た美麗の青年ウルパと、ガイが立っていました。

ガイの右手には、いまだに、抜き身の剣が握られていることは、言うまでもありません。

「だから、雲を見に来たのさ」

アーモンさまは、平然と言われました。

「雲？」

男は、アーモンさまの言葉を理解しかねたように、つぶやきました。

「空をゆく雲さ」

「その言葉を信じろと言うか」

「やはり信じられぬだろうなあ」

アーモンさまの声は、こんな時であっても落ちつきはらっております。

それはそれで頼もしいのですが、こういう時には多少の怯《おび》えというか、そういうへりくだりを見せた方が可愛《かわい》いというものでございます。

ご自分の心のままにふるまわれるというのは立派なのですが、時には状況というものをもう少し考えていただきたいものでございます。

これでは、相手が馬鹿《ばか》にされたと思ってもしかたがありません。

「何故、雲を見たいと――」

「さて、何故であろうな」

アーモンさまは、首をかしげておこたえになりました。

わたくしは、聴いていて、はらはらといたしました。

正直すぎるのはいけません。

「わからぬか」

「わからぬ」

「それでは答えにはならぬな」

「雲が、雪山《ヒマヴァット》の上に出ていた」

「ほう」

男がうなずきましたが、それきりアーモンさまは答えません。

「どうした」

「困った」

「何が困ったのだ」

「訊かれた途端にわからなくなった」

「何がだ」

「どうして、おれがここに来たのかがだ」

「雲を見に来たのであろうが」

「そうだ」

「その雲が、雪山《ヒマヴァット》の上に出ていたのであろう」

「うむ」

「出ていてどうした」

「浮いて、はるばると流れていた」

「はるばるとか」

「うん」

アーモンさまのうなずくのは、素直でございます。

「それでここまできたのか」

「そうだ」

「ここまで来て、それで困ったか」

「困った」

「雲のような男だな。おまえ——」

「そうか」

「おまえが何故困ったかわかった」

「何故だ」

「おまえが雲だからだ」

「おれが雲か」

「そうだ。雲が、自分がどうして、どこへ流れてゆくか、考えていると思うか」

「おらぬだろうな」

「おまえは、それを考えようとしたから困ったのだ」

「では、困ったおれは、やはり雲ではないということではないか」

「雲ではないかもしれぬが、おもしろい男だ」

「ふうん」

アーモンさまは答えて、ふいに歩き出されました。

炎に近より、そこで炙《あぶ》られている肉に眼を向け、アーモンさまは、そこにしゃがんだのでございます。

「さっきから、これが気になってなあ」

ぐびりと喉を鳴らしました。

「どうにも面倒だから、おれは、この肉を盗みに来たどろぼうということでいい。だから、どろぼうとしてあつかってくれ」

その肉に手を伸ばし、肉を刺している木の枝をつかみました。

その時でございます。

しゅっ、
と細い空気を裂く音がして、アーモンさまの手にした肉に、ぶっつりと矢が突き立ちました。

座っていた男が、弓に矢をつがえ、座ったままその矢を放ったのでありました。

矢が疾《はし》ったのは、アーモンさまのつい鼻先でございます。

はしたない真似《まね》をした人間は、そのくらいの危険な目にあっても当然なのですが、わたくしは、もう、心臓が喉からせり出してしまうほどびっくりいたしました。

矢が刺さったままの肉に、アーモンさまはかぶりつきました。

「きさま――」

後方のガイが、持っていた剣を振りあげました。

それがアーモンさまに向かって打ち下ろされようとした時、

「くくく……」

という、忍び笑いが、石小屋《カルカ》の中に洩《も》れました。

もし、その声がなければ剣は打ち下ろされていたはずでございます。それがアーモンさまに届く前に、わたくしは、自分の剣でガイの剣を跳ねあげようと考えておりました。

そうなれば、間違いなく、この石小屋《カルカ》の中で、何人かの血が流れるはめになったはずでございました。

その低い、忍び笑いのおかげで、それをまぬがれることができたのです。

ウルパがあげた笑い声でした。

「このくらいのところでいかがですか、ダナク殿」

ウルパが、年配の男に向かって声をかけました。

「うむ」

ダナクが答えました。

「そういうことだそうで、ライウス殿」

ウルパが、弓を持った男に声をかけました。

弓を持った男──ライウスは、黙ったままうなずき、また眼を閉じて腕を組みました。

「こちらにも、酒と肉の持ち合わせがある」

アーモンさまが、言われました。

「なあ、ヴァシタ」

わたくしをふり向いた、そのお顔中を口にして、アーモンさまは、肉をがつがつと頬ばっておられました。

まったくまあ、わが殿アーモンさまは、とらえどころのないお方でございますことよ。

2

この石小屋《カルカ》は、われらはむろんのこと、わたくしどもより最初にいた四人の男たちのものではありません。

この近在の者が、牛追いの寝ぐらにと建てたものなのでしょうが、どこか、普通ではないものを、わたくしもアーモンさまも感じとっておりました。

壁に、絵が描かれているのでございます。

表の絵ほどは、著しくはありませんが、それでも、絵の具がかなりの量、剝げ落ちております。

絵の描かれているのは、壁一面というよりは、壁の一部なのですが、それがどうも図柄がはっきりしないのです。

どうやら、一本の樹が描かれていて、その下に人が立っている絵のようなのですが、もともと、積みあげた石の上に描かれたものですから、絵の具の跡がはっきり残っていてさえ、その筆致は荒っぽいものです。

わたくしの知らない異教の中にその題材をとった絵なのでしょうが、ではそれがどういうものであるかというと、さすがにわたくしでも理解できませなんだ。

それにしても、彼等四人が、何故にこんな場所にいるのでしょうか。

互いの酒を酌みかわし、話もしたのですが、そのことについては、彼等は何も語ろうとはいたしません。

わたくしとアーモンさまがやってきてから、一ムールタほども経った頃でしょうか。外に、何やら人の気配がありました。濡れた草をわさわさと踏み分けて、何者かが近づいてくるのでございます。

「また、誰かが来たか——」

杯を置いてつぶやいたのは、ダナクでございました。

ほどなく、その足音が、入口の戸の前に止まりました。

迷っているような、荒い呼吸が、中までとどいてまいります。

よほど急いで走ってきたのでしょう。

「頼む——」

と、男の声が響いてきました。

「中へ入れてくれ」

荒い呼吸の合い間に、やっとそれだけをつぶやきました。

「誰だ？」

ガイが立ちあがり、剣の柄に手をかけて、問いかけました。

「ダワだ。ダワって者《もん》だよ」

「ダワ？」

「この近在の、サマって村の人間だよ」

「何の用だ」

「あんたたちは他者《よそもの》かい」

「他者は他者だが――」

「ここは、おれたちが、春から夏にかけて利用するための石小屋《カルカ》だ」

「用件は何だ」

ガイは、また訊いた。

「今夜ひと晩、この中で泊まらせてもらいたいんだよ」

「平民《ヴァイシャ》だな」

「あんたら……」

そこまで言って、声が止まりました。

「士族《クシャトリヤ》……」

「そうだ」

「お願いしますよ、士族《クシャトリヤ》の檀那《だんな》。哀れな平民《ヴァイシャ》を、どうか、今夜ひと晩、部屋の隅っこで寝かせて下さい」

ダワと名告った男の口調がかわりました。

「何のためだ」

「隣りの村まで出かけていて、その帰りですよ。途中で足をけがしちまって、それで思うように歩けないんですよ。昼にむこうを出たんだが途中で日が暮れて雨になった。なんとか乾いた場所で寝たくて、ここまで夢中でやってきたんですよ」

ガイは、剣の柄に手をかけたまま、ダナクを振り返りました。

ダナクが、顎を引いてうなずきました。

「よし。自分で、ゆっくりと、戸を開けて入ってこい」

ガイが言うと、戸ががさりと向こう側にはずされ、ダワが中に入ってまいりました。

内側から、はずした戸をもとにもどし、ダワがこちらに向きなおりました。

この近在の者と同じ、皮の長沓をはき、太い袖《そで》のついた単衣《ひとえ》を身にまとっていました。

同時に、何ともいえない腐臭が、鼻に臭《にお》ってまいりました。

獣臭に似ていますが、獣臭ではありません。

人の臭いでございました。

数カ月の間、沐浴《もくよく》も、身体をぬぐうこともせず、同じものばかりを身に纏っていれば、身体からこのような臭いが発せられるだろうと思われます。

わたくしが嗅《か》ぎましたのは、まさしくそのような臭いでございました。

顔は、汗と泥とで汚れ、髪は、ひとつかみずつ束になってよじれています。

体液が、着ているものの芯《しん》にまで、染み込んでいるのでございます。

だぶついた上着の合わせをしぼるようにして、ダワは、ぎらぎらした眼で周囲をひとわたり見まわし、火から一番遠い、角の隅へ軽く右足を引きずりながら自分で歩いてゆき、そこに座りました。

座った時に、着ていたものの裾《すそ》がめくれ、右の膝が見えました。

その膝の横に、何かの木の枝で突いたのか、ざっくりとえぐられたあとがあり、そこから血がこぼれ出ています。

どうやら、この男が、足にケガをしたというのは、本当のことのようでした。

全身が濡れているようでございました。

座っていても、着ているものからは、滴が下に垂れてゆきます。
三十五、六歳の男でしたが、ダワは、明らかに、何かに怯えているようでございました。
それを見まして、アーモンさまが、ぬっとお立ちあがりになりました。

右手にかじりかけの肉を持っています。

アーモンさまが歩いてゆくと、ダワは、びくっと身体をすくめて、背を強く角の壁に押しつけました。

「喰うかい？」

アーモンさまが、ダワに、右手に持った肉を差し出しました。

上眼使いに、ダワは、肉を、アーモンさまを見やりました。

ふいに、飛びつくように、ダワの両手が伸び、アーモンさまの手から肉をひったくりました。

ダワが、その肉に歯をあてて、がつがつと貪《むさぼ》ります。

眼は、それでもアーモンさまからは離しません。

獣のような光を放つ眼で、アーモンさまを睨《にら》んでいるのでございます。

その時、ダナクが立ちあがりました。

歩いてくると、アーモンさまの横に並びました。

「どうも、奇妙な男だな」

ダナクがつぶやきました。

その時には、ウルパ、ガイも、立ちあがってダナクの横に並んでいます。

ライウスだけが、弓を抱え、背を壁にあずけて眼を閉じています。

「ダワと言ったな」

ダナクが言うと、ダワは、口の中に残っていた最後の肉を呑《の》み込んで、ぎろぎろと怯えた視線を放ちました。

「この近在の者というのが本当のことなら、少し訊きたいことがあってな。それで、おまえを中に入れたのだ」

「訊きたいこと？」

「ラ・ホーの屋敷というのは、どこにあるのだ？」

ダナクが訊いた。

「し、知りません」

「ラ・ホーという名前に心あたりはあるか」

ダワが激しく首を振った。

「知らない。知りません」

「ならば、紅末利迦《べにまつりか》という花を知っているか――」

ダワは、首を振った。

「あんたたち……」

怯えというよりは、恐怖に近い眼で、ダワはわれわれを眺め、声をつまらせた。

「……いったい、どういう人間なんだ」

「ただの旅の者だ」

「その旅の者が――」

「なんで、ラ・ホーの名や、紅末利迦の花のことを知っているのかと訊きたいのか」

「――」

「おまえ、われわれに何か隠しているな」

「何も隠してなんかない。おれは、サマのダワだ」

「言いたくなるようにしてやろうか」

ダナクが言いました。

いきなり、ぎらりと腰の剣を抜き放ちました。

「な、な――」

そう言ったダワの口に、ダナクが、いきなり、剣の切先を突っ込みました。

ごつんと、ダワの後頭部が、石の壁にぶつかりました。

これで、ダワは身動きができなくなりました。

後方に逃げる以外、どちらに逃げても、口の中を剣で傷つけてしまいます。

その後方には、壁があって逃げることはできません。

かちかちと、剣先にダワの歯があたって音をたてています。

「乱暴なやり方だな」

それまで、黙って眺めていたアーモンさまが、つぶやきました。

「おぬしは、我等とは関係がない。黙って見ていてもらおうか。とめるのなら、敵にまわる覚悟をしてからにするんだな」

その途端に、刺すような殺気が、鋭く、背に潜り込んでまいりました。

「ほう」

アーモンさまが、唇の端を吊《つ》りあげて、微笑いたしました。

まことに惚れぼれするような微笑でございます。

アーモンさまも、背後の殺気に気がつかれたご様子です。

あのライウスという弓を使う男が、われわれの背後から、矢でねらいを定めたのに違いありません。

ふいに、ごりん、と、ダワの口の中で音がいたしました。ダナクがダワの口の中で、水平だった刃をたてたのでございます。

ぼろぼろと、数本の歯が、歯茎からえぐられて、下に落ちました。

大量の血が、口からあふれ出ました。

「あががっ」

ダワが声をあげました。

刃に触れて、舌に大きく傷がついたようでございました。

すっと、ダナクが剣を抜きとりました。

「言う気になったか？」

「し、知らねえよ」

ダワは言いました。

ダワの顎に、口から血と共に流れ出した歯がくっついています。

その歯が、つうっ、と血の糸を引いて、下に落ちました。

まことにもって、見目のよい光景ではございません。

ぼう

と、その時、ウルパの肩で、梟が声をあげました。

「誰かが来るぞ」

後方で、ライウスの声がしました。

「そのようですね」

ウルパが、女の笑みを、その赤い唇に浮かべて言いました。

わたくしとアーモンさまとは、ゆっくりと向きなおりました。

ライウスが、やはり、弓に矢をつがえて、われわれにねらいをつけておりました。

その矢の先が、動き、さっきダワが閉めたばかりの戸の方に向けられました。

その声の向こう、草の上を、闇の中から何者かが近づいてくるのです。

さ
さ
さ
という、微かな衣擦《きぬず》れの音のようでございました。

近づいてくるものが、草に触れるその音でございます。

ことさら、気配を殺して歩いてくるのではなく、ごく自然に、こちらに向かって、その音が近づいてくるのです。

ぱちぱちと、火の粉のはぜる音が、しんとした石小屋《カルカ》の内部に響きます。

近づいてくるその気配は、人のようであり、人のようではなく、実体を欠いたもののようでございました。

ひんやりとした深山の冷気が、そのまま気となって大気中に凝《かたま》り、こちらに向かって、ひそひそと近づいてくるようでありました。

誰も、声を発する者はなく、その何者かがひそひそと近づいてくる気配と、

さ

さ

さ

という、草の音のみが、闇の奥から聞こえてまいります。

最初に声をあげたのは、ダワでございました。

「ひいっ」

立ちあがっておりました。

顔が青白くなり、その顔の上に、炎の色が妖しく揺れています。

その気配が、止まりました。

戸の、数弓《すうクローナ》むこうのようでございます。

その気配の止まった場所から、じわりと、冷気がふくれあがり、石小屋《カルカ》の内部にまで満ちてまいりました。

「化性《けしょう》のものか」

アーモンさまが、つぶやかれました。

「そのようですね」

美麗の眉《まゆ》を小さくひそめて、ウルパが言い、紅《あか》い唇に、ぽっと微笑をともしました。

「その戸を開けて下さい――」

澄んだ声が、冷気に乗って、届いてまいりました。

カーシー産の薄絹を擦り合わせるよりもなお、なよやかな声でございました。

その声を耳にした途端に、わたくしの首筋の毛が、すうっと立ちあがってゆくのがわかりました。

「ひいいいっ」

身も世もないといった声で、ダワが叫びました。

「開けていただけませんか」

声が、言いました。


ぽう！

ぽう！

梟《ふくろう》が、ウルパの肩から飛びあがりました。

ばさばさと翼を打ち振って、石小屋《カルカ》の中を飛び回ります。

ぽうっ！

ぽうっ！

ぽうっ！

「開けるな。開けちゃいけない。あいつは、人間じゃない！」

ダワが、眼を吊りあげて叫びました。

白眼の表面に、血管がからんでいるのまでが見えます。

叫ぶたびに、ダワの唇から、血と唾液《だえき》の混じった赤い液体が外に跳ぶのでございますが、騒いでいるのはダワひとりで、あとの全員は、堅く押し黙って、外から響いてくる声に、耳を傾けておりました。

「助けてくれ、助けてくれよ、あんた！」

狂ったように、ダワが、アーモンさまの足にしがみついてまいりました。

しかし、いかなアーモンさまとて、事情も何もわからず、めったなまねはできるわけもございません。

「開けて下さい」

声が言います。

「なるほど」

ウルパがうなずきました。

「この石小屋《カルカ》はひとつの結界《けっかい》になっているというわけですね。なれば、化性のものは、自ら入ることはかないませんか――」

おう――

わたくしはウルパの言葉を耳にした時、ようやくに、この石小屋《カルカ》の石壁の周囲に描かれていた絵の意味に思いあたりました。

あの絵が、この石小屋《カルカ》をひとつの結界となしているのでございます。

絵に呪詛《じゅそ》をほどこし、その絵の主はこの小屋の中には入れぬように、幻力《マーヤー》の力でこの石小屋《カルカ》は包まれているのでございます。

もはや消えかけていたあの絵――

人と、樹とが描かれておりましたあの絵の主が、今、この石小屋《カルカ》の外に立っているのではないでしょうか――。

それで、外にいるものが、戸を開けるように言っているのもわかります。

戸を開ける――

つまり、中に居る人間が自ら結界を解くのであれば、外にいるものは、この石小屋《カルカ》の中に入って来ることができることになります。

「おもしろい」

低くつぶやいたのは、アーモンさまでございます。

両の唇が、嬉々《きき》として、左右に小さく吊りあがっていました。

今、ぼっちゃまの身体の中に、ぞくぞくと疾り抜けている喜悦の思いが、わたくしには手にとるようにわかりました。

「開けて下さい」

その声が、今度は戸の向こうではなく、背後の石壁の向こうから聴こえてまいりました。

「ひっ」

ダワが跳びあがります。

「開けて下さい」

今度は、その声は、右の横手から聴こえてまいりました。

「開けて下さい」

次には、その声は、屋根の上から聴こえてまいりました。

「開けて下さい」

そして、よくよく耳を傾けてみれば、その声は、やはり、戸の向こうから聴こえているのでございます。

「何者だ？」

ダナクが、ぎらりと剣を抜き放ち、言いました。

「ラ・ホーの僕《しもべ》でございます」

声が言いました。

「なに⁉」

「そこのダワに用事があり、ここまでやってまいりました」

声が響くと、

「あやあっ！」

ダワが叫びました。

「あいいいいいっ！」

ごう
ごう
と咆《ほ》えながら、助けてくれと叫び、開けるなと呻《うめ》きます。

「おまえ、何をしやがった⁉」

ガイが、走り回っているダワの腹を、どんと剣の鞘《さや》の先で突きました。

「げええっ」

ダワは、腹を突かれて、仰向《あおむ》けに、後方にぶっ倒れました。

運の悪いことには、ダワが倒れたその方向は、入口の戸のたてかけてある方角でございました。

倒れる時に、ダワは、そのまま後方に倒れ、背で戸にぶつかっていました。

戸が、外に向かって倒れました。

戸と一緒に、ダワは外に転げ出ていたのでございます。

我々全員の眼は、その戸口から見える光景に、集まっていました。

誰もが、その光景に完全に心を奪われておりました。

それは、なんと妖しい光景であったことでしょう。

そして、なんと美しい光景であったことでしょう。

入口の外には、青い森の光景が見えていたのでございます。

雨は、いつの間にかやんでおりました。

月が出ていました。

霧は晴れ、青い澄んだ月光が、天から草の上に、しずしずと降りこぼれておりました。

その光を受けて、まだ雨滴を宿した草が、きらきらと無数に月の光を放っておりました。

その光の中、青い月光に濡れた草の上に、ひとりの少年が立っていたのでございます。

歳《とし》の頃なら、十三、四歳というところでございましょうか。

白い薄衣を、肩から身体に巻いておりました。

素足でございます。

少年の背後には、夜鳥も鳴かない夜の森が、青黒く、しんしんと押し黙って見えておりました。

それにしても、なんと肌の白い少年であったことでございましょう。

ウルパの肌の白さの底には、きちんと赤い血の色が潜んでいるのですが、少年の肌の底には、何ものも潜んではおりません。

闇の白——

少年の肌の内側には、ただ一面に、白い闇が見えているばかりでございました。

白い脛《すね》。

白い腕。

白い首。

白い耳。

白い顔。

何もかもが、闇の白でございました。

額には、柔らかく細い髪がかかり、瞼《まぶた》は、二重《ふたえ》。

黒い瞳からは、少年の体内に潜んでいる底知れぬ闇が、直接覗き込めそうでした。

瞳の奥に闇を溜めた眼が、静かに我々を見つめているのでございます。

唇は薄い赤。

その赤の中に、あるかなしかの微笑が含まれておりました。

もとより、そこに立っているものが、普通の少年であれば、一瞬見ただけで、ここまで鮮明に人の頭に焼きつけられるものではございません。

それが、妖しの化性のものであればこそ、はっきり見えたと言っても過言ではないでしょう。

わたくしたちだけではなく、当のダワすらも、戸の上に起きあがった四つん這《ば》いの姿勢で、その少年を数瞬の間見つめておりました。

少年は、開いた戸口を見つめ、
にんまり、
と、微笑いたしました。

ごう、

と、ダワが咆えて、獣の姿勢のまま、石小屋《カルカ》の中に転がり込んでまいりました。

尻で、ダワは後方にずりずりと退がってゆきます。

「し、死ぬぞ、おまえら、みんなだ。みんな死ぬぞ!!」

ダワが叫びました。

少年がゆっくりと、草の中から、白い素足を踏み出しました。

石小屋《カルカ》に向かって歩いてまいりました。

――むう!?

わたくしは、その時、自分の鼻に、甘やかな花の芳香を嗅いでおりました。

開け放たれた戸口からそよいでくる、たっぷりと湿った夜気の中に、その芳香が混じっているのでございます。

その芳香は、少年が戸口に近づくにつれ、はっきりと強まってまいりました。

――末利迦!?

わたくしは、その花の名を思いうかべました。

木犀《もくせい》の仲間の、あの、白い小さな花を枝に咲かせる末利迦でございます。

しかし、この匂いは、わたくしの知っている末利迦の花の香とは、どこかが異っているようでございました。

どこがどう違うかというのはわかりません。しかし、今、わたくしが嗅いでいる末利迦の花の香には、どこか妙に妖しいものがございました。

甘やかな香りの中に、歪《いび》つな形状をした、凶々《まがまが》しい刃が潜んでいるような――。

「おう、この花の匂いぞ」

ダナクが言いました。

少年が、この石小屋《カルカ》の中に入ってまいりました。

少年の眼は、われわれの誰も見てはいず、ただ、ダワばかりを見つめておりました。

「助けて。おれは、死にたくない。死にたくない……」

つぶやきながら、ダワが石小屋《カルカ》の中を這ってゆきます。

また、ダワが、アーモンさまの足元にしがみつきました。

「あなたは、ラ・ホーの信を受けていたのに、どうして裏切ったのですか?」

少年が、澄んだ声で問いました。

「た、たたた――」

ただ、ダワは、意味のない声をあげているだけでございました。

「まだ、誰も、無事に逃げおおせた者のいないことは、おまえもよく知っていたのでしょうに……」

つう、と少年が前に出ます。

「こ、殺せえ、こいつを殺せえ！」

ダワが叫んでも、誰も動くものはありませんでした。

「おまえもまた、人が見てはならぬ夢を見てしまったのですね。永遠に生きながらえて、それが、人間にとって、どれだけのものだというのですか――」

つう、と、少年がまた前に出た時、
その時でした。

わたくしは、ダワの眼が、一瞬、ぎらりとした凄まじい殺気を解き放つのを、この眼で見たのでございます。

ダワの右手が、自分の懐に入っていました。

「うええええっ！」

ダワが、その時、怪鳥《けちょう》の声をあげました。

いきなり、少年の頭上に跳びあがっていました。

あの、怯えるばかりであったダワの中に、よくこれだけの戦闘能力が潜んでいたと思えるほど、みごとな跳躍でございました。

頭上に振りあげられたダワの右手に、白い金属光を放つものが握られておりました。

歪《いび》つに曲がった刃。

山刀《ククリ》でございました。

少年に跳びつきざま、ダワは、その山刀《ククリ》を、微笑を浮かべて自分を見あげている少年の額に、おもいきり打ち下ろしました。

「あええっ！」

ずっくり、
と、山刀《ククリ》の鋭い一撃が、少年の微笑を、鼻まで断ち割っておりました。

落ちたダワは、そのまま地面を転がって、四つん這いになってそこに止まり、少年を見あげました。

——殺《や》ったか!?

ダワの眼には、喜悦と、不安とが、等分に入りまじっておりました。

上を向いたまま動かない少年の顔の中心に、上から落ちてきた刃がまだ喰い込んでいます。

少年の顔は、自らの血で、ぞっぷりと濡れそぼち、その血は、額を伝い、頬を伝い、喉から服の下まで流れ込んでいました。

その顔には、まだ、微笑が浮いていました。

――と。

信じられないことに、その少年の顔が動いたのでございます。

ゆっくりと、仰向いていた顔をもどし、ダワを見おろしました。

ざっ、
と、ダワの身体が地を滑るように横に動きました。

この動きを見ると、さっきまでの姿は、皆をあざむくためにねこをかぶっていたとしか思えません。

しかし、横へ動いたその瞬間、

「おげえええっ！」

ダワが、不気味な声をあげて、そこに転がりました。

「あが、あが」

両手の爪を立てて、自分の喉を掻《か》きむしりました。

喉の皮膚が破れ、肉がえぐれました。

首に、太い筋がいく本も浮きあがっています。

よほど強い力を全身に込めているのでございましょう。

歯を喰いしばり、眼をむいていました。

きりきりという歯を嚙《か》む音が届いてまいります。

顔がふくれあがり、紫色になっておりました。

真っ黒な、棒のような舌が、唇を割って、外に突き出されました。

よほど苦しいのか、その舌を、たちまち、がじがじと自分の歯で嚙み破ってゆきます。

びくん、びくんと、ダワの身体が、数度痙攣《けいれん》し、そして、ふいに動かなくなりました。

ダワは、こと切れていたのでございます。

少年は、自分の右手で、顔に喰い込んだ山刀《ククリ》の柄を握り、その分厚い刃を引き抜こうとしました。

しかし、かなり深く喰い込んでいるらしく、すぐにはその刃は動きません。

めこり
い、い、
と、音がして、ようやく刃が抜けました。

ごとんと、その山刀《ククリ》が、床に落ちます。

「おう」

このもの凄まじい光景の中で、声をあげたのは、ダナクでございました。

「見ろ」

ダナクが言いました。

ダナクの視線は、仰向けに倒れたダワの方に向けられておりました。

その、ダワの懐から、黒い、細いものが、頭を持ちあげて、滑り出てくるところでございました。

真っ黒で、紐《ひも》のように細い、毒蛇でございました。

その蛇が、ダワの懐に入っていたのです。

これで、ダワがふいに苦しみ出したわけがわかりました。

ダワは、この、黒い二弓《クローナ》ほどの小蛇に噛まれたのでございます。

その毒が、ダワの全身に広がって、ダワは死んだのでございましょう。

少年は、しゃがんで、右の白い手を、そっと、這い出てきた蛇に向かって差し出しました。

——と。

その黒い小さな蛇は、少年の指先から、白い少年の腕に巻きつき、少年の腕を登り始めました。

腕から肩、肩から少年の白い首に巻きつき、ちろり、ちろりと赤い舌を出して、少年の顔の血を舐《な》めました。

小さな、ふたつの緑色の点——その眼が濃い色の宝石のように、妖しい光を放っていました。

少年は、今、蛇が出てきたばかりの、ダワの懐の中へ、右手を差し込みました。

その手を、ゆっくりと引き出します。

その手に握られていたのは、小さな、末利迦の苗でございました。

「それは⁉」

声をあげたのは、ダナクでございました。

「それを、こっちへ渡してもらおうか」

ガイが言いました。

「これはもともと、わたくしたちのものでございましてね」

「紅末利迦の苗か」

ダナクが言いました。

少年は、答えずに、にんまり微笑しただけでございました。

苗を手にしたまま、少年が立ちあがりました。

「待て」

ダナクが声をかけました。

少年が、血みどろの微笑を、ダナクに向けます。

「その苗を置いてゆけ！」

するど、少年は、ぱかりと唇を割って微笑しました。

「ははあ、わかりましたよ。あなた方も、そこの男と同じなんですね。これが欲しくてやってきたんですね」

少年は、ダワに向かって、ちらりと視線を走らせました。

「そこの男？」

「彼は、マツラ国の人間です。彼も、この苗が欲しくて、この地へ足を踏み入れてきたのですよ」

「なに!?」

少年は、ゆっくりと、歩を横に移動してゆきます。

竈《かまど》の方角でした。

「む!?」

ダナクが気づいた時には、少年の手が動いていました。

持っていた苗を、竈の火の中に放《ほう》り投げていたのです。

「きさま！」

ダナクは、剣を炎の中に差し込んで、その苗を掻き出そうとしました。

しかし、剣で、すぐにそれができるわけもございません。

数呼吸ほど、それが遅れました。

その時には、細い根は、ちりちりと赤い糸となって燃え落ち、葉もその色を変えており、地面に落ちた苗は薄く煙をあげておりました。

出口に向かって動いてゆく少年の前に立ち塞《ふさ》がった者がありました。

「逃がすわけにはいきませんね」

ウルパでございました。

武器らしい武器を身に帯びず、ウルパは涼しげな風のように、その少年の前に立ちました。

ライウスの弓が、やはり少年をねらっております。

ガイ、ダナクも、剣を握って、少年を囲みました。

出口に近い壁に背を向け、少年はゆっくりと皆を見渡しました。

割れた少年の額からは、どろりとしたピンク色のものが、血にぬれぬれと身を光らせながら、外に這い出てこようとしています。

脳でございます。

ざいました。

妖艶《ようえん》なまでに美しい少年の顔に、そのようなものが這い出てくるのは、異様な光景でご

少年の顔は、真っ赤でございました。

髪も血でずぶ濡れになり、よじれて束になった髪の毛の先から、血玉が糸を引いて、下に落ちてゆきます。

「もう、ぼくを殺しても、何も手には入りませんよ」

少年が言いました。

「それに、ぼくを殺せると思っているのですか?」

「殺せずとも、捕えることはできよう」

言ったのはウルパでございました。

「へえ」

少年が、白い歯を見せて笑いました。

「まずは、おまえの本体を見せてもらおうか」

ウルパは、少年に向かって、すっと片手を伸ばし、掌《てのひら》を少年に向けました。

「幻力《マーヤー》を使うか――」

少年が言いました。

ウルパの体内に、ふわりと柔らかな気が満ち、それが、体内の気の道を通って掌に集まりました。

その掌から、常人には見えようはずのない光がふくれあがり、少年を包みました。

「人でないものよ、その正体を見せるがいい」

ウルパが言いました。

途端に、美しかった少年の顔に、ぞろりと獣毛が湧《わ》きあがりました。

少年は、唇をめくりあげ、歯をきりきりと噛んでおります。

しゅう
と、少年の歯の間から、呼気が洩《も》れました。

「ラ・ホーの棲み家はどこだ」

ダナクが、少年に問いかけました。

「し、知らないよ」

小さく首を振ります。

「紅末利迦は、ラ・ホーの家にあるのだな？」

「言えない」

知らないと答えていたのが、いつの間にか、言えないにかわりました。

見ている間に、少年の体形が、歪つにゆがみ始めました。

腕と脚の長さの吊り合いが、崩れはじめておりました。

「そうか、やはり、おまえたちも、あの樹の秘密を盗みに来たんですね」

少年が言います。

しかし、その声の質が、明らかに別のものに変わりはじめておりました。

大量の空気が抜け出ているようでございました。

——しわがれた声。

「ならば、言えないよ。いや、言わなくても、もう、おまえたちは帰れない。この石小屋《カルカ》ですごしてしまったからね。だいじょうぶ。ぼくが教えなくとも、樹の方から呼びに来るよ。ちゃんとねえ——」

言い終えて、

〝ぎいっ〟

と、少年が吼えました。

吼えて、跳びあがりました。

後方の壁に跳んで、その壁を足で駆けあがります。

その後頭部から、矢の先が生え出ていました。

少年が飛びあがる寸前にライウスの放った矢です。

天井近くまでたちまち駆けあがり、少年は、ぴょんと、入口の方向に飛びました。

もはや獣の動きでございます。

そこにいたのは、ガイでございました。

少年は、ガイの両肩にとんと両足で降り立ちました。

両足で、ガイの頭をはさみ、両手でガイの頭を抱えました。

「ひぎっ」

ガイの顔がひきつりました。

ごきりと音がして、ガイの頭部が、ぐるりと一回転いたしました。

凄《すご》い力でございました。

眼玉をむいたガイの顔が、少年の足の間で一回転し、もとの正面にもどってまいりました。

がくがくと、ガイの身体が跳ねました。

それを、妖しの少年が、馬のように乗りこなしています。

少年の顔の、鼻と上唇との間に、深々と矢が潜り込んでいました。

その矢が、後頭部へ突き抜けているのです。

ぶっつりと、もう一本の矢が、少年の右眼を貫きました。

たて続けにもう一本の矢が左眼を貫きます。

恐るべきライウスの腕でございました。

痙攣する人間の両肩に乗っている妖しのものの眼を、こうもみごとに射ぬいてしまうというのは、みごとな手並みという他はありません。

「見よ!」

ダナクが言いました。

すぐに、ダナクの言っている言葉の意味がわかりました。

少年の顔が、見ているうちに変貌《へんぼう》し始めたのでございます。

ぞわりぞわりと、顔に獣毛が生えてゆくのでございます。

いえ、顔ではございません。

それは、獣の尻でございました。

その獣の尻に、三本の矢が突き立っているのでございます。

その尻の間からこぼれ出している脳と見えたものは、糞《ふん》でございました。

その時、どう、とガイの身体が倒れました。

ぴょんと、ガイの上から、少年——獣が地に降り立ちました。

「正体を現わしましたか」

ウルパが言いました。

見れば、それは、逆立ちをした、いっぴきの青い猿でございました。


ぽうっ！


猿の上から、嘴《くちばし》に歯のある梟《ふくろう》が襲いかかります。

それより速く、逆立ちをしたまま青い猿が地を疾りました。

しかし、その動きよりもなお、ウルパの動きの方が素速いものでした。

懐から、右手に鋭い一本の長い針を引き抜いておりました。

しゅっ、
その針を握った手が一閃《いっせん》しました。

青い猿の身体が、頭を支点にして、足から前にふっ飛んで、そのまま、びたんと足が地を打ちました。

ウルパの針が、逆立ちした猿の頭部を、地面に貫き止めていたのでございます。

ウルパが、猿の横に立ちました。

まだ、猿は生きておりました。

ちょうど、襲って来るウルパを見ようと、顔を動かしたところをやられたのでございましょう。猿は、上になった左のこめかみを針に貫かれ、地面に貫き止められておりました。

「ラ・ホーの家はどこですか?」

ウルパが訊きました。

「言えぬ」

「ほう」

「言えば、ラ・ホーを裏切ることになる」

「――――」

「言わずとも、樹の方から、おまえたちをむかえにくるわい」

そう言った時、ふいに、猿の身体が、びくんびくんと痙攣を始めました。

あの、ダワが死んだ時と同じでございます。

猿の身体の下から、一匹の、細い、黒い紐が滑り出てまいりました。

外へ疾り出る寸前、空中からその蛇に向かって襲いかかったものがございました。

ウルパの梟でした。

鋭い爪で、梟は蛇をつかみとり、たちまち、その嘴で頭部をくわえ、その身体を引き裂いてしまいました。

なんと、梟は、その蛇を、おいしそうにそのまま腹の中に呑み込んでしまったのでございますよ。

「ふう」

と、息を吐いたのは、ダナクでございました。

「畜生とはいえ、なかなかの通力を持っていましたね」

ウルパがつぶやきました。

そのウルパの肩に、梟が、もうもどってきています。

ライウスは、弓を握って、静かにそこに立っております。

わたくしとアーモンさまとは、その一部始終を、そこに立って見ていたのでございます。

「これは、このまま帰るわけにはいかなくなったな」

アーモンさまは、つぶやかれました。

「猿と、蛇。そうすると、あとみっつということになりますか――」

ウルパが、誰にともなくつぶやきました。

「うむ」

ダナクがうなずきました。

「ラ・ホーの樹——紅末利迦の樹を、いつつのものが守っているといいますから、そのふたつが、この猿と蛇なら、あと、みっつということになります」

ウルパが言った時、たっぷりと湿り気を含んだ風が、石小屋《カルカ》の中に入り込んでまいりました。

濡れた森の樹々の臭いに満ちたその風の中に、あの、甘やかな、末利迦の花の香が溶けておりました。

小さく、火の粉のはぜる音。

揺れる炎の色。

その炎が、石小屋《カルカ》の土の床に転がっている、ふたつの人間の死体と、いっぴきの青い猿の死体を照らしておりました。

そして、末利迦の花の香を嗅いでいたわたくしは、想い出したのでございます。

ラ・ホーと、ラ・ホーの樹——紅末利迦について、我々のように幻力《マーヤー》をあやつる者たちの間に、伝説のように語りつがれていることを——。

ラ・ホーの樹——紅末利迦。

人は、その樹によって、不老長寿を得ることができると、その伝説は伝えているのでございました。

二章　樹怪の家

1

朝の陽光が、濡《ぬ》れた草の上に、差し込んでおりました。

森から伸びた、長い橅《ぶな》の影が、わたくしたちの足元までとどいてきております。

朝というものは、本当によいものでございますなあ。

妖《あや》しの夜がようやく過ぎ、こうして朝の光の中に立っていることが、わたくしはまだ信じられませんでした。

小屋の裏手に穴を掘り、ダワとガイの死体と、青い猿の死体を、一緒にそこに埋め終え、それではいよいよ出発しようかというところでございました。

わたくしとアーモンさまとが並んで立ち、前に、ダナク、ウルパ、ライウスの三人が立っております。

「とんだ夜であったな」

ダナクがアーモンさまを見つめて、言いました。

「このあたりは、どうやら、魔性のものの巣であるらしい」

アーモンさまが、ぐるりと周囲に視線を放って、おっしゃいました。

「どうするのだ、おぬしたちは」

ダナクが訊《き》いてきました。

「おもしろそうなのでな、一緒についてゆきたいのだが、そうもゆくまい」

「ゆかぬであろうな」

「無理にでもついてゆくと言ったら？」

「我々が向かうのは、西だぞ。おぬしが向かうのは、北の雪山《ヒマヴアット》ではないのか——」

「それは確かにそうだが……」

アーモンさまは、出かけるのを断られた子供のように、切なそうにダナクを見やりました。

「おぬしがついて来るとなれば、場合によっては、我々はおぬしを殺さねばならなくなるかもしれぬ」

上眼使《うわめづか》いに、ダナクはアーモンさまを見あげ、刀の柄《つか》に手をあてました。

「恐《こわ》いな」

　また、昨夜のような状態になりかけました。

　ウルパは微笑を浮かべたまま、ライウスは無表情な顔のまま、我々を見つめています。

　しかし、いざとなれば、このふたりがどれほど恐ろしい敵となるか、わたくしは、昨夜、この眼でしっかりと見たばかりでございます。

「ぼっちゃま、初めの予定通り、我々の向かうのは北でございますぞ」

　わたくしは、アーモンさまに申しあげました。

「わかっているさ」

　アーモンさまはお答えになり、小さく手をあげて、それを振りました。

「ラ・ホーの紅末利迦《べにまつりか》の樹《き》か。それをどうにかしにゆくのだろうが、無事を祈るよ――」

「では」

「では」

　我々は、小さく目礼し、そして、草原で、西と北と、二手に分かれたのでございます。

「おしかったかな」

　アーモンさまは、遠ざかってゆく三人の背を見つめ、つぶやかれました。

ライウスが、山牛《ヤク》を紐《ひも》で引いてゆきます。

「おしいもなにも、これが最初からの御予定でございましょう」

わたくしも、言いながら、三人の後ろ姿を、ほっとした思いで眺めておりました。

トラン
モラン
と、山牛《ヤク》の首にかかった鈴の音が、ゆっくりと遠くなってゆきます。

彼等の姿が、濡れた橅の森林の中に消えた後も、しばらく、その鈴の音は聴こえておりました。

我々が出発したのは、彼等の姿と鈴の音が、すっかり消えてからでございました。

濡れた草を踏みながら、我々も歩き出しました。

橅の森の中でございます。

わたくしは、ぼっちゃまが、またおかしな気を起こさぬよう、できるだけ足を早めたのですが、橅の森は、いくら歩いてもまだ橅の森でございました。

「おかしいな」

ぼっちゃまがそうつぶやいて足を停《と》めたのは、半日ほども歩いてからのことでございます。

　わたくしが訊きました。

「どうなさいました？」

「もう、とっくに石南花《しゃくなげ》の森の中に入っていてもいいはずだが――」

「石南花の？」

　言ってから、わたくしはうなずきました。

「言われてみれば、そうでございますね」

　わたくしも、アーモンさまの横に並んで、周囲を見回しました。

　わたくしたちの周囲には、果てしなく橅の森が続いておりました。

　昨夜、我々は、どちらかと言うなら、南へ向かいながら、石南花の森を通って橅の森にたどりつき、そこで、あの石小屋《カルカ》を見つけたのでございます。

　今日は、昨日来たのとは違う道のとり方ではありますが、大まかにはもどる方向に歩いているわけでございます。

　そうなら、今頃《ごろ》はもう、あの石南花の森にたどりついていなければなりません。

「北へ進んでいるつもりが、西か東へ向かってしまったか？」

　アーモンさまがおっしゃいました。

「しかし、山は見えずとも、陽《ひ》は見えます。その陽の位置で見る限り、我々はきちんと北へ向かっているはずです」

「うむ」

そうして、また我々は歩き出したのですが、とうとう、橅の森を出ないうちに、また夜をむかえてしまったのでございます。

太い橅の根の間に火を焚《た》いて、それを囲んだのですが、わたくしはさすがに心配になり、火の中から、灰をつまみ出して、橅の樹を囲むようにその灰を撒《ま》き、インドラの結界を張ったのでございます。

この結界を、己れの本性を隠したものがくぐろうとすると、その本性が自然と現われてしまうことになります。

そこらの低級な霊は、まずくぐることはできないでしょうし、よほど幻力《マーヤー》の強い者でなければ、己れの本性を隠し通して、この結界の中にとどまることはできません。

これをして、やはりよかったと思ったのは、真夜中を過ぎてからでございました。

不思議な気配を感じて眼を覚ましますと、我々の周囲を、ぼうっと、いくつもの青白い鬼火が包んでいるではありませんか。

「ぼっちゃま!」

わたくしは、横で大鼾《おおいびき》をかいて眠っているぼっちゃまを起こしました。

「ほう」

　顔をあげて、ぼっちゃまは、声をあげました。

「これはなかなか美しい眺めではないか」

　ゆうゆうと燃える鬼火を見ても、ぼっちゃまは、少しも怖がってはいないようでございます。

「この森に棲《す》むあやかしが、我々の精気を吸い取ろうと、集まってきているのでございますよ」

「ほう」

　ぼっちゃまは、上半身を起こして、ぐるりと周囲を見まわしました。

　おどろの火が、あるものは動き、あるものは止まったまま、我々の周囲を包んでいます。

　その炎が、ふいに人や獣の顔に変じたり、蛇の蟠《とぐろ》に変じたりいたします。

「おい、来ているではないか」

　アーモンさまが言いました。

「来ている？」

「ほれ、あそこに、ガイと、ダワがさ」

　アーモンさまは、ひょいと右手をあげて、横手の闇《やみ》を指差しました。

その闇の中に、鬼火を身体《からだ》にまとわりつかせて、ガイとダワが、青い顔をして立っておりました。

その眼が、我々ふたりを見つめています。

見ているうちに、彼等の肉体が、顔をそのままに、あの青い猿に変じたりいたします。

ふたりを、あの青猿と共に葬《ほうむ》ったからでございましょう。

淋《さび》しや……

淋しや……

淋しや……

聴いていると、彼等ふたりは、そのような言葉をつぶやいているようでございます。

「哀《かな》しいものだな」

アーモンさまはつぶやきました。

「彼等も、こちらへは入ってこれぬのか」

「はい。わたくしめの造りました、インドラの結界がありますれば――」

「そうか」

言って、アーモンさまは、ひょいと立ちあがりました。

「何をなさいますか、ぼっちゃま!」

「心配はいらぬ」

アーモンさまは、わたくしの造った結界の方へ、飄々《ひょうひょう》と、巨体をゆらしながら、歩き出したのでございます。

「いけません！」

わたくしは立ちあがって、アーモンさまの後を追いました。

その時には、アーモンさまは、その結界から、足を、ひょいと外に踏み出してしまわれました。

たちまち、ひゅう、とおどろの鬼火が、ふたつみっついっぺんに、アーモンさまの周囲に燃えあがりました。

結界のまわりにいた鬼火が、アーモンさまを中心に渦を巻き始めました。

アーモンさまの肉体の有している精気が、並はずれて強いためでございます。

ある鬼火は、蛇となってアーモンさまの肉体にからみつき、ある鬼火は青い蜘蛛《くも》となって、アーモンさまの身体を這《は》いました。

それでも、アーモンさまは、涼し気な顔でそこに突っ立っておりました。

「ガイ、ダワ、来るがいい」

アーモンさまは、ふたりに向かって、両腕を広げて、呼ばわりました。

踊り狂う鬼火に混じって、ふたりの影が、アーモンさまの前に歩み寄ってまいりました。

「これも所詮《しょせん》は、ふたりの無念の想《おも》いを核として、そのまわりに森の気《い》が付いたのであろうよ」

アーモンさまは、やってきたふたりの影に、ひょいと手をお伸ばしになりました。

その瞬間、ふたりの顔は、無数の獣の姿に変貌《へんぼう》いたしました。

その獣たちが、かっ、と顎《あご》を開いて、アーモンさまに襲いかかりました。

アーモンさまに喰《く》らいついたとみる間に、獣たちの姿は急にふくれあがり、白い炎となって、ぼう、ぼう、と燃えあがりました。

燃えあがった途端に、嘘《うそ》のようにそれ等は消えておりました。

後に残ったのは、いくつもの青白い鬼火の群でございました。

それ等の鬼火のひとつずつに、アーモンさまは、手を伸ばして触れてゆきます。

触れると、鬼火がふうっ、とふくれあがり、それもまた次の瞬間には闇の中に姿を溶け込ませてしまうのでした。

アーモンさまが、何かのお力で鬼火を消しているというよりも、鬼火自身が、何かに満足して、自分で姿を消してしまうもののようでございました。

最後のひとつである鬼火が姿を消すと、あとはしんとした森の気配が、アーモンさまを包んでいるばかり……。

「こんなものか」

アーモンさまは、おつぶやきになり、結界の中へもどってまいりました。

「何をなされたのですか？」

「うむ。奴等《やつら》の欲しいものを、こちらの方から与えてやったのだ」

「ぼっちゃまの精気を？」

「ああ。むこうを破壊してしまうほどは強くない気を、注ぎ込んでやった」

「しかし、むこうは、何か、ひどく満足して姿を消したような気がいたします――」

「うむ。いずれは、この森で死に果てた動物たちのものであろうよ。今は、自分が、昔どのような生き物であったのかすらも、忘れはてているようだな――」

「はい」

「なんだか哀れでなあ。ほとんどの炎が、飢《う》えていた。その飢えを、満たしてやったのさ」

「なるほど。しかし、ぼっちゃまの放つ気は、不思議な力があるようでございますねえ」

「なんだ」

「あれ等にご自分の気をお与えになるだけで、救ってしまったのですから。普通は、彼等は限りなく貪欲《どんよく》でございますから、与えれば与えた分だけ大きくなり、もっともっと際限がございませんのが普通です」

「救うと言ったか――」

「沙門《しゃもん》の言葉で言えば、成仏《じょうぶつ》ということにでもなりますか」

「なるほど」

そのように言っておりますうちにも、また、鬼火が、ひとつ、ふたつと、結界の外側に姿を現わし始めました。

「これはきりがないな」

アーモンさまは、微笑してつぶやきました。

「今ので、さっき喰ろうた食事の、半分くらいは持って行かれてしもうたわ。あまり腹が減るのはいかん」

「左様でございますとも」

「おう、ヴァシタよ、見よ」

アーモンさまが言いました。

その方向にわたくしが眼をやりますと、なんと、そこには、あのガイとダワの姿がまたあるではございませんか。

ふたりは、結界の外に、ぼうっと突っ立って、

——淋しやのう。

——淋しやのう。

我々を見ながらつぶやいておりました。

「はてさて、つくづく、業《カルマ》の深い者たちであることよ」

アーモンさまはつぶやき、

「もう寝るか」

ひとつ大きなあくびをなさってから、再び眠りに入られたのでございました。

2

翌朝、再び我々は歩き出しました。

方向は北でございます。

それから半日ほども歩いたでしょうか。

前を歩いていたアーモンさまが、立ち止まりました。

その意味が、わたくしにもわかりました。

すぐ先で、橅の森が開け、その先が草原《くさはら》になっておりました。

広い草原ではございません。

橅の森に囲まれた、わずかの広さを持った土地でございます。

その草原の上に、小屋が立っておりました。

我々の見覚えのある小屋――

昨日の朝、その前を出発してきたはずの、あの石小屋《カルカ》でございました。

その石小屋《カルカ》の前にお立ちになり、アーモンさまは、腰に両手をあて、その石小屋《カルカ》を眺めました。

「我々はどうやら、奇妙な世界に足を踏み入れてしまったらしいな」

アーモンさまが言いました。

「何か、大きな、閉じた結界の中に、いつの間にか入り込んでいたようでございますな」

わたくしは、そう言って、アーモンさまの顔に眼をやりました。

わたくしはどきりといたしました。

アーモンさまは、こんな状態であるのに、そのお顔に、楽しくてたまらないといった微笑を、お浮かべになっていたのでございます――。

「なあ、ヴァシタよ」

その笑みを浮かべたまま、アーモンさまは、わたくしに言いました。

「これは、天が定めたことだぞ」

「は？」

「これは、天が、このおれに、この奇妙な土地にもう少しいてはどうかと、そう言っておるのではないか――」

とんでもないことを言い出しました。

「ぼっちゃま！」

「決めたぞ」

「決めた？」

「うん。先に出かけたあの三人が、まだもどってきていないところをみると、西の方角には、何かあるのだということになるではないか――」

「――――」

「西へ行こう」

「西へ？」

「そうだ」

「あの三人に会ったら、生命をねらわれますぞ」

「その時はその時のことよ」

「しかし……」

「ならば、また北へ向かって、またここへもどってくるか？」

「何か、ここから抜け出す方法はあるかと思うのですが」

「ほう、どうするのだ」

「わかりませぬ」

「ではヴァシタはそれを考えればよい」

「――――」

「わかるまで、おれは好きにさせてもらうとするかよ」

アーモンさまが、嬉々《きき》として、おっしゃいました。

アーモンさまのお顔には、もう楽しくてたまらないといった、満面の笑みが浮かんでおりました。

「ぼっちゃま！」

わたくしは声を高くしてしまいました。

「なんだ、ヴァシタ」

ぼっちゃまは、にこにことした眼で、わたくしをごらんになりました。

「ぼっちゃま……」

わたくしは、あきらめの溜息《ためいき》を洩《も》らしました。

こうなったら、もう、象でも、父王《ラージャン》でも、ぼっちゃまをお引きとめすることはできないでしょう。

ぼっちゃまをお引きとめできるお方がいるとすれば、それは、すでに亡くなられたぼっちゃまの母君より他《ほか》にはございません。

「しかたがございませんなあ」

わたくしは、小さくつぶやいたので、ございました。

こうなれば、ぼっちゃまとともに、虎《とら》の顎の中へだろうと、入ってゆく他は、ございません。

わたくしは、アーモンさまに向かって、こくんとうなずいておりました。

三章　異境の民

1

橅《ぶな》の森は奥深く、果てしなく続いておりました。

ゆけどもゆけども、同じ森の風景が広がっているのでございます。

わたくしは、不安でございました。

ゆくうちに、いつ、また眼《め》の前にあの石小屋《カルカ》が見えてくるかと思うと、気持が落ち着きません。

道――というほどのものではありませんでしたが、先行した三人が歩いた所が、切れ切れの踏み跡となって残っておりました。

男三人と、山牛《ヤク》が通ったのでございますから、それくらいの踏み跡は残っているのでございましょうが、それにしても、なんという草や木の勢いでしょうか。

もう半日も遅れていたら、この踏み跡を見つけだすのは困難なことであったでしょう。

西に行くにしたがって、地面は、ゆっくりと下っているようでございました。

歩くに連れて、大気の温度が、少しずつ増しているようでございました。

半日ほど歩いた所で、また、日が暮れました。

わたくしたちは、今度は、苔《こけ》むした、大きな岩の陰に、宿をとることにいたしました。

その陰で火を焚《た》き、麦の粉を水で練ったものを石の上に乗せて焼き、その上に、焼いた鳥肉と、砕いた岩塩とをのせ、それを喰《た》べました。

皮袋から取り出した鍋《なべ》に湯を沸かし、それで茶を入れた時には、あたりはすっかり暗くなっておりました。

豊かな茶の芳香が、夜の大気に溶けてゆきます。

灰が、火の中にまた少し溜《たま》ったところで、わたくしは、それでまたインドラの結界を造りました。

その時には、ここが、すでに普通の世界ではない異境であることに気づいておりましたので、わたくしは、結界を強くするために、自分の指に山刀《ククリ》で傷をつけ、灰の中にその血を滴らせながら、インドラの呪法《ヴェーダ》を唱えつつ、右回りに三回、左回りに三回、その灰の周囲をまわったのでございます。

はたして、夜がふけてまいりますと、むらむらと、夜の大気がそこに凝《かたま》るように、あやかしが我々の周囲に集まり始めました。

ぼうっと、鬼火のいくつかも、宙に舞っています。

「来たな」

ぞくぞくするような声で、アーモンさまがつぶやきました。

アーモンさまは、背を大岩にあずけ、木の杯で、濁酒《チャン》を飲んでおります。

昨夜よりも、より、瘴気《しょうき》の濃い場所だったのでございましょう。

はっきりと、人や獣の姿形をとっているものが、ほとんどでございます。

いえ、獣よりもむしろ、人の数の方が多いくらいでございました。

しかし、何という数のあやかしでございましょうか。

あるものは大気中から、あるものは地の中から、ぞろぞろと這《は》い出てくるのでございます。

あの、ガイとダワの姿も混じっておりました。

これは、普通に、妖《あや》しの気配を多く含んだ山の瘴気というだけのものではございません。

この土地が異常なのでございます。

どの土地にも、このようなあやかしの三つ四つはいるのでございますが、このおびただしい数は尋常ではありません。

もともと、結界というものは、我が身を守りもいたしますが、逆に、その周囲のあやかしを呼びよせてしまう作用もあるのです。

その作用を考えに入れましても、このあやかしの数は多過ぎました。

この大地そのものに、死人の怨念《おんねん》がとり憑《つ》いているようでございました。

歯をがちがちと鳴らしているもの。

隣り同士で、喰《く》らいあうもの。

それらのあやかしが、ぞわぞわとひしめきあっているのは、不気味を通り越して、壮観ですらありました。

「凄《すご》いな」

アーモンさまはおつぶやきになり、木の杯を持ったまま、立ちあがりました。

「おう」

と、あやかしがざわめきます。

「おう」

と、あやかしがゆらめきます。

「応」

「応」

「酒じゃ」

「酒じゃ」

アーモンさまの歩く方向に、あやかしの群がどっと寄り集まってゆきます。

「酒ぞ」

「酒ぞ」

「飲みたいのう」

「飲みたいわよ」

「ひもじや」

「ひもじや」

アーモンさまは、結界の内側でしゃがみ込み、結界の外に、酒の入った杯を置きました。

その途端に、あやかしの群が、その酒の上に、ぞわりと群がりました。

互いに、肉体のない者たちです。

実体でない身体《からだ》を重ねあい、我も我もと杯に顔を伸ばします。

「おう」

「おう」

顔を伸ばし、その匂《にお》いを嗅《か》いだだけで、ぞろりと唇から牙《きば》を生やします。

飢えた獣の群が、たったひとつの肉片に群がっているようでありました。

もとより、実体のない彼らの声は、耳に響いてくるわけではありません。

音でない声——。

音と気配との中間のもの、音の気配とでもいうのでしょうか。

実体のない彼等の姿が見えるのと同じように、実体のない彼等の発する声が、音ではない声となって、こちらの耳に響いてくるのでございます。

——と、
その時でございます。

どこか彼方《かなた》より、ばさりばさりという、翼の音が、わたくしの耳に届いてまいりました。

聴き覚えのある音でございました。

——ウルパの梟《ふくろう》か。

わたくしは思いました。

はたして、続いて聴こえてきたのは、あの梟の声でありました。

ぽう！

ぽう！

ぽう！

その声が、だんだんと大きくなってゆきます。

梟が、こちらに向かって、宙を飛びながら近づいてくるのでございます。

「あれだ」

アーモンさまが、天を見あげて指差しました。

月光のこぼれてくる森の梢《こずえ》の間を、黒い影が動いています。

今にも、あやうく落ちてしまいそうな飛び方でございました。

飛びながら、それの高度が、急に落ちてまいりました。

それが、わたくしたちの頭上までさしかかり、急に、石のように落ちてまいりました。

結界の内側でございました。

わたくしは、ゆっくりと、梟に歩み寄り、それに指で触れました。

動きませんでした。

梟は、死んでいたのでございます。

「何があったのでございましょうか」

わたくしは、アーモンさまに言いました。

「さて。あまり良いことではないだろうな――」

アーモンさまが答えた時、わたくしは、手を伸ばして、梟の死骸《しがい》を拾いあげました。

奇妙な手触りでございました。

「む」

わたくしは、その時、梟を握っていた左手の指に、奇妙な痛痒《いたがゆ》さをおぼえて、その梟を取り落としてしまいました。

「どうした」

アーモンさまが訊《き》いてきました。

「指に――」

そう言いかけ、自分の指を見たわたくしは、ぞっと鳥肌をたてていました。

その左手の指先には、小さな、米粒ほどの大きさの蝸牛《かたつむり》が一匹、這っていたのでございます。

その蝸牛の殻も胴も、真っ赤でございました。

なんと、その小さな蝸牛は、わたくしの指先に吸いついて、血を吸っていたのでございます。

わたくしは、その蝸牛を、右手の指先ではじき飛ばし、地に落ちたそれを、慌てて踏みつけました。

火のそばに落ちた梟の死骸のそばにしゃがみ込み、アーモンさまは、その梟に手で触れております。

「いけません、ぼっちゃま！」

わたくしは叫びました。

「来てみろ、ヴァシタ」

アーモンさまが、わたくしを呼びました。

わたくしがアーモンさまのおそばに歩み寄りますと、

「見ろ」

アーモンさまは、太い指で、梟の羽毛をめくりあげました。

わたくしの背に、寒けが疾《はし》り抜けました。

そこに、わたくしはぞっとするものを眼にしたからでございます。

羽毛をめくりあげられて、そこに見えたのは、梟の地肌ではございませんでした。

本来なら、地肌のあるべきところや、羽毛の付け根に、小さな、赤い、おびただしい数の蝸牛が、びっしりとたかっていたのでございます。

ねれねれとした身体を、炎の色にてらてらとゆらめかせながら、その蝸牛が、羽毛を登って、アーモンさまの指にたかろうとしていました。

アーモンさまは、その指をお離しになり、梟の、蛇の尻尾《しっぽ》をつまんで、梟を炎の中に投じたのでございます。

たちまち、梟の羽毛が燃えあがり、続いて肉の焦げるじゅうじゅうという音が聴こえてまいりました。

しかし、その匂いが、香ばしいとはわたくしは思えませんでした。

ぼっちゃまを叩《たた》いても、引きずってでも、明日には帰らねばと思い、しかし、どうやって帰ったらよいのかと、そういうこともまたわたくしは考えてしまうのでございました。

「ひひ」

「けけ」

「くく」

「ふお」

「ふお」

我々の周囲で、声なき笑い声がおこりました。

見ると、結界の周囲のあやかしどもが、人間の、あるいは獣の顔をこちらに向けて、楽しそうに笑っているではありませんか。

――ぼっちゃま。

わたくしは、思わずぼっちゃまの顔を見たのですが、そこでわたくしは、また驚いてしまいました。

なんと、ぼっちゃまの顔にも、外のあやかしに負けぬ、なんとも言えない楽しそうな笑みが浮かんでいるではありませんか。

「おもしろいことになってきたなあ」

ぼっちゃまはそう言って、嬉々《きき》とした微笑を、わたくしの方に向けたのでございます。

2

翌日はまた、昨夜のことが信じられぬほどの、美しい朝でございました。

まだ、陽《ひ》が、森の中に差し込まぬうちに、わたくしとアーモンさまは眼を覚ましました。

わたくしの服も、アーモンさまの服も、しっとりと夜露を含んで重くなっておりました。

森の底には、夜の余韻と、薄い朝もやがたち込めておりました。

天空は、抜けるような美しい蒼《あお》でございました。

火を起こし、麦の粉を焼いて、簡単な朝食をすませ、茶を飲み終えますと、アーモンさまは、すぐにも出発したいご様子で立ちあがりました。

わたくしは、食器を皮袋に入れ、それを腰に縛りつけました。

「ゆこうか」

アーモンさまが言いました。

わたくしの腰には、山刀《ククリ》が差してあります。

柄《つか》の所に、螺鈿《らでん》の模様のある山刀《ククリ》でございます。

アーモンさまの腰には、ひとふりの剣が下がっております。

わたくしもアーモンさまも、身軽になっておりました。

昨夜と今朝で、ほとんどの食糧が尽き、残るは、茶の葉と、麦の粉が、少々でございます。

わたくしもアーモンさまのご気性につられてか、さばさばした気持になっておりました。

「では」

わたくしが言うと、アーモンさまが歩き出しました。

その後に、わたくしが続きます。

前を悠々とゆくアーモンさまの広い背を見ておりますと、なんだか昨夜の心配も嘘《うそ》のように思えてくるのですが、ゆめゆめ、油断だけはしないようにせねばなりません。

朝もやは、我々が歩いてゆくにつれて、ゆっくりと晴れてゆくようでございました。

わたくしの足に、濡《ぬ》れた草が触れ、その冷たい感触が新鮮に背まで届いてまいります。

先行している三人の踏み跡は、もう、残っておりません。

わたくしたちは、ただ西へと歩を進めてゆきました。

ゆくうちに、少しずつ、樵の森の様子が変化してまいりました。

樹《き》と樹の間がまばらになり、その間に、別の樹が生えているのでございます。

歩いてゆくと、やがて、ゆっくりと陽も傾いてまいります。

「匂うな」

ふいに、アーモンさまが言いました。

「はい」

わたくしは答えました。

風の中に、やや酸味のある、とろけるような甘い芳香が混じっているのでございます。

「菴摩羅《マンゴー》か」

「そのようでございますね」

どこかに、大量の菴摩羅《マンゴー》の樹が生えているのでしょうか。

ゆくうちに、橅の森が終り、はたして、われわれの眼の前に、菴摩羅《マンゴー》の林が見えてまいりました。

「これは、自然のものではないな」

アーモンさまが、おっしゃいました。

「はい」

どうして、このような山中に、突然菴摩羅園《マンゴー》があるのかわかりません。

しかし、何という菴摩羅《マンゴー》園でございましょうか。

ほとんど人の手入れがされていないのでございます。

樹の下の地面には、香附子《ムスタ》や計娑羅《ケサラ》華の雑草がびっしりとおい繁り、その間に、黄色い菴摩羅《マンゴー》の実が点々と落ちているのでございます。

枝に付きながら、腐り果てている実もございました。

その時、陽はすでに中天にあり、濃く梢の影を草の上に落としていました。

「人がおらぬのか――」

アーモンさまがつぶやきました。

「そのようですね」

わたくしとアーモンさまとは、樹から菴摩羅《マンゴー》の実をとり、それを口に運びながら、菴摩羅《マンゴー》の中を歩き始めました。

しばらくゆきますと、どうやら、道らしきものが、園の地面に見てとれる場所を見つけました。

「アーモンさま、これを――」

わたくしは、それを指差しました。

草の上に、二本の筋が、とぎれとぎれに走っているのでございます。

車の轍《わだち》でございました。

その跡を追ってゆくと、草の中に黒いものが落ちているのが眼に入りました。

それは、水牛の糞《ふん》でございました。

しかも、それは乾いてはおらず、まだ湿り気を含んで柔らかかったのでございます。

「水牛に車を引かせてるのか」

アーモンさまがつぶやきました。

その眼が、ふっと、前方の横手に疾りました。

そこの草の中に白いものが動き、横の樹の中にそれが駆け込むのを、わたくしも眼にいたしました。

「人だ!?」

アーモンさまは、その白い人影が隠れた樹に向かって、草を踏んでゆきました。

わたくしも、その後に続きます。

その樹の陰に、小さな女の子が、素足で、草の中に立っておりました。

白い麻の布を、腰にまいておりました。

十二歳くらいでしょうか。

まだ乳房のふくらみかける前の、痩《や》せた薄い胸をしておりました。

女の子は、樹の陰から、怯《おび》えた眼で、わたくしとアーモンさまを見あげておりました。

つやつやとした大きな瞳《ひとみ》でございました。

鼻筋も高く、この近在の村にいる、山の民人とは、少しばかり様子が違うようでございました。

抱き締めてやりたいほど、可愛《かわい》らしい女の子です。

アーモンさまは、途中で立ち止まり、

「やあ――」

虎《とら》ですら、思わずなついてしまいそうな笑みを、その唇に浮かべました。

女の子の顔に、ぽっと、はにかんだような微笑がともりました。

アーモンさまは、まずうやうやしくご自分の名前をお名告《なの》りになり、続いてその女の子に名をお訊《たず》ねになりました。

「きみの名前は？」

すると、女の子は眼を伏せ、その眼をちらりともちあげて、答えました。

「パシュパティーニ……」

可愛い声でございました。

思わず、わたくしとアーモンさまが、その可愛らしさに見とれていると、女の子は、自分の言った言葉が聴こえなかったのかと思ったのでしょう。

「パシュパティーニ」

さっきより大きな声で、言いました。

「パシュパティーニか、いい名前だ」

アーモンさまは答えて、女の子にあゆみ寄りました。

「パシュパティーニ、少し、教えてもらいたいことがあるんだけどな。いいかい？」

パシュパティーニは、顎《あご》をこくんとさせてうなずきました。

「一日か二日前に、山牛《ヤク》を連れた三人の人間が、この近くにやってきたはずなんだが、知ってるかい」

パシュパティーニが、またうなずきました。

「その三人なんだが、どっちの方角に行ったのか、わかるかな？」

アーモンさまが訊くと、パシュパティーニは右手をあげ、わたくしたちが歩いてゆこうとしたのと、同じ方向を指差しました。

「もうひとつ、教えてくれるか」

アーモンさまは、言いました。

「ラ・ホーの家というのは、どっちにあるんだろうな？」

アーモンさまが、ラ・ホーという名を口にした途端、女の子の顔に、怯えが疾りました。後方に、足を引きました。

アーモンさまを、怯えた眼で見あげながら、小さく首を振りました。

「どうした。何か、恐《こわ》いことでもあるのか？」

アーモンさまが言った途端に、女の子の顔が歪《ゆが》み、今にも泣き出しそうに、唇を開きました。

いきなり、パシュパティーニが走り出しました。

「パシュパティーニ！」

アーモンさまが、女の子の名前を呼びました。

パシュパティーニが走って行った先に、ひとりの男が立っておりました。

粗末な腰布だけを身に付けた、上半身が裸体の男でした。

身体つきはがっちりしていましたが、皮膚のあちこちがゆるんでいるのがわかります。

鼻筋は高く通っているのですが、眼の周囲や額、鼻のあたりには、深い皺《しわ》が刻まれておりました。

短い頭髪が、全《すべ》て、真っ白になっています。

老人でございました。

老人は、両手に竹で編んだ籠《かご》を抱えていました。

その中には、どうやら、菴摩羅《マンゴー》の実が入っているようでした。

パシュパティーニが走ってゆくと、老人は、籠を降ろして、走ってきたパシュパティーニを抱き止めました。

「おお、パシュパティーニ、どうしたね」

老人が言いました。

その老人の眼が、我々を見つめました。

「アーモンといいます」

アーモンさまは、老人にむかって、ご自分のお名前をお名告りあそばされました。

「アーモン？」

「その女の子に道を訊いていたんですよ。つい最近、三人の男がここを通りませんでしたか」

「あんたも、あの男たちの仲間か――」

アーモンさまが言いました。

「仲間というほどのものではありません。その男たちは、ラ・ホーの家を捜していたはずなんですが、ラ・ホーの家まではどう行けばいいんでしょう」

アーモンさまが言いますと、老人は首を振りました。

「知らないんですか」

「知っているよ。よくな」

「では、教えていただけますか」

老人は、また首を振った。

「何故ですか――」

アーモンさまが訊きました。

「何故でもだ。悪いことは言わぬ。ここからもと来た道を引き返すんだ」

「なにか、ラ・ホーの家で、よくないことでもおこるのかい」

「帰った方がいい」

老人の言葉は、同じことを繰り返すばかりでした。

「しかし、どうやって帰ったらいいのかわからないんだ」

「それは、わたしが教えてあげよう」

「教えてもらえるのか」

「ああ」

「おかしな場所だな、ここは。大きな結界の中にいるようだ。奇妙な少年も出てきた
――」

「少年だと？」

「肌のやけに白い少年だったよ」

「で、どうした」

「実はその少年は、魔性のものの変化であった。さっきの三人のうちの、ウルパというのに殺されたのだが、殺してみれば、一匹の青い猿だった」

「なに!?」

老人の顔が、真顔になりました。

「殺せたのか？　あの青猿《あおざる》を――」

「ええ」

アーモンさまがうなずくと、老人は、そこに、救世主を見でもしたように、驚きの表情を浮かべ、

「おお」

と叫びました。

「おお」

3

アマール、というのが、老人の名前でございました。

アマールは、わたくしたちに、自分の名を告げてから、しみじみと、ぼっちゃまのお顔を見つめました。

暗いその瞳の中に、何ごとか、新しい光が宿りかけているようでございます。

「しかし、よく、あの青猿が殺せましたな」

「おれが殺したのではないよ、ウルパというのが殺したのだ」

「そのウルパというのは、お仲間なのでしょう」

アマールの言葉が、いつの間にか、丁寧《ていねい》なものになっておりました。

アーモンさまと向き合って話しているだけで、人は、ぼっちゃまの御姿《おすがた》や言葉から立ち昇る、やんごとない気品に、自然と気づくもののようでございます。

「仲間というほどのものではないのだが――」

「その者たちをお捜しですか」

「ああ。二日前の朝に、東の石小屋《カルカ》で別れた者たちだ」

「あの石小屋《カルカ》ですか」

「知っているのか」

「はい。小屋の外と中に、絵の描いてある石小屋《カルカ》でしょう」

「そうだ」

「あの石小屋《カルカ》こそが、このラ・ホーの国への入口であり、唯一の出口なのでございます」

「ほう」

「ラ・ホーの造りました結界の〝結び目〟があの小屋なのでございます」

「さっき、言いかけたようだが、あの小屋から外の世界へ出てゆく方法があるのか」

アーモンさまが訊ねますと、

「ございます――」

アマールがうなずきました。

「ぜひともそれを教えてくだされ――」

わたくしは、声を高くして、アマールに言いました。

こんな、ぶっそうな、気の悪い土地からは、一刻も早く立ち去るのが、わが殿のためだからです。

「それは、特別に難しいことではありません。しかし――」

そこまで言いかけて、アマールは、ふいに何事か、思い出したようでございました。

「――青猿を殺したとのお話でしたが、それならば、そのおり、ひとりの男に会いませなんだか？」

「ダワという男に会ったよ」

「おう――」

アーモンさまの言葉に、アマールの表情が、厳《きび》しいものに変わりました。

「ダワを追って、今の話の青猿がやってきたのだ」

「で、ダワはどうなりましたか？」

「死んだよ」

「ダワが!?」

「うん」

アーモンさまが答えると、深い溜息《ためいき》をつき、アマールは、その顔を曇らせました。

両手を握りしめました。

その手に何気なく眼をやって、わたくしは驚きました。その手の指の半分近くが失《な》くなっていたからでございます。

「やはり、ダワでさえ、ここからは抜けられませなんだか——」

アマールが言いました。

初めは、怯《おび》えているだけだったダワが、青猿に追いつめられたおりに見せた、あの素速い動きをわたくしも思い出しました。

アーモンさまは、そのおりのいきさつを、手短に、アマールに語りました。

「あのダワという男、初めは平民《ヴァイシャ》と名告っていたが、どうもそうではなさそうだったな」

アーモンさまが言いました。

「おわかりになりますか」

「そんな気がした。士族《クシャトリヤ》の人間だな」

「はい」

「知り合いか——」

「ここで知り合いました」

「ここで？」

「わたくしも、ダワも、この土地の者ではございません」

「他《ほか》の土地から来たか」

「はい」

「なかなかのわけありの土地らしいな」

アーモンさまは、太い首をめぐらせて、周囲をあらためて眺めやりました。

さきほどまで差し込んでいた陽は、すでにはるか上空の天に駆け抜けて、菴摩羅《マンゴー》の森のそこここには、夕刻の闇《やみ》が始まりかけておりました。

「この土地に人間はわずかしかおりません」

「どのくらいいるのだ？」

「六人——いや、五人です」

「五人と言いかえたのは、ダワが死んだからか？」

「はい」

「他の人間は？」

「三人おりますが、ほとんどは、わたしと同じか、それ以上の年齢の者ばかりです——」

「まさか、その三人も全て――」

「他《よ》の土地《そ》から来た者たちばかりです」

アマールが言いました。

「ラ・ホーはどうなのだ――」

三人の数のうちには入れておりません」

「つまり、それは、ラ・ホーは人ではないと、そういう意味なのか――」

アーモンさまが言いますと、

「人ではありません」

うなずいたその顔に、怯えの色が疾《はし》りました。

怯えの浮いた顔で、アマールは、アーモンさまの顔を見つめました。

「アーモン殿は、ここがどういう土地であるのか知らずに足を踏み入れなさったのですか」

「知らん」

「先ほどは、ラ・ホーの名を口にされていましたが」

「それは、さっき話した、石小屋《カルカ》で会った者たちが口にしていたのでな。我々は迷ってこの土地にやってきただけなんだ」

「たぶん、我々よりは、何日か先に、この土地にやってきたはずだ。そういう人間たちが、この土地にやってきたという話は、耳にしていないのか――」

アーモンさまが訊ねますと、アマールは口をつぐんでしまいました。アーモンさまのお顔から、その視線を逸《そ》らせました。

「何か知っているな。さっき、あの男たちの仲間かと言っていたが――」

アーモンさまがお訊きになりました。

「――」

「ぼっちゃま」

その時、わたくしは、アーモンさまに声をかけておりました。

実は、わたくしはさっきから、声をかける機会をずっと待っていたのでございます。

「そういうことよりも、わたくしどもがまず先に訊かねばならないのは、この土地から出てゆく方法のことでございますぞ」

わたくしが言うと、アマールが顔をあげました。

わたくしにむかってアマールが何か言おうとし、その唇が半分開きかけたままの形で、動きをとめました。

アマールの視線は、わたくしたちの背後に向けられておりました。

わたくしとアーモンさまは、後ろを振り返りました。

わたくしたちの後方十数歩の草の中に、しのび寄ってくる薄闇と、菴摩羅《マンゴー》の甘腐《あまぐさ》りしたたまらない匂いに包まれて、ぼうっとひとつの影が立っておりました。

「ナジャス」

声をかけたのは、アマールでございます。

それは、人に似ていながら、明らかに人とは違うものでございました。

というのも、それの頭部からは、二本の角が、いやらしい角度で、天に向かって生えていたからでございます。まるで、頭の中から、二匹の蛇が、身をくねらせながら這い出てきているようでございました。

顔は細長く、鼻と顎が、のっぺりと前に突き出ています。

つるんとした頭部には、一本の髪も生えてはいませんでした。

ひょろりと、頭ふたつ分ほど首が長く、肩はなで肩です。

正面から見ているので、はっきりとはわかりませんが、背が歪《いび》つに曲がっているようでございました。

異形《いぎょう》のものでございます。

「こんなところにいたか……」

それ——アマールがナジャスと呼んだものが言いました。

喉《のど》に、余分な肉と石が詰まっているような、いやな声でございました。

まるで、修行僧《シャモン》のような衣を、その身にまとっておりました。その色は、毒々しいほど濃い赤でございます。

「このふたりは？」

ナジャスが、我々にとろりと黄色く濁《にご》った視線を向けて、アマールに訊きました。

「道に迷ってな」

アマールのかわりに答えたのは、アーモンさまでございました。

ナジャスが、その眼をまた我々に向けました。

ナジャスの喉が、げげ、と低く微《かす》かに音をたて、薄く割れた唇が、小さくひきつれました。どうやら、それは、ナジャスが笑ったものと思われました。

「何の御用ですか。御食事の用意には、別の者がすでにとりかかっていると思いますが」

アマールが、ナジャスに言いました。

ナジャスの眼が、きろきろと動いて、アマールの横に立っていた、パシュパティーニに向けられました。

アマールの唇が、不安そうに歪みました。

「用があるのはパシュパティーニにさ」

ナジャスが言いました。

「まさか……」

「お着替えの時が急に早まってなあ」

ナジャスが、もぞりと動いて前に出ました。

パシュパティーニが、怯えてアマールの陰に隠れました。

「そんな、お着替えはもっと先のことだったはずだぞ」

「ラ・ホー様の御予定が、早まったのよ」

「パシュパティーニは、まだ十四歳にもなっておらぬ。何故だ。こんなに急に……」

「思わぬことで、お力を使われてしまったのでな」

言って、ナジャスが、アーモンさまをぞろりとにらみました。

大の男でも、すくみあがってしまいそうな視線でしたが、アーモンさまは、それを涼しいお顔でお受けになりました。

「おまえは、あの者たちの仲間か」

ナジャスが問うてまいりました。

「あの者？」

アーモンさまが答えました。

あの者というのは、おそらく、我々よりも先に、ここへ着いているはずの、ダナクヤウルパ、ライウスのことかと思われました。とすると、やはり、彼等は先にここへやってきて、すでにこの異形のものとも出会っているのでございましょう。

「まあ、それは後のことさ。いずれ、おまえたちもこの地より逃げ遂《おお》せるわけにはいかぬのだからな。今、用があるのは、パシュパティーニの方だ――」

「駄目だ」

アマールが、後方に退《さ》がりました。

「これまでに、おまえもお着替えを見たことはあろうが。人に得られぬものを、パシュパティーニは得ることができるのだぞ……」

アマールが、すっと、腰から山刀《ククリ》を引き抜きました。

その山刀《ククリ》を眺めたナジャスの身体から、青白い瘴気《しょうき》がじわりとゆらめき出てまいりました。

アマールが手にした山刀《ククリ》にかまわず、ナジャスが草の上を歩き出しました。

アマールの青ざめた顔が、ひきつれてぴくぴく震え出しました。

わたくしは、はらはらとしながら、その有様と、ぼっちゃまの様子を見ていました。ぼっちゃまの性格から、これを黙って見ているわけはありません。

傍目《はため》にも、両者の優劣は見えています。

山刀《ククリ》を握っているアマールの方が、素手のナジャスを怖《おそ》れていることは誰《だれ》にでもわかります。

ぼっちゃまが、アマールに声をかけようと、唇を開きかけたその時でございました。

叫び声をあげて、山刀《ククリ》を振りかざし、アマールがナジャスに襲いかかっていました。

「いかん!」

アーモンさまが声をあげた時、アマールとナジャスはぶつかっていました。

山刀《ククリ》を握ったアマールの右手が、宙で止まっていました。

ナジャスの顔が、上を向いていました。

ナジャスの口がぱっくりと割れて、その白い鋭い歯の並んだ口の中に、山刀《ククリ》を握ったアマールの右手首をくわえていました。

ナジャスは、上から打ち下ろされてくる山刀《ククリ》を握ったアマールの右手首を、その口で受け止めたのでございました。

アーモンさまが走り寄ろうとした時、ナジャスが黄色い眼をぎろりと動かしてアーモンさまをにらみ、首をひとゆすりしました。

パシュパティーニが、高い悲鳴をあげました。

その悲鳴に、アマールの叫び声が重なりました。

ナジャスの口に、眼を蔽《おお》いたくなるようなものが咥《くわ》えられていました。山刀《ククリ》を握ったままの、アマールの右手首でございました。ナジャスは、その顎《あぎと》で、アマールの手首を噛《か》み切っていたのでございます。

アマールが身をよじって動きながら、それでも、パシュパティーニをかばおうと、足を踏んばってナジャスを睨《にら》んでいます。

「アマール、アマール」

その足に、アマールの名を呼びながら、パシュパティーニがしがみついています。

ふたりに向かって、ナジャスが足を踏み出しかけたその時、その間に割って入ったものがありました。

アーモンさまでございます。

「ぼっちゃま」

アーモンさまの横に並ぼうとしたわたくしを、アーモンさまが、黙って片手で制しました。

「やめなさい」

ナジャスにむかって、アーモンさまの太い声が響きました。

しゅう、
と、ナジャスの口から、血のしぶきの混じった呼気が洩《も》れました。

笑ったのが、手首を咥えているため、声にならずに、そういう音になったようでございました。

ぼとりと、重い音をたてて、ナジャスの口から草の中に、アマールの右手が落ちました。

「おまえ、たくさんの血がありそうだな」

血で赤く濡れた舌を揺らして、ナジャスが言いました。

「身体が大きいからな」

アーモンさまはつぶやいて、ゆるりと腰の剣を抜き放ちました。

その瞬間でございました。

いきなり、ナジャスがアーモンさまにむかって動きました。

アーモンさまは、ぶん、と真一文字にその剣で宙を真横になぎはらいました。

凄い剣の風圧が、わたくしのところまで届いてくるほどでございました。

ふつうならば、ナジャスの長い首は、その一撃でふっ飛んでいるところでございます。

しかし、ナジャスの首は飛ばず、剣先は空を切りました。

ナジャスの身体が、草の中に沈み込んでいたのでございます。

しゃがむその途中が眼に見えませんでした。

それほどナジャスの動きは速いものでした。

もとより、ナジャスは人間ではありません。

草の中でナジャスがとっていたのは獣の姿勢でございました。

四つん這いになって、草の中を左の方に動いてゆきます。

草の上に、歪つなナジャスの背が、盛りあがって見えています。

アーモンさまが、その後を追って動きます。

あの大きなお身体がと思うほど、アーモンさまの動きは無駄がなく、虎の動きのような優雅ささえそなえていました。

アーモンさまのことも気にかかりましたが、ひとまずわたくしは、草の上に膝《ひざ》を突いたアマールのそばへ駆けよりました。

アマールの右手首からは、こんこんと赤い湯のように血があふれ、草の上に滴っております。

わたくしは、アマールの右手首を、衣を裂いた布で縛りました。

縛り終えて、顔をあげると、すこし先で、アーモンさまとナジャスは凝《じ》っと動かずに向きあっておりました。

これまでの間に、いくつか、剣が風を裂く音を耳にしていました。

「どうにも、武器を持たぬ相手に剣を持つというのは、やりにくいものだな――」

アーモンさまのつぶやく声が聴こえてまいりました。

アーモンさまの持っていた剣先がふいに下を向きました。

「剣は邪魔だ」

アーモンさまは、そのまま、剣を草の中に突き立てておしまいになられました。

「ぼっちゃま！」

わたくしは、声をあげてしまいました。

なんと無造作に剣をお捨てになってしまうことでしょうか。

アーモンさまが、剣を離したその一瞬、草の中から、いきなりナジャスの身体が跳ねあがりました。

「ぴーっ」

高い声が、宙に跳んだナジャスの口から響きました。

アーモンさまは、信じられないことに、ナジャスの攻撃を避《よ》けませんでした。

宙で、がっしりと、アーモンさまの両腕が、ナジャスの身体を受けとめていました。

おお——

わたくしは、声を飲み込んで、その光景を見つめました。

アーモンさまは、左腕で、ナジャスの細い両腕ごと、ナジャスの身体を抱え、右腕をナジャスの首にからみつかせておりました。

——しかし。

ナジャスのあの鋭い歯の並んだ顎もまた、アーモンさまの太い首に、がっしりと嚙みついていたのでございます。

「ああっ」

わたくしは、声をあげて立ちあがり、走り出しました。

今にも、ナジャスの歯が、ぞっぷりとアーモンさまの喉を嚙み破ってしまいそうに見えたからでございます。

しかし、わたくしは、足を停《と》めておりました。

それには、理由がございました。

ナジャスが、アーモンさまの喉に嚙みつきながら、凄い眼でわたくしを睨んだからでございます。

——寄るな。

と、そうナジャスの眼はわたくしに言っておりました。寄れば、ぼっちゃまの喉を嚙み破ってしまうぞと、ナジャスはわたくしを睨んでおりました。

その眼が、わたくしの足を停めさせたのでございます。

しかし、ナジャスの眼と同時に、もうひとつのものもわたくしは眼にしていたのでございます。

それは、アーモンさまの太い唇に浮いた、笑みだったのでございます。

なんと、アーモンさまは、ナジャスの鋭い歯に自分の喉を咥えられ、楽しそうに微笑しておられたのでございますよ。

普通ならば、嚙みついた瞬間に、わたくしなどが駆けつける間もなく、アーモンさまの喉は嚙み破られているでしょう。ナジャスがそうしない理由はただひとつでございます。

ナジャスにはそれができないのです。

ぼっちゃまの首の筋肉が、堅く、樹の根のように節《ふし》くれだって盛りあがっておりました。その石のような筋肉に、ナジャスの歯がはばまれているのです。

なにしろ、ぼっちゃまは、象と綱引きをしても勝ってしまうほど、大力無双の方でございますからなあ。

めったなことでは、刃物でさえ、ぼっちゃまのお身を貫き通すことはできません。

それに、ナジャスは、アーモンさまに首と身体を抱きすくめられています。

それでは、顎にもおもいきり力がこめられません。

だから、わたくしに、眼で脅しをかけてきたのでございます。

わたくしが迷ったのは、ほんの数瞬でございました。

後方からナジャスの頭を刺し貫こうと、短剣を腰から引き抜きました。

ナジャスの視線が脅しであるとしても、アーモンさまの力が弱まれば、すぐにもナジャスはアーモンさまの喉を嚙み切ってしまうでしょう。そうはさせられません。

なにしろ相手は化性《けしょう》のものでございますから──。

しかし、わたくしは、動きかけた足をもう一度止めていました。

アーモンさまの声が響いてきたからでございます。

「助けはいらぬ」

首に力を込めたままですので、石のような声でしたが、その声には、まだゆとりが感じられました。

「顎をはずせ。そうすれば放してやるぞ」

アーモンさまは、ナジャスにむかって静かにつぶやかれました。

ナジャスの黄色く濁った眼に、どす黒い炎が燃えあがりました。

ナジャスの顎に、さらに力が加えられたのがわかりました。

ずぶりと、歯がさらにアーモンさまの喉に潜り込みました。

「ぼっちゃま!」

わたくしが叫んだ時、ぼきり、と、太い音がアーモンさまの腕の中で響きました。

ナジャスの長い首が、妙な角度に曲がっておりました。

ナジャスの首の骨が折れたのでございました。

ナジャスの首の、曲がった部分の肉が、もっこりと盛りあがっていました。折れた骨が、内側から肉を押しているのでございます。

アーモンさまの腕の中で首をかしげたまま、ナジャスの身体が、びくびくと震え、ふいに動かなくなりました。

アーモンさまが手を離すと、ナジャスの身体が草の中に沈みました。

ふう、と大きく息を吐いて、アーモンさまがわたくしをごらんになりました。アーモンさまの喉には、くっきりとナジャスの歯形が残っておりました。そこに血が滲《にじ》み、細い筋となって、首を伝っておりました。

ゆっくりと、アーモンさまが、わたくしに向かって歩き出しました。

その時でございます。

アーモンさまの背後の草の中に沈んでいたナジャスの身体が、ふいに起きあがりました。

起きあがり、首を横に傾けたまま、アーモンさまに向かって走り出しました。

ナジャスは、まだ生きていたのでございます。

「む⁉」

アーモンさまが、背後を振り返った時、立ち止まったアーモンさまにいまにも飛びかかろうとしていたナジャスの身体が大きく前につんのめって転がりました。

「アーモンさまっ」

わたくしはアーモンさまに駆け寄りました。

アーモンさまと一緒に、倒れてもがいているナジャスを見おろしました。

「おう」

「見よ」

わたくしとアーモンさまとは、同時にそれを眼にしていました。

倒れたナジャスの右脚と左脚のちょうど膝の上あたりが、真横から、一本の矢で貫きとめられていたのでございます。矢は、左脚から入り、そのまま右脚を貫いてむこうへと突き出ておりました。

見覚えのある矢でございました。

「ライウス……」

アーモンさまが、横手へ眼をやってつぶやかれました。

わたくしも眼をやりますと、横手の菴摩羅《マンゴー》の樹の陰から、あのライウスが、こちらへ向かって歩いてくるところでございました。

しかし、その歩き方が普通ではありません。

弓を、半分杖《つえ》のようにして、左足を引きずりながら歩いてくるのでございます。

よく見れば、ライウスの左足首から先は、消えて失くなっており、足首は一本の棒のようになっておりました。そこに、いく重にも布が巻かれており、その布は、まっ赤に染まっておりました。

「どうした？」

アーモンさまが、声をかけましたが、ライウスは答えません。

歯を喰いしばって、歩いてくるばかりでございます。

我々の所まで歩いてくるなり、ライウスは腰から剣を引き抜き、地に、がっくりと膝を落としざまに、剣をナジャスの首に突きたてておりました。

柄《つか》に体重をあずけ、ライウスは、そのままこじるように、ナジャスの首をぶっつり剣で切り落としました。

「なんと……」

わたくしは、二重の驚きの声をあげました。

切り落とされた途端に、ナジャスの首も身体も、一頭の赤い鹿《しか》に変じていたからでございます。

「おれの足首の敵《かたき》だ……」

ライウスは、そうつぶやいて、わたくしどもを見あげました。

その顔からは、すっかり血の色が失《う》せておりました。

「足首？」

わたくしは訊きました。

「こやつが、おれの足首を喰《くろ》うたのよ」

ライウスが言います。

眼に炎が点《とも》っていますが、頬《ほお》はこけ、身体のどこにも、血が残っていそうにないように見えます。

足首から大量の血が流出しているのでございましょう。

常人であれば、もう、とっくに死んでいてもおかしくない状態のところでございます。

「ひとりか？」

アーモンさまが訊きました。

「ああ」

ライウスが答えます。

「ダナクとウルパは？」

「死んだよ、ふたりともな」

ライウスが言った時、背後で叫び声が聴こえました。

アマールと、パシュパティーニの声でございました。

わたくしたちが顔を向けると、アマールが草の中に仰向《あおむ》けに倒れ、その横に、黒い大きな影が立っておりました。

その黒い大きな影は、アーモンさまよりもなおひとまわりは身体が大きく、そして、両腕にぐったりとなったパシュパティーニを抱いておりました。

その額には、やはり、二本の、大きな太い角が生えておりました。

「しまった」

アーモンさまが、その化性のものに向かって身を躍《おど》らせた時、それは、大きく身を翻《ひるがえ》して走り出していました。

「待て――」

アーモンさまが走り出した時、いきなり、横手からアーモンさまに向かって宙を疾《はし》ってくるものがありました。

「むう」

アーモンさまは、頭を横にふって、それをかわしました。

それは、回転しながらアーモンさまの首のそばを疾り抜け、横手にあった菴摩羅《マンゴー》の幹に、音をたてて深々と突き刺さりました。

山刀《ククリ》でした。

アーモンさまが一瞬ひるんだ隙《すき》に、大きな黒い影はパシュパティーニを抱えたまま、森の奥へ駆け込んでいました。

その後を追ってアーモンさまが走ります。

そのアーモンさまに向かって、横手の方角から、草を一文字に薙《な》ぎながら、赤いものが動いてきます。

黒い影の跡を追おうとするアーモンさまの動きを阻《はば》もうとしているようでした。

赤いものから、しゅっ、と大気を裂いて、光るものがアーモンさまに向かって疾りました。

「むう」

アーモンさまは、右手で、宙を疾ってきたそれを、地に叩《たた》き落としました。

アーモンさまが立ち止まりました。

その正面に、赤いものが立ちました。

それは、さっき、首を落とされたばかりの、ナジャスそっくりのものでした。

額に、ねじくれた角があり、鼻も顎も前に向かってせり出しています。やはり首がひょろりと長く、体毛は一本もありません。

身に、赤い衣をまとっておりました。

そのものが、濃さを増してくる菴摩羅《マンゴー》の森の薄闇の中にぼうっと突っ立ち、黄色い眼でアーモンさまを睨んでおりました。

「よくも……」

と、それが言いました。

「よくも、殺したなあ」

女のようでした。

どうやら、ライウスに首を落とされたナジャスの身内のようでございました。

「むかえにゆくぞ……」

つぶやいたかと思うと、それは身をひるがえし、たちまち森の奥に疾り去ってゆきました。

　アーモンさまは、ゆったりとした足取りで、我々のところへもどってまいりました。

「だいじょうぶか」

　地に仰向けて倒れているアマールの上にかがみ込みました。

　アマールは、虫の息でございました。

　もう、その生命はいくらもあろうとは思われません。

「バ・オと、ハジャスに、パシュパティーニを……」

　アマールがつぶやきました。

　どうやら、バ・オというのが、パシュパティーニを抱えていった黒いもので、ハジャスというのが、あの赤いものをまとったもののようでございました。

　アマールの声は、か細く、すぐにも途切れてしまいそうでした。

　夜の闇が、ひしひしと、菴摩羅《マンゴー》の森の中に満ちてまいります。

　魔性のもの、化性のもの、悪鬼の群れが徘徊《はいかい》する時刻になろうとしております。

「それは……」

　地にうずくまっていたライウスが、アーモンさまの手にしたものを見てつぶやきました。

「さっき、ハジャスが投げてきたものだ。それを拾ってきたのさ――」

アーモンさまが言いました。

「それはウルパの……」

「うむ」

アーモンさまはうなずきました。

ハジャスが、走りながらアーモンさまに投げてきたもの——それは、あの黒衣のバラモン僧ウルパが手にしていた、長い針状の金属の武器だったのでございます。

四章　腐老樹

1

炎の色が、これほど人の心を安らかにするものだということを、ついぞ、わたくしは忘れておりました。

炎の傍《そば》に腰を下ろし、その色を見つめているだけで、体内の深い場所まで、その温かみが満ちてくるようでございます。しかし、炎に向いた身体《からだ》の前の方は温かいのですが、わたくしは、自分の背中に、不思議とぞくぞくする冷たいものを感じておりました。

それは、ただの冷気ではありません。

わたくしたちの周囲をひしひしと押し包んでくる、瘴気《しょうき》があるからでございます。

すでに、とっぷりと陽《ひ》は暮れておりました。

あたりを満たしておりますのは、濃い闇《やみ》でございます。

その闇の中には、ひしひしと、ひしめくものの気配が、黒い綿《わた》のようにわだかまっておりました。

気のせいばかりではなく、炎の灯《あか》りも、いつもほど遠くへは届いていないようでございました。

わたくしの造りました結界から向こうには、炎の灯りさえも急速に弱めてしまうものが潜んでいるようでございました。

炎の灯りは、いつもの半分も、遠くへは届いていないようでございました。

頭の上では、菩提樹《ビッパラ》が、ざわざわと梢《こずえ》をうねらせております。

大きな菩提樹《ビッパラ》でございました。

菴摩羅《マンゴー》の森のはずれから、半ムールタほども歩いた場所にこの菩提樹《ビッパラ》は生えているのでございます。

少し先に行けば、小さな泉があるというので、そこまで移動する途中の場所でございました。

そこで、ついに、アマールとライウスが力尽きてしまったのでございます。

その場所で火を焚《た》き、先の泉まで水を汲《く》みにゆき、我々はこの菩提樹の下で野宿をすることにしたのでございました。

アマールが口にしたのは、アーモンさまが皮袋に汲んできた水だけでございました。ライウスは、それでも、水の他《ほか》に菴摩羅《マンゴー》の果肉をわずかに口にしましたが、すぐに、口にしたものを吐き出してしまいました。

ふたりの顔には、赤い炎の色を近くで受けていてさえ、はっきりわかる死相が浮いておりました。

ふたりは、今、炎の傍に横たわっておりました。

ライウスは、半分眠っているのですが、その唇からは、ひっきりなしに、呻《うめ》き声ともうわごとともつかない声が洩《も》れています。

ライウスよりも死相の濃いアマールは、まだ眼《め》を開いていました。

もし、眼を閉じたら、その眼は、もう二度と開かないであろうことが、アマールにもわかっているのでございましょう。

我々は、アマールの顔を上から覗《のぞ》き込みながら、アマールの言うことに耳を傾けておりました。

「わたしが、この土地へやってきたのは、もう三〇年近くも昔になります……」

そう言って、アマールは、自分のことを語り始めたのでした。

「わたしは、ビンサーカ国の者です。そのわたしが何故、このような土地におりますのかというと、国王《ラージャン》からの命を受けてラ・ホーの秘密を盗みに来たのでございます」

もとより、アマールは、それだけの言葉をなめらかに語ったのではありません。

荒い呼吸の間から、とぎれとぎれに、何度も休みながらしゃべったのでございます。

「三人の男たちと一緒にやってきたのですが、今は、その三人の中で生き残っているのはわたしひとりでございます」

「他のふたりは？」

アーモンさまが訊《き》きました。

「儀式に使われたのです」

「儀式にだって？」

「お着替えの儀式でございます」

言ってから、アマールは顔をしかめ、小さくいやいやをするように首を振りました。

「さっきも耳にしたが、お着替えの儀式というのは、どういうものなんだ？」

アーモンさまはまた訊きましたが、アーモンさまの声は、すでにアマールには届いていないようでした。

「帰りなされ、あなたがたは、わたくしをおいて、このままお帰りなされ。とくにあなたがたは、迷われてこの国においでなさったのでしょう?」

「ああ。あの石小屋《カルカ》が、この国からの出口だと訊いたよ。どうやれば出られるのだ?」

「簡単なことでございます。小屋の中の壁に絵が描かれていたのはご記憶でしょう?」

「ああ」

「あれは、右から左へ向かって描かれた、ひとつの絵物語でございます。ラ・ホーの半生を描いたものです」

「ほう……」

「その絵を逆の順序で、左側から右へ——つまり、壁を左手に見るようにして三度、石小屋《カルカ》の内側をめぐるのでございます。その後に、石小屋《カルカ》から外へ出れば、自然と結界の外に出られることになっているのです。しかし、出た後でまた石小屋《カルカ》の中に入ってしまったら、その時には再び、もう一度同じように小屋の壁を左手に見ながらまわって、外へ出なくてはなりません。まわり方も、三度より多くても少なくてもいけません。もし多くか少なくかまわってしまったら、一度石小屋《カルカ》の外へ出て、もう一度同じ動作をやりなおさねばならないことになります」

「——」

「それも、ただまわればいいのではなく、必ず、ひと晩あの石小屋《カルカ》ですごした後、その翌朝に、その方法を試みねばならないのです」

アマールは、荒い息の下から、こう申しました。

アマールのしゃべる声は苦し気で、いまにも声を途切らせて、息を止めてしまいそうでした。

その横で、ライウスは、弓を抱えて眠っているのですが、そのライウスの呼吸も苦し気でした。

ライウスと言えば、他のふたり、ダナクとウルパがどうなったのか、どのような死に方をしたのか、彼等三人が、この国に入ってからのことを、まだ、わたくしたちはライウスから聴いておりませんでした。

しかし、今は、ともかくアマールのしゃべることを聴いておかねばなりません。

「先ほど、ラ・ホーの秘密を盗みに来たと、そう言っていたが、あのダワも、そういった人間たちのひとりなのか――」

「はい。わたくしやダワだけでなく、この国にいる人間のほとんどがそうです」

「その、ラ・ホーの秘密というのは、紅末利迦《べにまつりか》や、パシュパティーニと関係があるのか」

アーモンさまが言いますと、

「おお」

アマールが声をあげました。

「おお、パシュパティーニ！　パシュパティーニ――」

アマールの声が大きくなります。

「どうした？」

「お願いじゃ、アーモン殿。パシュパティーニを、どうかパシュパティーニを助けてやって下され」

「助ける？」

「このままでは、パシュパティーニは、人ではないものになってしまいます」

アマールの声の調子が、おかしくなってまいりました。

言うことにも、一貫性《いっかんせい》が消えています。

さっきまでは、すぐにこの土地を出てゆけということを言っていたくせに、こんどは、パシュパティーニを助けてくれと、アマールは我々に言っているのでございます。

「教えてくれ、アマール。ラ・ホーの秘密とは何なのだ――」

アーモンさまが言った時でございました。

いきなり、ライウスが上半身を起こして、叫び声をあげたのでございます。

「聴こえる」

しわがれた声でした。

額には、ふつふつと汗の玉が浮いています。

「聴こえるぞ！」

わたくしも、油断なく周囲を見まわしました。

そして、わたくしは見たのでございました。

特に瘴気が黒々と濃いあたりの草の上に、ひとりの男が立っておりました。

半裸で、落ちてくる月光と、たまらない瘴気を身にまとわりつかせておりました。

それは、ライウスが、死んだと言った、あの、ダナクでございました。

「ダナク――」

ライウスが呻いて、弓を持ちかえ、矢を握っておりました。

「待て」

アーモンさまが、ライウスを制しました。

しかし、かまわず、ライウスは矢をつがえています。

ダナクは、奇妙なことに、両手を上に持ちあげ、その両手で、自分の首を締めていたのでございます。

「むかえに来た……」

低い声で、ダナクは言ったのでございました。

2

「死んだはずだぞ、ダナク」

ライウスは言いました。

ぎりりと、弓を引きしぼっています。

それだけで、残った体力のありったけを使っているのでございましょう。

ライウスの起こした上半身は、ぶるぶると震えておりました。

見ているこちらにも鬼気迫るものがあります。

青白い炎をあげて、ライウスの全身から、何かが立ち昇ってくるようでございました。

「おれは、おれは、おまえが死ぬのを見たのだ……」

「そうよ、わしは死人《しびと》さあ——」

ダナクが、かすれた声でつぶやきました。

その瞬間に、ライウスの弓から、矢が放たれていました。

ライウスの矢が、ダナクの開いた唇の中に潜り込み、ぶっつりと後頭部からその先端が突き出ました。

そして、その矢が、ライウスの最後の矢でありました。

かり、
と、音がしました。

かり、
不気味な、細い小さな音が闇の中に響きます。

ダナクが、口の中の矢を歯で嚙《か》んでいるのでございます。

ダナクが、にいっ、と笑うと、後頭部から突き出た部分をそのままにして、ダナクの口から、矢がほろりと草の中に落ちました。

「ならば、もう一度殺してやろうか——」

ライウスは言って、剣を右手に引き抜いて、立ちあがりました。

「とめるなよ」

アーモンさまに向かって、低くつぶやきました。

ライウスの肩に置きかけた手を、途中でアーモンさまはとめました。

ライウスの声の中に、死の覚悟を読みとったからでございましょう。

走り出しました。

足首の消えた、左足を、地に突きながら、飛ぶように走りました。

凄《すご》い疾《はや》さでございます。

ライウスの肉体は、もはや、死人も同然のはずです。

その走ることのみに、ライウスは、最後に残った生命のひとしずくをそそぎ込んだのでございましょう。

ダナクは、両手で自分の首を包んだまま、ただそこに立って、走ってくるライウスを見ているだけでございました。

「くうううう！」

ライウスは、ダナクに走り寄り、真上からダナクの脳天に、その剣を打ち込もうとしました。

――と。

いきなり、右足を支点に、つんのめるように、ライウスの動きが止まりました。

ざっ、
と、ライウスの右足が宙に持ちあがってゆき、ライウスの身体が右足一本で逆さ吊《づ》りになりました。

「おう」

わたくしは声をあげておりました。

そこに、あの黒衣のバ・オが、ライウスの右足首を右手につかんで、立っていたからでございます。

草の中に、どうやってその巨体を隠していたのかと思えるほど、大きな身体です。

そのバ・オが、あまったライウスの左足を左手でつかみました。

ライウスは、それでもなんとか剣を持ちあげて、バ・オを突こうとしました。

その瞬間、バ・オは、ライウスの両足首を握った右手と左手を、大きく横に開きました。

人の身体を引き裂くというのは、まるで、太い濡《ぬ》れた布を引き裂くのと同じような音がするのだということを、わたくしはその時初めて知りました。

最初に聴こえたのは、
ごつん、
という音でした。

ライウスの股関節《こかんせつ》がはずれて、折れる音でございました。

肉がひきちぎれる音は、その音にすぐ続いてやってまいりました。

ぶち

ぶち
ぶち

尻《しり》からあばらのあたりまで、あっというまにライウスの身体はふたつに裂かれておりました。

長くなったライウスの両足の間から、どろりとこぼれ落ちてきたのは内臓でございました。

その、血に濡れた内臓を、バ・オはライウスをさらに高く持ちあげて、しゃぶりはじめました。

夜気の中に、血濡れた内臓から湯気が立ち昇っているのが、ここからでもわかりました。

斜めに昇った満月が、その光景を照らし出しておりました。

「ぴいーっ」

高い声があがりました。

見ると、バ・オの周囲を、何かの細い影が狂ったように跳びはねているのでございました。

それは、あの、ハジャスでありました。

「ひい。ひい。ひひ、ひいっ！」

ハジャスは笑い声をあげて、跳ねています。

逆さになっているライウスの喉《のど》に噛みつきました。そこの肉をごそりと噛み取って喰《た》べました。

「殺してやったわい。殺して喰《くろ》うてやったわい――」

がちがちと歯を鳴らす音が、ここまで聴こえてきます。

「パシュパティーニを、どうか――」

わたくしたちの足元で声がしました。

アマールが、切れ切れの声をあげたのでございました。

アマールの左手が上に持ちあがり、何かを宙に捜しているようでございました。

アーモンさまは、その大きな手の中に、アマールの左手を包みました。

その眼が、遠く、宙をさまよっていました。

もはや、その眼は、焚火《たきび》の炎の色さえ映すことができなくなっているようでございました。

「アマール……」

「どうか、ラ・ホーの手からパシュパティーニを取りもどして下さい」

「わかった」

アーモンさまは、その大きな手の中に、しっかりと、アマールの手を握り締めました。

アマールの顔に、初めて、小さな微笑が浮いたようでした。

そして、そのまま、アマールの息は止まったのでございました。

「アマール……」

わたくしは、老人の名を呼びましたが、もはや老人は二度と答えませんでした。

「むかえに、きた」

ダナクが言います。

「誰《だれ》をむかえにだ？」

アーモンさまが言いました。

「おまえだ」

「おれに何の用だ」

「知らん。用があるのは、ラ・ホーだ」

「ほう」

「おまえには、危害は加えぬ。来い」

「おれだけか」

「そちらの爺《じじ》いも一緒でいい。来い」

「ふむ」

アーモンさまは、首を傾けました。

「いけません。獣が人に変ずるなど、この土地の異常さは、また格別でございます。獣としても、鹿は草を喰べるもの。それが、今、我々の眼の前で人肉を啖うたのですぞ。のこのこついていって、どのような危険が待っているかわかりません――」

わたくしは、アーモンさまをとめました。

「しかし、このままこの場所にいたからといって、安全というものでもないぞ」

アーモンさまが、もっともなことを言いました。

わたくしは、ぞくりと背をすくめました。

「ゆくもゆかぬも、この土地にわれらふたり……」

アーモンさまがつぶやかれました。

アーモンさまは、ダナクを見やり、

「パシュパティーニはどうした？」

「元気だよ。おまえのためにな――」

ダナクが言いました。

「おれのために？　どういう意味だ？」

「さて――」

ダナクは答えませんでした。

「よし、ゆこう」

アーモンさまは、ゆったりと、一歩を前に踏み出しておりました。

3

「おう……」

わたくしは、小さく声をあげておりました。

行く手の闇の中に、月光に照らされて、青黒くぼうっと浮かびあがってきたものが何かわかったからでした。

人の住む建物――。

それは、小さいながらも村のようでございました。

しかし、それは、何という村であったことでございましょう。

足を村の中に踏み入れてみましても、人の気配はまったくありません。

荒れ放題《ほうだい》に荒れ、屋根も壁のレンガも崩れ落ちているのでございます。

そういう崩れた家を左右に見ながら、わたくしとアーモンさまとは、ダナクの後方からついてゆきました。

いるのは、我々三人だけでございました。

ハジャスも、バ・オも、我々についてくる素振りは見せず、いつの間にか姿を消してしまいました。

わたくしとアーモンさまとは、ただ、ダナクの後ろからついてゆくばかりでございます。

ダナクの後ろ姿が、月光に見えています。

ダナクは、両手で自分の首を包んだまま、ゆるゆると、四、五歩先を歩いてゆきます。

「この村は人がいないのか？」

アーモンさまが訊きました。

「知らん」

ダナクはそう答えただけでございました。

歩いてゆくうちに、夜気の中に、何か甘いものの香りが次第に満ちてまいりました。

「わかるか、ヴァシタ？」

アーモンさまが、ふいにわたくしにたずねてまいりました。

「この匂《にお》いのことでございますか？」

「末利迦だな」

「はい」

わたくしとアーモンさまとは、低く声をかわし合いました。

しのびやかで、皮膚の内側にまで這《は》い込んでくるような匂いでございました。歩いてゆくと、その匂いはだんだんと強くなってまいります。

甘い香りの中に、何かしら、腐る寸前の果実に似た腐臭が混じっているようでございました。

すっと、わたくしの肌に鳥肌が立っておりました。

しかし、アーモンさまは、平然と歩を進めておられます。

「恐《こわ》くはありませんか」

わたくしは、そっと、アーモンさまに訊《たず》ねました。

「恐いな」

少しも恐くなさそうに、アーモンさまは答えました。

「恐いが、楽しい」

アーモンさまは、なんと微笑しているのでございますよ。

「わたくしは、もはや、生きて帰るのを半分あきらめかけてます。しかし、ぼっちゃまだけは、なんとしても、このヴァシタめの生命《いのち》に代《か》えましても、無事にお国へ帰す覚悟でございますから――」

「心配はいらぬよ。少なくともいましばらくはな。我々を殺すつもりなら、とっくに襲ってきているさ」

言ってから、アーモンさまは、また微笑いたしました。

「何がおかしいのでございますか」

「いや、ラ・ホーのことだがな」

「ラ・ホーのことで」

「美しい女であればいいなと、そう思うたのさ」

人の気《け》のない村をいつの間にか通り過ぎ、我々は、草を踏んで歩いておりました。

すでに、草の上には夜露がおりていて、わたくしの足に、その冷たい雫《しずく》を宿らせた葉先が触れてまいります。

少しずつ風が強さを増していました。

末利迦の花の匂いは、いよいよ濃く、強くなってまいります。どこか近くに、末利迦の群生している場所でもあるのかもしれません。

月は高く昇りかけ、行く手の草の露を、きらきらと光らせております。

前方に、灯りが見えてまいりました。

炎の灯りでございます。

「館《やかた》だ」

アーモンさまがつぶやきました。

その炎の方角に、黒々と見えている建物の影がございました。

それが、かのラ・ホーの家でありました。

「着いたか――」

アーモンさまがそう申しました時、ひときわ強い風が、
ごう、
と、我々にむかって吹きつけてまいりました。

そして、アーモンさまの髪が、ふわりと後方になびきます。

その風の中には、あの末利迦の、鳥肌の立つような匂いが、たっぷりと含まれておりました。

アーモンさまの背丈よりも高いレンガの塀が、館《やかた》の周囲を囲んでいました。

大きな木の門は、すでに開け放たれており、わたくしとアーモンさまとは、ダナクを先頭に、その門をくぐり、月光の庭へ、しずしずと足を踏み入れたのでございました。

荒れ果てた村とは違う、人の気配の感じられる庭でございました。

草樹《くさき》もほどよく手入れがなされており、きちんと掃除《そうじ》もゆきとどいているらしいことが、夜眼にも見てとれました。

入った正面に、赤々と火が燃えておりました。

鉄の支柱が地面から建てられ、その上に鉄製の籠《かご》が乗っていて、その籠の中で薪《まき》が燃えているのでございます。

その横の土の上に、ひとりの老人が胡座《あぐら》をかいて座っておりました。

わたくしは、一瞬、それが、うまく造られた老人の人形かと思いました。

全裸の身体が、木の枝のように痩《や》せほそっており、とても生きた人間とは思えなかったからです。胸にはあばらがうき、腹は、大きくえぐれるようにへこんでおりました。木の枝の上に、ひからびた褐色《かっしょく》の皮膚をかぶせたように見えます。

頬骨《ほおぼね》は、丸く突き出、にっと笑ったように、上下の歯が見えていました。

眼はくぼみ、その奥に、水気のない眼球が見えています。

胡座《あぐら》の膝《ひざ》が、ぽこんと突き出ているのが、異様でした。

胡座のあいだに、ひからびた草の茎のような男根がありました。

その老人は動きませんでした。

ただ、凝《じ》っと座ったままでございました。

「生きてますよ」

わたくしは、アーモンさまに言いました。

それは、よくよく気をつけてみると、どんな微風よりも微《かす》かに、長い間をおいて、あるかなしかの呼吸をしているのでございました。

老人の背後の奥には、レンガ造りと見える家が建っております。

その家の内部にも、わずかながら、ちらほらと人の気配があるようでございました。

しかし、何という屋敷でございましょうか。

人の気配はあるものの、それは、死んでゆこうとする人間の、最後にするいくつかの呼吸とほとんどかわりがないほど幽《かす》かなものでございました。

そして、濃密な末利迦の花の匂い。

塀の内側に入った途端に、むっとその匂いに鼻を叩《たた》かれたように感じました。

ねっとりとした汁の中に入ったようでございます。

あまりにその匂いが強いため、その匂いが肌にねばっこく張りついてくるようでした。

その匂いの中に、わたくしは、はっきりとした、間違えようのない腐臭を嗅《か》いでおりました。

匂いと共に大気の中に満ちているのは、たとえようもない瘴気でございます。

まるで、死肉を啖《くら》ったばかりの、虎《とら》の顎《あご》の中へ入り込んだようなものでした。

木乃伊化《ミイラ》しかけた老人の肌の上に、炎の色がてらてらと揺れております。

ダナクは、その老人の前にしばらく立ってから、すっと身体のむきをかえて歩き出しました。

わたくしたちがその後に続きます。

ダナクは、屋敷を右手にしながら、大きく屋敷の左側にまわり込んでゆきました。

そして、わたくしたちは、それを見たのでございました。

4

それは、何と妖《あや》しく、しかも美しい光景であったことでございましょう。

冷え冷えとした青い闇が、その庭全体に沈んでおりました。

柔らかな草が、その底で揺れ、天からは月光がしらしらとこぼれております。

そして、濃密な甘い腐臭が頬に吹き、ゆるく髪をなぶります。

その草の上に、女が立っていました。

背の高い、髪の長い女でございました。

白い布を身にまとっています。

しかし、その布よりもなお、女の肌の色の方がまだ白うございました。まるで、天から落ちてくる月光すらも、その女の肌を透《す》かして通り過ぎているかのようでございます。

女の背後に、末利迦の樹が、そびえておりました。

なんと大きな樹でありましたことか。

普通は高さ五弓《クローナ》もあれば末利迦の樹としては大きな方なのですが、この末利迦の樹は、その倍以上の一〇弓《クローナ》以上は充分にありそうでございました。

そして、その樹の枝という枝、梢《こずえ》という梢に、びっしりと、白い末利迦の花が咲いているのでございます。

不思議なことに、その樹の周囲だけは、草が一本も生えてはおらず、黒々と湿った土がむき出しになっておりました。

白い花が、風にそよぐたびに、いよいよ強く、花の匂いが大気の中に満ちてゆくようでございました。

女は、アーモンさまだけを、見つめておりました。

夜の闇よりもなお濃い、大きな黒い瞳《ひとみ》でございました。

月の光でも、はっきりそうとわかるほど、赤い唇をしておりました。

その唇が微笑を浮かべておりました。

みごとなほどに、邪気も何もない微笑でございました。

それがかえって、この女を妖しく見せております。

いずれは、化性のものには違いないはずでございましたが、そういうもの特有の瘴気が、この女からはまるで感じられませんでした。まるで、そこに実体がないもののようでございます。

歳《とし》で言えば、二十七、八歳くらいでしょうか。

しかし、その女のたたずまいには、遥《はる》かに歳経たもののみが持つ雰囲気が漂っておりました。

ふと、女の視線が動きました。

ダナクを見ました。

「御苦労でした、ダナク……」

女がつぶやくと、ダナクは、自分の首を押さえていた両手をはずしました。

——と。

ダナクの首が、ふいに横に傾きました。

なんと、傾いたダナクの首は、そのまま、重い音をたてて、肩から草の上に転がり落ちたのでございます。

「おお」

わたくしが声をあげた時、転げ落ちた自分の首の横に、どうとダナクの身体が倒れ込みました。

ダナクの首は仰向《あおむ》けになったまま、眼を開いて天を睨《にら》んでおりました。

ダナクが死んだと言ったライウスの言葉は、やはり本当だったのでございます。

この女が、ダナクをあやつっていたのでございます。

死人をあやつる方法は、いくつかありますが、遠方にあってなおここまで死人をあやつれるとは、並の妖力《ようりき》ではございません。

わたくしは、思わず、とっておきの呪法《ヴェーダ》のひとつを口の中で唱《とな》え、幻力《マーヤー》を女に向かって放っておりました。

わたくしの放った幻力《マーヤー》はしかし、女には半分も届きませんでした。

見えないものに途中で塞《ふさ》がれたように、わたくしの幻力《マーヤー》は途中で力を失い、女に届いた時には微風ほどになっておりました。

女の髪が、ふわりと立ちあがり、一瞬、青い炎を放ってめらりと燃えあがりました。

女がわたくしを見て微笑しました。

続いて、熱気のような幻力《マーヤー》が、どっとわたくしに叩きつけられてまいりました。

ざわっと、わたくしの白髪が逆立ち、皮膚がぴりぴりと震《ふる》えました。

女が、微笑したまま、わたくしを見ておりました。

「あなたも、幻力《マーヤー》を使うのですか」

静かに女は言いました。

「多少だがな」

わたくしは言いました。

「わたしを試さないことです。あなたのが本気であったのなら、わたしもそれだけのものを返しますよ」

女の口調は、あくまでも静かでございました。

アーモンさまは黙ったまま、わたくしたちのやりとりを見ておられましたが、すっとその場に腰を落とされました。

ダナクの首の前にしゃがんで、その大きな右手を、天を睨んでいるダナクの眼の上にそっとかぶせました。

アーモンさまの手が離れた時、ダナクの首は、その眼を閉じておりました。

「紅末利迦の秘密をさぐりに来るものは、皆、そうなるのよ」

静かに女が言いました。

「アマールも、ダワも、皆、紅末利迦をねらってこの地にやってきたあげくに、こうなったのですよ——」

「ラ・ホーか」

立ちあがりながら、アーモンさまは言いました。

「そうです。おまえたちは、アーモンと、ヴァシタというものですね」

「よく知っているな」

「この者から聴いたのですよ。ラ・ホーの石小屋《カルカ》で出会ったとか——」

女——ラ・ホーは、ダナクの死体に視線を向けてから答えました。

その視線を、また、アーモンさまにもどしました。

「おまえが、素手でナジャスの首を折ったことも聴いていますよ、バ・オからね」

「ほう」

「それで、わたしはおまえに会いたくなったのですよ。だから、このラ・ホーの晩餐《ばんさん》に、おまえを呼んだのです。おまえたちふたりは、他の者たちとは違って、このラ・ホーの紅末利迦を盗みに来たのではなさそうですからね——」

「ふん」

「バ・オに劣らぬ立派な体軀《からだ》をしていますね」

うっとりするような声で、ラ・ホーが言いました。

「でかすぎて、不自由しているよ」

「それに、血筋もよさそうです。どうですか、アーモンとやら、この地で、わたしと共に、この世の快楽を味わい尽くしてみたくはありませんか――」

「――」

「あなたは、生きている間、一生若いままの妻を得ることができるのですよ」

ラ・ホーの瞳は、濡れてきらきらと光っておりました。

「女が男に与えることができるあらゆる快楽を、あなたは得ることができるのですよ」

「――」

「おれの国のことわざに、こういうのがあるよ。女が男に与えることのできる最上の贈《おく》りものは、束縛《そくばく》しないことだとね――」

「あなたは少し、勘違いしているようです」

「ほう」

「あなたは、もう、わたしの夫《つま》になることに決まっているのですよ。あなたが選べるのは、あなたの意志でそうなるか、わたしの意志でそうなるか、そのどちらかだけです」

ラ・ホーが言いましたが、アーモンさまはその言葉が聴こえていないかのように、ラ・ホーを見つめて微笑しておいででした。

「よかったな……」

ぼそりとアーモンさまがつぶやきました。

「よかった？」

「あんたが美しい女だったからだよ」

「――――」

「あんたと楽しい晩をいくつか過ごしたあと、パシュパティーニを連れてこの地を出てゆければ、それが一番いいのだがな」

「だめよ。一度この国に入ったら、もう外へは出さない。外へ出てもいいのは、噂《うわさ》だけ。このラ・ホーのね――」

「噂？」

「ダナクたちのような人間が、時おりはこうして、この国にやってくるようにね」

「パシュパティーニは？」

「バ・オに命じて、外からこのラ・ホーにふさわしい女をさらわせてきたのが、パシュパティーニよ」

「ふさわしいというのは、どういう意味だ？」

「いずれ、わかるわ。今晩中にね」

「ほう」

「食事の仕度ができています。それをすませてから、ゆっくり教えてあげましょう」

「その前に、ひとつ聴かせてもらいたいのだが」

「何をですか」

「ダナクの仲間でウルパというバラモンがいたはずだが――」

アーモンさまが言うと、にんまりとラ・ホーが笑いました。

「あの男は、最高の男でしたよ。この二〇〇年の間で、あの男ほど上手《じょうず》な男はいなかったわ。このラ・ホーがあられもなく声をあげてしまうほど、女の悦《よろこ》ばせかたがうまかった――」

「――――」

「でも、欠点がひとつだけありました」

「ほう」

「あの男は、野望が強すぎました。あの男は、わたしのかわりに、この国を支配しようとしたのです。このラ・ホーをも――」

「ふふん」

「せっかく、三人の中からわたしが選んであげたのに……」

「どうしたのだ」

「だから、あなたが必要になったということよ」

「どういうことかな」

「ウルパは、わたしの夫《つま》になれなくなってしまったのです」

「殺したのか。ライウスは死んだと言っていたが――」

アーモンさまが言うと、ラ・ホーは微笑しました。

「わたしも死んだと思っていたわ」

「生きているのか?」

「あれが生きているというならね」

「あれ?」

「見なかったの、あれを?」

ラ・ホーが、ぞくりとするような微笑を浮かべました。

「門を入ってきた時に、灯りの下に置いてあったものがあったでしょう」

「あれがウルパか」

わたくしが言うと、ラ・ホーは無言で大きくうなずきました。

わたくしは、信じられませんでした。

ほんのわずかの時間で、人が、あのように変わるものなのでしょうか。

ウルパの顔を、わたくしははっきりと思い出すことができます。

女のように美しい顔。

白い歯。

赤い唇。

それが、あのようにいまわしいものになってしまうものなのでしょうか。

「本当に？」

わたくしは訊きました。

「あの男は、このラ・ホーに、あの最中に幻力《マーヤー》の戦いを挑《いど》んできたのよ」

「――――」

「このわたしにね。恐ろしい男だったわ。しかし、所詮《しょせん》はただの人間が、このラ・ホーに勝つことはできないわ。あの男は、根こそぎ、身体中のあらゆる生気をしぼりつくして、ああなってしまったのよ」

ラ・ホーが言いました。

それは、どれほど凄《すさ》まじい闘いであったことでしょうか。

あのウルパが、並ならぬ幻力《マーヤー》の使い手であったことは、このわたくしにもわかります。

そのウルパが、ああなるまで幻力《マーヤー》を使い尽くしてしまって、なお勝てない相手が、このラ・ホーなのです。

「今朝、捨てさせようと思っていたら、一度は止まっていた心臓が動いていたのにはびっくりしたわ。でも、それだけ。残った力《ちから》の最後のひとしずくを、呼吸と心臓が使っているだけよ。朝まで生きていられるかどうか――」

「――」

「おもしろいから、あそこに置いて、あなたたちを出むかえさせたの」

恐ろしい女でございました。

「わたしがひとりだからといって、ウルパたち三人のようにおかしな心はおこさないことね。あなたたちのためよ――」

ラ・ホーが言いました。

浅く微笑して、ゆっくりと、ラ・ホーは両手を上に持ちあげてゆきました。

ラ・ホーの両手が上へ持ちあがってゆくと、それに呼応するように、さわさわと末利迦の枝が、梢が揺れ始めました。

手の平を上に向けたラ・ホーの両手が、さらに上に持ちあがると、首を振って髪を振り乱すように、ざわん、ざわんと、大きく末利迦の巨樹全体が揺れはじめました。

くるしいほどの匂いが、大気の中に溶けてゆきます。

嵐《あらし》のようでございました。

「ほほほほ」

ラ・ホーが、笑いながら手を下ろしてゆきますと、嘘《うそ》のように樹の揺れがおさまってゆきました。

笑い終えたラ・ホーの眼が、わたくしたちの背後に向けられて、そこで止まりました。

「来たね……」

ラ・ホーがつぶやきました。

後方を振り返ると、そこに、バ・オと、ハジャスが立っていました。

彼等は、それぞれ、肩に人の屍体《したい》を担《かつ》いでおりました。

裂かれたライウスの屍体と、アマールの屍体でございました。

「おいで」

ラ・ホーが、白い手を持ちあげて、彼等を呼びました。

バ・オと、ハジャスは、ラ・ホーの前までやってくると、草の上に、屍体を置きました。

なんと無惨《むざん》な有様《ありさま》の屍体であったことでございましょう。

その屍体をしげしげと、ラ・ホーは眺めました。

その瞳に、月光が宿ってきらきらと輝いています。

ふいに、きっとラ・ホーが顔をあげました。

バ・オと、ハジャスを睨《にら》みました。

バ・オとハジャスの口の周囲には、赤い血がこびりついています。

「おまえたち！」

ラ・ホーが高い声をあげました。

「この屍体の血を啜《すす》ったね！　この屍体のはらわたを喰《くら》ったね！」

ラ・ホーは、バ・オとハジャスに歩み寄りました。

「今晩がどういう晩かわかっていたんだろうね。わたしにとってどれだけ大切な晩かわかっていたんだろうね！」

言って、右手の、白い人差し指を一本立てました。

ひどく優しい微笑が、ラ・ホーの顔に浮かびました。

「こうしてあげるわ！」

ラ・ホーは、立てた指を、いきなり、バ・オの大きな左眼の中に、ぐちゅりと突き込みました。

真っ赤な血が、指のひき抜かれた眼からどくどくとこぼれ出ました。

ごう、

と、バ・オが吠《ほ》えました。

「あなたもよ」

ラ・ホーは、ハジャスの左眼にも、バ・オの眼から引き抜いたばかりの、血まみれの指を突き入れたのでございます。

ぴいっ、

ハジャスが声をあげました。

「今夜は、たくさんの血が必要なのよ。そこのダナクからとった血は、瓶《かめ》にとってあるんでしょうね」

ラ・ホーが言うと、バ・オがうなずきました。

「それで足らなかったら、まだ三人生きたのがいるから、ひとりくらいなら使っていいわ。わかった?」

ラ・ホーが言いました。

バ・オと、ハジャスは、うなだれたまま、うなずいたのでございました。

それから、ラ・ホーは、ゆっくりと、わたくしたちの方に向きなおりました。

ラ・ホーは、美しい、きれいな微笑を、その赤い口元に浮かべておりました。

「いらっしゃい。食事の用意ができているわ――」

ラ・ホーが言いました。

「喰べ終る頃《ころ》には、こちらの方の準備もできていることでしょう」

ラ・ホーは、わたくしとアーモンさまをその場に置いたまま、我々に背をむけて歩き出しました。

5

このような場所で、と思うほど、豪勢《ごうせい》な食事でございました。

羊の肉を焼いたもの。

鳥肉と野菜を煮込んだもの。

炒《いた》めたもの。

果実。

木の実。

葡萄酒《ぶどうしゅ》。

部屋中に、香《こう》ばしい匂いが満ちておりました。

灯り皿の灯りに照らされているそれらの食物を見ているだけで、わたくしはもう腹がふくれてしまいます。

それに、さきほどは、不気味な屍体を見たばかりでございます。

カリーで煮込んだ野菜の中に何かの肉が入っていても、それが人の肉のように思えてしまいます。

それを、ぼっちゃまときたら、わたくしが見ましても、恥かしいほどの食欲でございます。

皿の上の食べ物が、次々と、ぼっちゃまの胃袋の中に消えてゆきます。

これだけ大きな人間が、一心不乱になって食べている光景というのは、恥かしいけれども、むしろ小気味がいいくらいでございました。

まったく、わが殿アーモンさまは、たいした人物でございます。

肉を口にいっぱい頬《ほお》ばって、まだその肉が口の中に残っているうちに、葡萄酒をがぶがぶと飲んで、それを喉の奥に流し込むのでございます。

テーブルの上のほとんどの喰べ物は、ぼっちゃまの胃袋に消えるかと思われました。

皿の上に、喰べ物が失《な》くなると、その上にまた喰べ物が乗せられます。

その喰べ物を皿に乗せたり、葡萄酒を注《つ》いでくれるのは、ふたりの老人でございました。

「よかったね、おまえたち――」

ふたりの老人に向かって、ラ・ホーが言いました。

「もしかしたら、おまえたちのうちのどちらかが、今夜、使われていたところですよ」

言いながら、ラ・ホーは、赤い唇に、赤い葡萄酒を流し込んでいます。

老人たちは、無言でした。

ほとんど生気というものがございません。

このふたりの老人も、だいぶ昔に、ここへ紅末利迦を盗みにやってきた者たちのなれの果てなのでございましょう。

「ひとつ、訊かせてくれないか？」

ふいに、アーモンさまが、ラ・ホーに向かって言いました。

太い右手の指についた肉の脂《あぶら》を、舌で舐《な》めとりながら、アーモンさまは、ラ・ホーを見つめておりました。

「なに？」

ラ・ホーがアーモンさまを見ました。

「今夜、あるのは、〝お着替えの儀式〟というやつなんだろう？」

「そうよ」

「どういう儀式なんだ」

「さっき答えたわ。今夜中に、わかるって」

「それを見せてもらえるのか」

「見せてあげるわ。あなたにね。見れば、あなたにも、わたしの言った意味がわかるわ」

「意味？」

「あなたが、歳をとらない女を手に入れることができるってことよ」

「へえ」

「今、そこの窓から覗いてごらんなさい。儀式の準備をしているのが見えるはずよ」

ラ・ホーが言いました。

その窓というのは、ラ・ホーの正面、つまり、わたくしとアーモンさまの後ろにありました。

頭が、やっと入るくらいの大きさの窓が、全部でみっつ、レンガの壁にあいているのでございます。

わたくしとアーモンさまとは、立ちあがって、その窓に顔を寄せて、外を眺めました。

暗い夜の庭が見えました。

あの末利迦の巨木が正面に見えていました。

月光を浴びて、白い花ばかりがぼうっと闇の中に浮きあがっておりました。

その樹の下に、動く影がふたつ、ございました。

バ・オと、ハジャスのようでした。

ひとかかえほどの瓶《かめ》をバ・オが抱え、その中に入っているらしい液体を、バ・オは根の周囲に撒《ま》いているのでございました。

その液体が、瓶《かめ》の縁からこぼれ落ちるあたりへ、必死で、歪《いび》つな顎を突き出して、その液体をハジャスが舐めています。

夜気の中に、ぷうんと匂ってくるものがございました。

「血⁉」

わたくしは、小さく叫んで、後方を睨みました。

ラ・ホーが、微笑しながら我々を見ているばかりでした。

――ダナクの血だ。

わたくしはそう思いました。

アマールと、ライウスの血も、その瓶《かめ》の中には入っているかもしれません。いや、すでに直接、彼等の身体から地に振りまかれてしまったか、この後にそれがあるのかもしれません。

「ひいいっ」

その時、わたくしの耳に、人の悲鳴が響いてまいりました。

窓の外からでございます。

わたくしは、あわてて、窓の外へまた眼を移しました。

バ・オが、両腕に、誰かを抱えあげておりました。

その誰かが、バ・オの腕の中でもがき、声をあげているのでございました。

その周囲を、狂ったように、ハジャスが跳ねています。

ぴい！

ぴい！

ぴい！

ハジャスは、四つん這いになって踊り狂っておりました。

バ・オの腕の中でもがいているのは、老人のひとりのようでございました。

〝まだ生きているのが三人いるから、そのうちのひとりを使ってもいいよ〟

そう言ったラ・ホーの言葉を、わたくしは思い出していました。

バ・オの右手が、左手で抱えた老人の頭をわしづかみにしました。

老人の悲鳴が高くなり、それが、ふいにやみました。

「むう」

声をあげたのは、わたくしではありません。

アーモンさまでございました。

バ・オの右手がぐいと動いて、バ・オは、その右手に、丸いものをつかみあげておりました。

バ・オが、老人の首をねじ切ったのでございました。

ぴゅう、
と、老人の身体の、首の失くなった場所から血がしぶきました。

その血が飛んだ下に、ハジャスが四つん這いのまま駆け寄り、その血を全身に浴びています。

「おう」

「おう」

舌を伸ばして、落ちてくる血を、それで受けております。

それでも、とても受けきれるものではありません。

ほとんどの血は、そのまま地面の上にこぼれ落ちています。

バ・オが、右手に持った首の折り口に、口をあてました。

じゅるじゅる
という、熟《う》れた果実の汁を吸うような音までが、ここまで聴こえてまいりました。

バ・オが、老人を逆さにして、抱きしめながら樹の周囲をまわり始めました。

とても見ていられるものではございませんでした。

わたくしとアーモンさまは、振り返りました。

ラ・ホーの微笑が、我々を見ておりました。

白い布を身に巻きつけ、金銀の髪飾りや耳飾りで身を飾《かざ》っているラ・ホーの姿が、わたくしには、もはや人間には見えませんでした。

人間の格好だけはしていますが、それはもう人間ではないものに違いありません。

老人たちふたりの顔が青くなり、身体が震えておりました。

「注《つ》ぎなさい」

ラ・ホーは、右手にもった杯を、老人のひとりに向かって差し出しました。

老人は、葡萄酒をその杯に注《つ》ごうとしましたが、手が震えております。

注《つ》ぎそこねて、葡萄酒をテーブルの上にこぼし、ラ・ホーの白い布に、その跳ねをとばしてしまったのでございます。

老人の顔に、怯《おび》えが走りました。

「右手を出しなさい」

静かに、ラ・ホーが言いました。

「出しなさい」

ラ・ホーが、くりかえすと、老人は、右手をテーブルの上に置きました。

指が三本しかない手でありました。

右手の、小指、薬指がきれいに失くなっているのです。

ラ・ホーの手が、テーブルの下に消え、自分の腰のあたりに伸びました。

その手が、再びテーブルの上にもどってきた時、その手は、中にひとつの短剣を握っていました。

「中指よ」

ラ・ホーがつぶやいて、テーブルの上に、無造作にその短剣を突き立てました。

短剣の刃先の下に、老人の右手の中指がありました。

短剣は、テーブルに突き立てられた時、すでにテーブルの上に乗っていた中指を切り落としていたのでございました。

テーブルの上に転がった指は、ぴくぴくと動いていましたが、すぐにその動きを止めました。

老人の顔が、苦痛に歪《ゆが》んでいます。

「食べなさい」

ラ・ホーが、老人に向かって言いました。

「もとは、あなたのものだった指です。あなたが喰べなさい――」

老人は、うつむいたまま、動きません。

「食べないのですか」

ラ・ホーの口調が強くなってまいりました。

「やめておけよ」

その時、ラ・ホーに向かって、野太い声が響きました。

アーモンさまでございました。

「やめる?」

「そうだ。やめろ」

「これは、しつけです。しつけですからやめるわけにはまいりません」

「なに!?」

「これは、わたしの持ちものです。しつけがしてありますので、この通り、指を切られても、声もあげません」

「――――」

アーモンさまは、無言で、ラ・ホーを見すえておりました。

「意外と気が小さいのですね」

ラ・ホーが言いました。

「ああ。その通りだよ。身体の大きな人間は、気が小さくできてるんだ」

「しかし、これはしつけです。いくら客人でも、この家の事情に口を出すのは、このラ・ホーが許《ゆる》しません」

ラ・ホーが言いました。

「ほう」

アーモンさまの唇が吊りあがりました。

「どう許さないのだ」

アーモンさまが言った瞬間に、すっと、短剣を握ったラ・ホーの手が動きました。

ラ・ホーの手から、短剣が放たれて、宙に浮かんでおりました。

ちょうど、ラ・ホーの、顔の高さでございます。

切先《きっさき》が、アーモンさまの方を向いておりました。

その短剣が、ゆっくりと、アーモンさまの方に向かって、動いてゆきます。

「ふん」

アーモンさまが、わずかに横に動くと、短剣の刃先も、アーモンさまの方向にその向きを変えました。

「逃げても駄目よ」

ラ・ホーが言いました。

微笑しました。

「あなたが、その短剣をどうするか、ゆっくりと見させてもらいます」

言って、ラ・ホーは、ちらりと視線を、まだ指を切られてない老人の方に走らせました。

「あれを、お出しなさい」

言いました。

老人は姿を消し、やがて、一枚の皿を持って、もどってまいりました。

その皿を、ラ・ホーの前のテーブルの上に置きました。

その時には、短剣は、もう、半分近くの距離まで、アーモンさまに向かって動いておりました。

まるで、意志あるもののようでございました。

少しでもアーモンさまが大きな動きを見せたら、たちまち、凄い速さでアーモンさまに襲いかかってきそうでした。

「これを喰べながら、見ているよ」

ラ・ホーは、皿に手を伸ばしました。

皿の上には、奇妙な肉塊が載《の》っておりました。

ラ・ホーは、それを手に取りました。

「ウルパの睾丸《こうがん》さ」

ラ・ホーが言いました。

それは、男なら、誰でも知っているものでございました。

男の股間にぶらさがっているふぐりでございました。

ラ・ホーは、それを口の中に入れて、喰べ始めました。

喰べながら、なんとも楽しそうな顔で、アーモンさまを見つめています。

「ぼっちゃま！」

わたくしには、わかっておりました。

ラ・ホーが何をしたかがです。

ラ・ホーは、いくらも力を込めたようには見えませんでしたが、実はおもいきり力を込めて、短剣をアーモンさまに向かって投げたのでございます。

その力が、まるまる宙に浮いた短剣にまだ宿っているからこそ、このような業《わざ》ができるのでございます。本来なら、一直線に、アーモンさまに向かって空中を走るべき力を、少しずつ、ラ・ホーが幻力《マーヤー》によって使っているのでございます。

ただ、テーブルの上に置いてある短剣を、幻力《マーヤー》の力によって宙に浮かせ、このようにゆっくりとアーモンさまに向かって走らせるなど、とてもできるものではないからです。

短剣に宿った力が残っている間は、その短剣は自由自在に方向をかえて、アーモンさまに向かって飛んでゆくことができます。

わたくしは、口の中で、ラ・ホーの幻力《マーヤー》を破るための呪《しゅ》を唱えました。

呪《しゅ》によって得た幻力《マーヤー》をその短剣にぶつければ、短剣に加えられているラ・ホーの幻力《マーヤー》は消失するはずでした。

「余計なおせっかいはいらぬぞ、ヴァシタ」

アーモンさまが言いました。

「こいつはなかなかおもしろい」

アーモンさまは笑っておいででした。

子供のように眼を輝かせています。

ふいに、アーモンさまがテーブルの上の皿に左手を伸ばしました。

その瞬間、凄い勢いで、それまでゆっくりと動いていた短剣が宙を疾《はし》りました。

アーモンさまの胸板めがけて、その切先が吸い込まれるかと見た時、アーモンさまが手にした皿が、その短剣の通り路《みち》を塞《ふさ》いでおりました。

がしゃん、
と、短剣と皿がぶつかる音が響くかと思いましたが、その音はしませんでした。

アーモンさまが手にした皿の手前で、ぴったりと短剣が動きを止めていたのでございます。

いえ、短剣は、動きを止めてはいませんでした。

前へゆくかわりに、少しずつ、もとの速さで、上に持ちあがってゆくのでございます。

短剣は、アーモンさまが手にした皿の陰から、上に出ようとしているのでございました。

「おもしろいな」

嬉々《きき》とした声で、アーモンさまはつぶやかれました。

「どうします？」

ラ・ホーが、やはり眼を輝かせて、言いました。

ラ・ホーもまた楽しんでいる様子でございます。

短剣と同じ速さで皿を上にあげてもいいし、皿で短剣を払い落とすことも、アーモンさまには可能でございます。

しかし、何故か、アーモンさまはそうなさろうとはいたしませんでした。

アーモンさまは、すっかりこの遊びに夢中になられて、できるだけこの状態を楽しんでやろうというお気持ちになられているようでございました。

わたくしは、半分ははらはらとしながらも、半分は次にアーモンさまがどうするかという期待で、なりゆきを見守っておりました。

「なあ、ヴァシタよ。幻力《マーヤー》といえども、所詮《しょせん》は、おのれの気《い》、この天地の気《い》を自在にあやつる法のことであろうが」

アーモンさまがおっしゃいました。

「その通りでございます、ぼっちゃま」

わたくしは、ぼっちゃまの明晰《めいせき》なお頭《つむり》に驚きながら答えておりました。

色々複雑なあれこれを申せばきりがございませんが、ようするに、幻力《マーヤー》という力の根本は、そういうものであったからでございます。

その時、皿の陰から、短剣の切先が出ておりました。

その短剣の切先を、ふいに塞《ふさ》いだものがありました。

ぼっちゃまの、右掌《て》——手のひらでございました。

そのぼっちゃまの右掌に行手を塞がれた途端、短剣のあらゆる動きが止まっておりました。

短剣は、宙に浮いたまま、上にも下にも、前にも後ろにも左にも右にも動かず、ぴったりとその空中に静止していたのでございます。

微笑を浮かべながら、ぼっちゃまは、左手に持った皿を、ごとりとテーブルの上にもどしました。

続いて、ぼっちゃまは、右掌の位置を動かさずに、ゆっくりと、短剣の正面から身体をずらし、短剣に向かって左側に、ご自分の位置をおかえになられました。

「さて——」

短剣の横に立ったアーモンさまは、ゆっくりと左掌をあげ、その手のひらを、短剣の後方に持ってゆきました。

これで、短剣は、宙に浮いたまま、その切先を右掌に、後ろを左掌に塞がれ、ちょうどアーモンさまの両手ではさまれたかたちになりました。

しかし、アーモンさまの手は、一度もその短剣に触れてはいないのです。

「むん」

アーモンさまが、低く力を込めたと見えた瞬間、吊っていた糸を切られたように、短剣は音をたてて床に落ちておりました。

「こんなところだな」

アーモンさまはつぶやかれました。

幻力《マーヤー》を使う法はともかく、その体内に持った単純な気の量ならば、ぼっちゃまほどたくさんそれを持っておられる方を、わたくしは他に知りません。

その気の量が、ラ・ホーの幻力《マーヤー》の法に勝《まさ》ったのでございました。

「ますます、あなたを、我が夫《つま》に欲しくなったわ」

ラ・ホーがつぶやきました。

いつの間にか、ラ・ホーは立ちあがり、この部屋の扉を背にしていました。

扉はすでに半分開いて、ラ・ホーの片足は、部屋の外に出ておりました。

「む」

アーモンさまが動くよりも、ラ・ホーの動きの方が先でございました。

ラ・ホーは、部屋の外へ後ろ向きのまま滑り出て、その扉を閉《し》めていたのでございます。

重い、錠《じょう》のかかる音がいたしました。

「むう」
　わずかに遅れて、どん、とアーモンさまがその扉に肩からぶつかりました。
　みしり、
　とわずかに扉は軋《きし》みましたが、びくともいたしません。
　重い、丈夫《じょうぶ》な、樫《かし》の扉でございました。
　ほ、
　ほ、
　ほ、
　という、ラ・ホーの笑い声が、扉のむこうから響いてまいりました。
「この部屋は、象さえ閉じこめられるのよ。これから儀式が始まるわ。わたしは生まれかわるのよ。窓からゆっくり、それを見ていらっしゃい」
　声と共に、足音が遠ざかってゆきます。
「やられたな――」
　アーモンさまがつぶやきました。
　わたくしたちは、生気を失くしたふたりの老人と共に、この部屋に閉じこめられてしまったのでございます。

五章　紅末利迦《べにまつりか》

1

「それは、ラ・ホーが生まれかわるための儀式でございます」

老人は、ようやく語り始めました。

ラ・ホーによって、指を切られた老人でございます。

わたくしたちが、何を訊《き》いても老人たちは口をつぐんでいたのですが、アーモンさまに指の手当てをされているうちに、心の壁《かべ》が取り払われたもののようでございました。

「これをお話しすると、あとでわたしの生命《いのち》はないかもしれませんが、久しぶりに人間としてあつかわれ、わたしにも人の心がもどったようでございます」

「生まれかわる、というのはどういうことなのだ」

アーモンさまが訊きます。

「今夜、ラ・ホーは、パシュパティーニになるのでございます」

「なに!?」

「パシュパティーニが、ラ・ホーになると申した方がいいかもしれません」

「もっとわかり易《やす》く言ってもらえないか」

「これ以上は、わたしもうまくは申せません。ラ・ホーが、きちんと説明してくれたわけではありませんから。ただ、ここで暮らした歳月の間に、ラ・ホーが口にした言葉の端々《はしばし》から、そのようなものかと、想像したことを、お話し申しあげているだけでございます
――」

「うむ」

「それには、まず、この国のことから申しあげたほうがよいかもしれません」

「頼む」

「今から、二〇〇年前か三〇〇年前かはわかりませんが、その頃《ころ》、このあたりを中心にしてひとつの国がございました。国と申しましても、小さな街を中心にして、いくつかの村が集まっただけのもので、国とは呼べぬほどの国でございます」

「ほう」

「その国を統《す》べていたのが、ラ・ホーの一族でございました」

「ふうん」

「今でこそ、政《まつりごと》の中心は士族《クシャトリヤ》が握っていますが、当時は、司祭僧《バラモン》の権力が今以上に強かったのです――」

「ラ・ホーは、司祭僧《バラモン》の出か」

「さようでございます。もとは、ただの呪《まじな》い師か、そういう血筋に生まれついていたのが、いつの間にか、司祭僧《バラモン》を名告《なの》るようになったらしいのです」

「ふむ」

「樹《き》によって、呪《まじ》を行い、予言やら、占いなどをやっていたらしいのですが、その法はあまりにも人の道にはずれた外法《げほう》であったようです。それが原因かどうかはともかく、ある時、近年にない飢饉《ききん》がこのあたりの土地を襲い、このあたり一帯に動物も作物も失《な》くなったことがございました。そのおり、隣国と、食物《しょくもつ》のことで争いとなり、この国は滅《ほろ》ぼされてしまったのです」

「それで――」

「しかし、この国を滅ぼしてはみたものの、ラ・ホーの一族の住んでいたはずの屋敷と、ラ・ホーの直系の血筋のひと握りの人間たちだけは、敵国の手にわたりませんでした。屋敷も見つからず、直系の人間たちもどこへ行ってしまったのか、その行方がわからなくなってしまったのです」

「────」

「それはラ・ホーとその一族が、この土地を外法によって閉じてしまったからなのでございます……」

「それが、この場所か────」

「はい。外界との交わりを断ち、ここでわずかな民たちを統《す》べながらやってきたのですが、結局、ラ・ホーをのぞいて、他《ほか》の人間たちは死に絶えました。というのも、新しい血が、この土地には入ってこなかったからです。新しい血が入って来ないと、その血筋は自然と滅ぶもののようでございます────」

「ラ・ホーはどうなんだ」

「ラ・ホー自身は、血筋が滅ぶもなにも、ある意味ではずっとラ・ホー自身でございますから────」

「それはつまり、さっきの話の〝お着替え〟のことを言っているのか────」

「さようでございます」

「ふうむ」

と、アーモンさまが、うなずいた時でございました。

ふいに、外から、どことも知れない異国の言葉が響いてまいりました。

それは、妖《あや》しい韻律《いんりつ》を持った、呪《しゅ》でございました。

外で、何ごとか始まった気配がありました。

わたくしとアーモンさまは、話をひとまず中断して、さきほどの窓の所へ駆け寄りました。

「おう」

わたくしとアーモンさまとは、思わず声をあげておりました。

外の庭——あの末利迦《まつりか》の樹の前に、ラ・ホーが立っておりました。

樹に向かって立っているラ・ホーの両腕には、あのパシュパティーニが、抱かれておりました。

パシュパティーニの黒髪が、地面に届きそうなほど下方に垂れております。

ラ・ホーも、パシュパティーニも、その身体《からだ》に何もまとってはおりませんでした。

妖しい韻律を持った呪は、そのラ・ホーの唇から出ているのでございます。

ラ・ホーの後方には、あのバ・オと、ハジャスが膝《ひざ》を突いてかしずいております。

「おお、パシュパティーニが——」

残った窓から、庭を見、老人が絶望的な声をあげました。

「ついに間に合わなんだか――」

その声が震えています。

「間に合わなんだとは？」

「死んだアマールとわたしとで、いずれ、パシュパティーニをこの土地から逃がすつもりでいたのです」

「――」

「パシュパティーニは、ナジャスと、バ・オが、外から六年前にさらってきた子供です。可愛《かわい》い子供でした。わたしと、それからアマールにはとくになついておりましてな。わたしたちは、なぜパシュパティーニがさらわれてきたのか、わかっておりましたから、その時が来るまでに、ふたりの生命に代《か》えても、パシュパティーニを逃がそうと約束しあっていたのです」

「で――」

「しかし、〝お着替え〟の時期が、二年も早くなろうとは考えてもおりませなんだ」

「二年か――」

「あなた方の前に、この土地へ、やはり紅末利迦の秘密を求めてやってきた男たちがおりまして、その男たちのうちのひとりと、ラ・ホーが闘ったのです」

「ウルパのことでございますな」

わたくしは言いました。

「そのおりに、ラ・ホーは、幻力《マーヤー》を使いすぎ、急にその肉体の若さを保つことができなくなってしまったのですよ」

「ほほう」

「あの、ラ・ホーは、幾《いく》つに見えますか――」

「外見だけ見れば、二十七、八と見えるが――」

アーモンさまが言いました。

「その外見だけで申せば、ラ・ホーは、実は、あなた方が来るまでは、八っつは若い、二十歳そこそことといった風に見えていたのですよ」

「二十歳か――」

「ああ、これでもう、パシュパティーニは、紅末利迦によって、ラ・ホーとなってしまうのです」

「紅末利迦というのは、いったいどの樹のことを言うのだ」

アーモンさまが訊きました。

「ほれ、あの樹のことでございますよ」

老人が言いました。

しかし、庭には、さっきからあの白い花の咲いた大きな末利迦が立っているばかりでございます。

「どれが……」

と、わたくしは言いかけ、その言葉を飲み込んでおりました。

わたくしの横で、やはりアーモンさまが、息をお飲みになるのがわかりました。アーモンさまも、わたくしと同じものを、そこに眼《め》にしていたのでございます。

「おお！」

わたくしは、声をあげました。

なんと、暗い天空に、さっきまで白い花を咲かせていた末利迦のその白い花が、今は、夜眼にもわかる凶《まが》まがしい赤い色に変じていたからでございます。

その赤い花が、風に揺れております。

夜気の中で、嬉々《きき》として、その花がさざめいているようでございました。

「あの花は、人の血を吸うて、赤《あこ》うなるのでございます……」

老人が言いました。

さっき、人の血を、バ・オと、ハジャスが、あの樹の根元に撒《ま》いていた理由が、これであったのでございます。

「人の血を吸うたあの樹にならば、ラ・ホーは潜ることができるのでございます」

「なんと」

「ラ・ホーと共にであれば、他人もまた、あの樹の中に潜ることができるのです」

老人の言葉を耳にしながら、わたくしはまさかとは思いませんでした。

喉《のど》の奥で低い声をあげ、その光景を睨《にら》むばかりでございました。

「ラ・ホーは、あの樹の中で、自分の身体を脱ぎすて、パシュパティーニの肉体の中に生まれかわるのでございます――」

その声が終るか終らないかのうちに、わたくしの横で、どん、という凄《すさ》まじい音がいたしました。

アーモンさまが、両の拳《こぶし》で、窓の下のレンガを、お叩《たた》きになったのでした。

どん、

どん、

と、鈍い音が響きます。

凄《すご》い力がこもっているのが、見ていてもわかります。

「ぼっちゃま！」

わたくしは声をあげました。

壁よりも先に、ぼっちゃまの手の方が先に毀《こわ》れてしまうに決まっているからでございます。

「くうっ」

アーモンさまが、渾身《こんしん》の力を込めて、その壁を蹴《け》りました。しかし、壁は、わずかに軋《きし》み音をあげただけで、毀れはしませんでした。

何度も何度も、アーモンさまは、その場所を蹴っています。

並の家の壁なら、その最初の一撃か二撃目で毀れているはずでした。しかし、さすがに、象でも閉じ込められると、ラ・ホーが言いました通り、壁は丈夫でございます。

しかし、何度目か、アーモンさまの足がその壁に当った時、それまでよりも大きい、はっきりとわかるみしりという音が、壁の芯《しん》のあたりから響いてまいりました。

「むう」

さらに蹴りました。

さらに蹴りました。

しかし、壁は、そのままです。

壁の、さっきからアーモンさまが蹴っている場所に、血がついておりました。

アーモンさまの足の爪《つめ》が割れたのでございました。

「ぼっちゃま、血が――」

わたくしが言った時、ようやくぼっちゃまは壁を蹴るのをやめ、

「ふう」

大きく息をおつきになりました。

「そこをどくんだ、ヴァシタ」

アーモンさまがおっしゃいました。

わたくしが後ろへ退《さ》がりますと、アーモンさまは、やおら、さっきまで我々が食事をしていた象が乗ってもこわれそうにないテーブルに手をかけ、うむ、とひと声低く唸《うな》ると、その重いテーブルを高だかと持ちあげて、肩に担《かつ》いでしまわれました。

テーブルの上の食べ物や皿が、音をたてて、床に落ちました。

「ゆくぞ！」

肩の上に持ちあげたテーブルを持つ手に力を込めると、アーモンさまは、窓のある壁に向かって走り出しました。

そして、先ほどから力を込めて蹴っていたあたりの壁目がけて、そのテーブルごと、お

もいきりぶつかっていったのでございました。

ごわん、

という音がして、アーモンさまとテーブルは、壁の外へ転がり出ておりました。

「こい、ヴァシタ」

アーモンさまが、ばらばらになったテーブルと、そこに散乱したレンガの中からもっそり身を起こし、わたくしに申しました。

ぼっちゃまのお顔には、なんとも頼もしい笑みが浮いておりました。

「はい」

と、わたくしは答え、冷たい夜気の中に飛び出しておりました。

ラ・ホーは、象をも閉じ込めると申しておりましたが、何度かこれまでにも申しました通り、わが殿アーモンさまは、その象よりもお強かったのでございますよ。

2

高く、低く、妖しくうねるように、その呪《しゅ》は続いておりました。

その声に、呼応するように、月光の中で、人の血を吸って赤くなった紅末利迦の花が、おぞめいておりました。

わたくしたちが、並んで、樹に駆け寄ろうとした時、わたくしたちの前に立った、ふたつの影がありました。

バ・オと、ハジャスでございました。

どちらも、一方の眼が潰《つぶ》れて、どす黒い血溜《ちだま》りになっています。

しかし、その血溜りの奥に、もう、丸いものがぐりぐりと動いています。

ラ・ホーに潰されたはずの眼球が、もういくらか癒《なお》りかけているのです。もとより人でないものたちですが、凄い恢復《かいふく》能力でございました。

残っている一方の眼も、潰された方の眼と同じような状態といってもかまわないでしょう。人の血を浴びたため、顔中血まみれでした。

バ・オの黒衣も、ハジャスの赤衣も、血でべっとりとなり、肌に張りついているのでございます。

しゅうしゅうと、彼等の血生臭い呼気と獣の臭《にお》いとが、わたくしたちの顔に届いてまいります。

顔をそむけたくなるような腐臭と瘴気《しょうき》でございました。

バ・オは、両手に、大きな斧《おの》を持っておりました。

ハジャスの方は、右手にむちを握っておりました。

バ・オとぼっちゃまが、わたくしとハジャスとが向きあうかたちになっております。

こうして見ますと、バ・オとアーモンさまとは、向きあって、どちらも少しも見劣りがいたしません。ふたつの大岩がむきあうような迫力がございました。

ぶしゅう、と、無言のまま、バ・オが、血飛沫《しぶ》きと共に呼気を吐き出しました。

そして、それが、我々の闘いの合図となりました。

バ・オと、ぼっちゃまが、動いておりました。

バ・オが、真横から、ぶうんという音をたてて、いきなり、大斧《おおおの》をふるってアーモンさまに切りつけてまいりました。

アーモンさまは、どうしたことか、それをよけようともなさらず、

「おう」

と答えて、おもいきり腰の剣を抜き放って、それを受けておりました。

ぎいん、
と、はじかれたぼっちゃまの剣が、真ん中から折れ、その刃先が、月光の中をくるくるとまわりながら天へ昇ってゆくのを、わたくしは眼にいたしました。

「ぼっちゃま！」

わたくしは叫びました。

その後がどうなったのか、わたくしは知りません。

わたくしに、ハジャスが襲いかかってきたからでございました。

わたくしの顔目がけて、鞭《むち》が飛んでまいりました。

わたくしは、剣を抜き放って、それを叩いたのですが、よほど丈夫な獣の皮でできているらしく、その鞭をはじいただけで、両断するにはいたりませんでした。

横手で、何やらもみあう気配がありますので、ぼっちゃまがとりあえずは無事なのだということを、わたくしは知りました。

しかし、わずかでも気を緩《ゆる》めれば、たちどころに、わたくしはその鞭の餌食《えじき》になってしまうでしょう。

わたくしは、自分の闘いをするしか方法がありません。

鞭とはいえ、ハジャスの攻撃は、剣よりも鋭いものでございました。

顔。

眼。

鼻。

眼。

眼。

ハジャスの攻撃は、一時も休まず、繰り出されてまいります。

それをかわしているだけで、たちまち息が切れてまいりました。

この老いぼれ仙人のヴァシタでは、とてもさばききれません。いまに息が続かなくなって、たちまち鞭に捕えられてしまうでしょう。

しかし、わたくしも老いましたが、そのかわりに、智恵《ちえ》というものを手に入れました。長く生きていればその分だけ、相応の智恵が身につくもののようでございます。

わたくしは、ハジャスの攻撃をかわしながら、小さく口の中で呪《しゅ》を唱え、身体の中に、気を溜めてゆきました。

本来であれば、人が、獣に変ずるための、外法《げほう》に属する呪法《じゅほう》でございます。食生活をかえ、およそ、ひと月かふた月ほどかけて獣に変じてゆくのですが、これは、めったな人間には使えず、使っても、必ず人間にもどれる保証はありません。

肉体の一部が獣の姿形に呼応して、手とか、足とか、ある部分が人にもどらぬことなどしょっちゅうで、ひとりの人間が、一生に何度もやれるものではないのです。

しかし、その時、わたくしがやったのは、自らの肉体を獣には変えずに、その獣の気のみを、体内に溜めたのでございます。

その獣というのは、虎《とら》でございました。

わたくしは、虎の気を、体内にあふれんばかりに溜めたのでございます。このハジャスの本性が、ナジャスと同じであるなら、おそらくは鹿《しか》のそれであろうと考えてのことでありました。

鹿にとっては、虎は天敵でございます。

その虎の気をぶつければ、ハジャスは一瞬、ひるむに違いありません。ひるんだその時こそが、こちらの攻撃する番でございます。

わたくしは、動きを止めて、剣をかまえ、呪《しゅ》をやめて、息を飲み込みました。

その瞬間に、ハジャスの鞭が、顔目がけて飛んでまいりました。

剣で、それを振りはらおうかとした瞬間、ふっと眼の前からその鞭の先が消え、次にはその鞭がわたくしの右足にからみついていたのでございます。

顔をねらうと見せて、足をねらってきたのでございました。

わたくしは、仰向《あおむ》けに倒されておりました。

しかし、息を吐くわけにはいきません。息を吐けば、その呼気と共に、体内に溜めた虎の気が逃げ出してしまいます。

倒れたわたくしの中に、ぴったりと虎の気が満ちたのと、ハジャスがわたくしに向かって襲いかかってくるのと同時でした。

わたくしは、体内に溜めた虎の気を解き放っておりました。

ほとばしった虎の気――幻力《マーヤー》が、ハジャスに正面からぶつかっていました。

その瞬間、宙にあったハジャスの身体が、びくんと震えました。

「ぴーっ！」

高い声をあげました。

おそらく、ハジャスにとっては、一瞬、わたくしの姿が虎に変じ、自分に向かって襲いかかってくるように見えたに違いありません。

しかし、空中にあっては、地を蹴って逃げるというわけにもいきません。

驚いて、大口をあけて落ちてくるハジャスに向かって、わたくしは、おもいきり剣先を突きあげておりました。

ハジャスの顎《あご》の下に、剣先が潜り込みました。喉を貫き、剣がハジャスの後方に突き抜けておりました。

ざあっ、と、わたくしの上に、湯のようにハジャスの生臭い血がふりそそいでまいりました。

自分の重さで、ハジャスの首は、柄《つか》もとまで刃《やいば》を滑って降りてきました。

ハジャスがもがきました。

その動きで、ハジャスの首の半分がぱっくり割れて、首を貫いていた剣が、そこから横へ跳ね出ました。

ちぎれそうになった首が、かくんと前に倒れました。

がちがちと歯を鳴らして、それでもハジャスが、わたくしの喉に噛《か》みついてこようといたしました。おそろしいまでの執念《しゅうねん》でございます。

わたくしは、夢中で、わたくしの首と、ハジャスの首の間に、自分の剣を差し込みました。

刃の一方を上に向け、左手で、反対側に突き出た剣を握り、おもいきり上に突きあげておりました。

ごつん、
と、刃が、首の骨を断ちきる音がいたしました。

ごろんと、わたくしの顔の上にハジャスの首が落ちてまいりました。

わたくしの上になったハジャスの身体が、びくんびくんと震え、すぐに止まりました。

天に浮かんだ月が眼に入ったのは、ようやくその後でございました。

気がつけば、わたくしは呆《ほう》けたようになって、仰向けになり、わたくしの上にかぶさっている、鹿の屍体《したい》を抱いていたのでございます。

わたくしがすぐに正気にもどったのは、ぼっちゃまのことを思い出したからでございます。

「ぼっちゃま！」

叫んで、わたくしは起きあがりかけ、倒れました。

足に、ハジャスの鞭がからんでいたからでございます。

ああ。

わたくしは、倒れたまま、顔をあげて、ぼっちゃまの方を見ました。

アーモンさまは、その時、素手で、バ・オと闘っておられました。

いつ、斧《おの》を落としたのか、バ・オも、素手でした。

バ・オは、その両手を、アーモンさまの喉にまわしておりました。

アーモンさまの顔は、真っ赤でございました。

よほど強い力で紋《し》められているのでしょう、アーモンさまの喉には、太い筋が何本も浮いておりました。

しかし、アーモンさまもまた、バ・オの角を、一本ずつ、左右の手に握っておりました。

どちらも、凄い力が、こもっているのがわかります。

双方の身体がぶるぶると震えております。

わたくしはあがきました。

夢中で、ぼっちゃまの名を呼びながら、足にからんだ鞭をほどいたその時でございました。

いきなり、バ・オの鼻から、大量の血がぼとぼとこぼれ出しました。

次の瞬間、ごきごきという音がして、バ・オの首が一回転しておりました。

そうして、さらに、もう一回転。

もう一回転。

ぶっつりと、筋のちぎれる音がいたしました。

アーモンさまが、バ・オの首を、その大力《だいりき》で、ねじ切ってしまわれたのでした。

どう、と倒れた、バ・オの身体の両肩の間から、どろどろと、どす黒い血がこぼれ出てまいりました。

よく見れば、地面に倒れているのは黒い水牛で、アーモンさまは、その両手に水牛の頭部を抱えていたのでございます。

3

わたくしとアーモンさまとは、樹の方へ走り寄りました。

そこ、紅末利迦の根元に、すでに呪《しゅ》をやめたラ・ホーが、パシュパティーニを抱えて立っておりました。

「よくも――」

わたくしたちを眺め、つぶやきました。

「よくも、わたしの下部《しもべ》を殺したわね」

言いました。

左右の眼の端が、つうっと吊《つ》りあがっておりました。

かまわず駆け寄ろうとしたアーモンさまとわたくしは、そこに、足を停《と》めておりました。

樹の周囲を包んだ、血泥の手前でございました。

わたくしは、アーモンさまにつられて足を止めたのでございますが、何故、アーモンさまが足を止めたのか、すぐにわかりました。

その血泥の中に、身の毛のよだつようなものが見えたからでございました。

それは、あの、ウルパのつれていた梟《ふくろう》に、びっしりとたかっていたのと同じものでございました。

血泥の中には、あの小さな蝸牛《かたつむり》が、幾千、幾万、幾億となく、無数に這《は》いまわっていたからでございます。

「さあ、こちらへおいで。来ないのかい」

ラ・ホーが言いました。

「その土の中へ足を踏み入れた途端に、たちまちその蝸牛にたかられて、一滴残らず血を吸い尽くされてしまうからね――」

不思議なことに、血泥の中に立っているラ・ホーの素足には、一匹の蝸牛もたかってはおりませんでした。

しかし、アーモンさまが足を止めたのは、必ずしも、その蝸牛が原因というわけではございません。

ラ・ホーの右手が、抱えているパシュパティーニの首にかかっていたからでございます。

「さあ、そこで、見ているがいいよ。わたしが、生まれかわって、この樹から出てくるのをね」

言って、きき、と声をあげて、ラ・ホーが笑いました。

樹が、その声に呼応して、ざわりざわりと揺れました。

狂気の美しさでございました。

樹が揺れるたびに、たまらぬ匂《にお》いが、大気の中に満ちてゆきます。

「この樹はね、わたしが、育てたんだよ。このわたしが、父や母や兄や家族の血をかけて、育てた樹なんだよ——」

ひいっ
と、ラ・ホーの眼がくるりと裏がえって、またもとにもどります。

「わたしには、幻力《マーヤー》はきかないからね——」

そう言って、向きを変え、樹とラ・ホーは向き合いました。

その時でございます。

ふと、横手に眼をやったラ・ホーの眼が、大きくさらに吊りあがっておりました。

いつ来たのか、ラ・ホーの横に、枯れた枝のような人間が、突っ立っていたからでございます。

「おまえ、ウルパ！」

ラ・ホーが言いました。

ウルパでございました。

この屋敷の門をくぐった正面に、木乃伊《ミイラ》のようになって座らされていたあのウルパが、そこに立っていたのでございます。

わたくしも、まるで、ここまでウルパが近づいてきていたのを知りませんでした。

なんという生命力でございましょうか。

ウルパの足には、もう、膝近くまで、あの蝸牛が這いのぼっておりました。

ラ・ホーが声をあげた時には、ゆらりと、ウルパが動いていました。

ラ・ホーに抱きついておりました。

ラ・ホーの手から、パシュパティーニの身体が落ちました。

あわやと見えたその時、アーモンさまが、落ちてきたパシュパティーニを、かがんで抱きとめておりました。

アーモンさまは、三歩、血泥の中に踏み込んでいたのでございます。

「ぼっちゃま!」

わたくしが、叫ぶのと同じくらいに、アーモンさまは、パシュパティーニを抱えて、こちらに跳ねもどってきていました。

パシュパティーニを土の上におろして、アーモンさまは、すでにくるぶしの上まで登ってきていた蝸牛を、左右の足で交互にこそぎ落としながら、ラ・ホーと、ウルパを見やりました。

ウルパが、ラ・ホーにしがみつき、ラ・ホーがもがいています。

「ええい、おのれ、離せ、離せ！」

ラ・ホーが呻《うめ》きます。

「わたしは、おまえのふぐりを喰ってやったんだよ。ふたつともね。それがくやしくて、死にきれずに出てきたのかい。馬鹿《ばか》。こんどは、棒の方を喰《く》ってやるよ！」

あの美しい唇から、こんな言葉が出てくるのかと思えるほどでございます。

しかし、ウルパは、しがみつくのをやめませんでした。

その時、わたくしは、確かに見たのでございます。

かさかさに乾いたウルパの唇が、微《かす》かに笑ったように、わたくしには見えたのでございます。

その唇から、乾いた、風のような音が、しゅううと洩《も》れました。

ウルパが、何か、しゃべっているのでございます。

「何故そんなに暴れるのか、愛《いと》しい女よ」

ウルパは、たしかにそう言いました。

「一緒にゆこう。アヴァンティのウルパに、とどめをささずにさらしものにしたことを、樹の中で一生悔いるがいい」

「何を言ってるんだい、この馬鹿——」

ウルパが、足を踏み出しました。

ラ・ホーの身体が傾き、肩先が樹に触れました。

その時、信じられないことがおこりました。

ラ・ホーの肩が、じわり、と、樹の幹の中に、潜り込んだのでございました。

そこから、ラ・ホーの身体が、じわじわと樹の中に潜り込んでゆきます。

「ち、畜生。誰《だれ》がおまえなんかと」

ラ・ホーが叫びます。

しかし、ラ・ホーの身体は、肩からずんずんと樹の中へ沈み込んでゆきました。

続いて、ラ・ホーの背にまわされた、ウルパの腕までもが潜り込み始めました。

その時には、ラ・ホーの顔は、後頭部から、耳のあたりまで樹に沈み、同化していました。

ラ・ホーが、もはやどれだけもがこうが、もう、沈んでゆく速度は変わりません。

「畜生、畜生！」

ラ・ホーが叫びます。

「アーモン殿――」

その時、ウルパが言いました。

「わたしはいずれは、助からぬ。わたしとラ・ホーとが、樹の中へ消えたら、この樹を切り倒してくれ――」

その声がどう耳に届いたのでしょうか、耳は全《すべ》て樹の中に潜り込んでいるというのに、ラ・ホーは、大きく眼を動かしながら、もがきました。

しかし、それは、ラ・ホーの最後のもがきでありました。

ラ・ホーは、ついに樹の中に潜り込んだのでございます。

「切れよ、アーモン」

ウルパはつぶやいて、ラ・ホーに遅れて、樹の中に沈んでゆきました。

「ぼっちゃま」

わたくしは言いました。

「どうなさいますか」

「どうにもこうにも、ウルパの最後の頼みを放《ほう》ってはおけまいよ」

アーモンさまは、無造作に言って、歩き出しました。

バ・オの首が転がっているあたりでございました。

そこの土の上から、アーモンさまは、大きな斧《おの》を拾いあげました。

それを片手に握り、残った片手にバ・オの屍体をひきずってアーモンさまはもどってまいりました。

バ・オの屍体を、血泥の中に投げ込みました。

そして、アーモンさまは、斧《おの》を両手に握ったまま、血泥の中のバ・オの屍体の上に、器用に飛び乗っていたのでございます。

アーモンさまは、大きく、斧《おの》をふりかぶり、その刃を、おもいきり、樹の中に打ち込んでおりました。

打ち込んだ瞬間に、ざわっと、花が音をたてました。

わたくしには、月光の中で、樹の、花を咲かせた枝の部分が、全体に大きくふくれあがったように見えました。

ずっくりと、刃が、樹の中に潜り込んでいました。

見ていても、その手応《てごた》えが普通の樹を切るのと違うのがわかります。

まるで、その樹の幹は、生き物の肉でできているようでございました。

生き物の肉と、樹との中間のようでございました。

そして、なんと、その切り口からは、だらだらと血がこぼれ出してきたのでございます。

「くうっ」

二度目を、アーモンさまが打ち込みました。

木片とも肉片ともつかぬものが、宙に飛びました。

はらはらと、花が散り始めました。

アーモンさまが、幹に刃を打ち込むたびに、あとからあとから、さえざえとした青い月光の中を、花が頭上から舞い落ちてまいります。

なんという美しい、幻妙な光景でございましょうか。

わたくしは、草の上でまだ眠っているパシュパティーニの横で、その光景を眺めておりました。

——と。

その時、ふいに、アーモンさまの顔の高さの幹に、ぞわりと皺《しわ》が寄りました。

その皺が盛りあがり、そこから、ひとつの顔が出現いたしました。

「おお」

その顔は、ウルパとも、ラ・ホーともつかないものでございました。

半分木乃伊《ミイラ》化している顔でございます。

黄色い眼をぎろぎろと動かし、歯をがちがちと鳴らしています。

口の両端から、しゅうしゅうと、血の混じった呼気を吐いています。
頭部が出、首が出、肩が出てまいりました。
それは、なんとか樹から這《は》い出ようとしているようでございました。
蛇のようにくねりながら、とうとう腕が出てまいりました。
その両手を樹の幹にあて、身体を突っ張り、上体をぐねぐねと揺すります。
しかし、どんなにもがいても、もはやそれ以上は出てこれません。

あおお――

と、それが哭《な》きました。
哀《かな》しい声でありました。
天空の月に向かって、それは喉を垂直に立て、身をよじりました。
あおおおお……
あおおおお……

とどかぬ月に向かって、それは、狂おしい声で吠《ほ》えました。
しずしずと、その上に花びらが舞い落ちてゆきます。
アーモンさまの打ち下ろす斧《おの》が、さらに深く、樹の中に潜り込んでゆきます。

あおおおおおお……

たまらぬ声で、それは、天の月へひしりあげるのでございました。

終章

ええ。

あの時の光景は、今でも覚えておりますとも。

それはそれは美しい、妖しい光景でございましたよ。

降りしきる花。

月光。

血の匂い。

どれもが、一年経《た》った今でも、このヴァシタの脳裏には鮮明でございます。

樹が、切り倒されても、しばらくそれは天に向かって哭《な》いておりましたが、やがて、それは、静かに動かなくなったのでございます。

「なあ、ヴァシタよ」

アーモンさまは、御自分の杯の酒を飲み干して、わたくしに言いました。

「あれはまだ生きているのだろうかな」

　そうつぶやきました。

　倒れたままの紅末利迦を、わたくしたちはそのまま、あの場所に残してきたのですが、なにしろ、あの妖樹《あやかしのき》のことでございます。まだ生きていて、倒れたままそこに新しい根を張り、樹の中からあれが這い出てきて、まだあの場所に暮らしているのかもしれません。

〝ああ、あの青猿と鹿と水牛のことですか〝

　指を切られた老人は、あのおり、わたくしたちに言ったものです。

〝彼等は、その昔、ラ・ホーの家で飼われていたけものたちでございますよ〝

　まったく、人にしろ獣にしろ、長く生きるということは、あまり良いことではないのかもしれません。

　神の定めた、人としての時間を、それなりにまっとうするところに、人としての幸福もあるような気がいたします。

　その時間が、たいくつなどとは、まったくもって、ゆるせぬことでございますよ。

　そんなことを考えているわたくしに、またアーモンさまが声をかけてまいりました。

「なあ、ヴァシタよ」

「近ごろのたいくつさといったらないではないか。また、いずれかに雲でも見に出かけてゆかぬか――」

わたくしは、聴こえぬふりをして、酒を口に運びました。

ぼっちゃまとの旅は、それは楽しいものではございますが、出かけるたびに、必ずや危険な目にばかり遭うので、わたくしはもう二度とぼっちゃまを旅になど出させたくないのですが――

はて、それもどうなりますことやら。

ほんに、女子《おなご》の恐《こわ》さもさることながら、男子のたいくつもまた、困ったことでございますことよ。

ぼっちゃまは、空をゆく雲のようなお方でございますからなあ。

月の王

1

ほんに、まあ、突然の雨だったのでございますよ。

ちょうど、熱際《ねつざい》から雨際《うざい》にかわる頃ではあったのですが、それにしても、まだ、雨際にはいくらか間がある時期でございました。その時期に、わたくしとアーモンさまは、ふいの大雨にみまわれたのでございます。

雨際には、いくらか間があると申しましても、天には水の気がすっかり満ちていたのでございましょう。その雨は、年にそう何度もないほどのものでございました。

場所は、雪山《ヒマヴァット》のただ中でございます。

聖なる河ガンガに注ぐ、プラジャマティー川に沿って、プラジャマティー谷を登っていったその谷の奥でございます。

　年に一度、シヴァ神が、天と地の距離を計るために、天より舞い降りてこられるというムリカンダ山へゆく途中でございました。

　いや、そもそも、何で、わたくしとアーモンさまとが、このような場所まで出かけてきたのかという、それを御説明せねばなりませぬな。

　半月余り前のことでしたか、ひときわ月の美しい晩に、わが殿アーモンさまと、興がおもむくままに酒を飲んでいたことがございましてな――

「たいくつだなあ、ヴァシタよ――」

　ふいに、アーモンぼっちゃまが、そうつぶやかれたのでございます。

　たいへん良い気分で酒を飲んでいたのですが、その言葉を耳にした途端に、わたくしの酔いは、もう半分ほどどこかへ消えてしまいました。

　アーモンさまがたいくつなさっている時は、必ず、なにやらとんでもないことを言い出すにきまっているからでございます。

「ぼっちゃま――」

　わたくしは、東洋で造られたという玉《ぎょく》の盃を置いて、アーモンさまを睨《にら》みました。

「たいくつだなどと、そんなことを口にされてはなりません。たいくつというのは、とりもなおさず、幸福《しあわせ》ということと同じではございませぬか」

「しかしなあ、ヴァシタよ、おまえの言うことはわかるが、こう毎日おもしろいことがないとあっては、おれはたいくつのために息ができなくなって死んでしまうぞ──」

「たいくつで死んだ者なぞ、讃歌《ヴェーダ》始まって以来、聞いたことなどありません」

わたくしは、声を強くして申しあげました。

「では、おれが、その最初のひとりになるかもしれぬな」

アーモンさまは、切なそうに溜《た》め息をついて、横手の窓から差し込む月光に沿って、天の月を見あげました。

「ぼっちゃま──」

わたくしが言うと、アーモンさまは頭を掻《か》いて、

「ぼっちゃまはやめてくれ、ヴァシタ──」

真顔でわたくしに言いました。

「いいえ、アーモンさまが、子供のように聞き分けのないことを言うのなら、何度でもぼっちゃまと呼ばさせていただきます」

わたくしは言いました。

「困ったものだ」

「困るのは、わたくしの方でございます」

「何も言わぬうちから、そう言われては、話ができぬではないか」

アーモンさまは、大きな身体を、ひと揺すりさせて、また、溜め息をつかれました。

その姿は、まるで、大きな虎が、自分の身体の大きさをもてあまして、巣穴の中で身じろぎしたようでございました。

ぼっちゃまは、この老いぼれ仙人のヴァシタめよりは、みまわりもよまわりも身体が大きいのでございます。

身体の重さは、わたくしの三倍ほどはありましょうか。

裸になられた時のその身体の逞《たくま》しさは、男のわたくしでも、惚《ほ》れぼれとするほどでございます。

その身体が、立ちあがったり、歩いたりする、日常の何気ない動作を見ているだけで、うっとりと溜め息が出るほどでございます。

美しい、しなやかな虎の動きを、いつまで見ていても飽きないのと同じでございます。

どっしりとした岩か山のような体軀《たいく》をしているくせに、その動きには、ゆったりと流れる大河のごとき雰囲気があるのです。

すでに、三十歳をわずかに越えた年齢のはずなのですが、その身体の若々しさは、二十歳そこその若者のようでございます。

しかし、幼い頃からアーモンさまを見てきたわたくしにとっては、幾つになろうとぼっちゃまはぼっちゃまでございます。

「いいえ。ぼっちゃまの次の言葉は、わたくしにはよくわかっております」

「ほう」

「どこかにおもしろいことはないか——ぼっちゃまは必ずそう言って、わたくしの言うおもしろいことをさんざんお聴きになってから、その中でも一番危険なことをしにゆこうと言うではありませんか——」

「そうだったかな」

「そうですとも。妖物《ようぶつ》退治であるとか、盗賊の仲間になるだとか、コーサラで、強い兵士を闘わせたりすることがあると聴けばそれに出ると言ったり、その度に、寿命の縮む思いをするのは、このヴァシタでございますぞ」

「ふうん」

「ぼっちゃまにもしものことがあれば、国王《ラージャン》に申しわけがたちません。ぼっちゃまが死ぬようなことでもあれば、このわたくしも生きてはおられません——」

「おれが死んだら死んだで、ヴァシタはヴァシタの生き方を生きればよいではないか」

「だから、このヴァシタの生き方というのが、ぼっちゃまが死ぬ時には、わたくしも一緒に死ぬということなのでございます」

「困ったものだ」

「そんなに、たいくつであれば、明日にでも街へ出て、おもしろい芸人でも捜してまいります」

「剣を呑んだり、火をふいたりする芸人は、もう見飽きたぞ。子供騙《だま》しの手妻《てづま》もだ――」

「そう言えば、鉄の屑《くず》を食べて、尻から黄金をひり出す芸人というのがおりましたが、あれは、ひどうございましたな」

「あらかじめ、鉄を喰う前に、尻の穴に黄金を詰めておいたのだろう」

「あの時は、芸人が腹を壊しておりまして、鉄を喰う前に、糞《くそ》と共に黄金をひり出してしまったのでございました」

「あれはあれでおもしろかったが、二度は見たくない」

そう言って、アーモンさまは、再び月を見上げて溜め息をつかれました。

夜の虫が、闇のあちこちで、羽音をたてて飛んでおります。

アーモンさまは、月を見ながら、その音に、しばらく耳を傾けておられるようでございました。

庭にそびえている竜脳香樹《カプール》の大樹が、梢《こずえ》を静かに風に揺らせております。月は、わたくしの位置から見あげると、ちょうど、その竜脳香樹《カプール》の頂近くにかかっておりました。

竜脳香樹《カプール》の葉と幹の匂いが、濃く夜気の中に溶けて漂ってまいります。

「そう言えば――」

ふいに、何ごとか思い出したように、アーモンさまが、口を開きました。

「――ひとしきり、街を騒がしていた盗人の話はどうなったのだ」

「あれでございますか。あれならば、すでにおさまりましたようで――」

「やはり、ダークシャがやらせていたのか」

「皆、そのように噂をしています。ダークシャが、街から姿を消した途端に、盗人の騒ぎがおさまりましたから――」

「ふうん……」

何か問いたげな眼つきで、アーモンさまはわたくしを見つめました。

「ダークシャめ、やはり、あの、狼《おおかみ》を使ってやらせていたのでございますなあ」

わたくしは、アーモンさまの視線から、眼をそらせて言いました。

アーモンさまは、もし、盗人の騒ぎがおさまってなかったのなら、御自分が出てゆくおつもりだったのでしょう。

「惜しいことをした」

アーモンさまは、そうつぶやいて、わたくしの眼を、また覗《のぞ》き込みました。

アーモンさまとわたくしが、その時話した盗人騒ぎというのは、つい、しばらく前にわが王国へやってきた、ダークシャという四十歳くらいの男がひき起こしたものでございます。

その男——ダークシャは、芸人でございました。

芸人とは申しましても、本人が何かの芸をするのではなく、ダークシャは、一頭の大きな狼を連れておりまして、その狼に芸をさせるのです。言うなれば、〝狼使い〟とでもいうことになりましょうか。

その狼が、実によくダークシャの言葉を聞き分けて、何でも言われた通りにするのでございます。

アーモンさまとわたくしも、その評判を耳にして、街まで出、その芸をする狼を見たのですが、なるほど、評判にたがわぬ、賢い狼でございました。

ダークシャが右と言えば右を向き、左と言えば左を向き、歩けと言えば歩き、止まれと言えばその狼が止まります。

これだけではありません。

地面に、いくつかの石を転がしておいて、

「みっつ」

と、ダークシャが言えばみっつの石を、

「よっつ」

と、ダークシャが言えばよっつの石を、狼が咥《くわ》えてくるのでございます。

さらには、石に赤や白の絵の具を塗っておき、

「赤ふたつ、白みっつ」

とダークシャが言えば、ちゃんとその通りに咥えてくるのでございました。

その石の数が、十を越えても、狼はその数を間違えることがないのです。

「黄色をみっつ――」

と、ダークシャが言った時には、狼は、動こうとしませんでした。地面に置いてある石は、赤と白だけで、黄色い石がなかったからでございます。

その時には、見物人の間から、溜め息が洩《も》れました。

次に、ダークシャは、狼の頭に、大きな黒い袋をかぶせました。

それはつまり、次の芸のためで、これでもうこの狼は眼が見えないよという意味のもの

でございます。

それで、ダークシャは、見物人の中から、いくつかの品物を借り受けて、それを地面に並べました。

アーモンさまも、おもしろがって、その時、御自分の腰に差しておられた短剣をお出しになりました。

ダークシャの前の地面に、アーモンさまの短剣やら、盃、布、水を入れるための革袋など、様々なものが並びました。

そこで、ダークシャは、ようやく、狼の頭にかぶせていた袋を取り去って、見物人に向かってこう言ったのです。

「さて、これまで眼隠しをされていたこの狼には、ここに並んでいるものが、どなたのお持ち物であるのかわかりません。しかし、それをこれから、この狼が皆さまのところまでお返しにあがろうというわけでございます……」

そうして、ダークシャが、地面に置いてある様々な品物の名を口にすると、狼が、その品物を口に咥えて、間違うことなく、もとの持ち主の所へ、その品物を返しにゆくのでございます。

「短剣」

と、ダークシャが言うと、その狼は、短剣を咥えて、アーモンさまのところまでそれを持ってきました。

最後に残ったのが、小さな、革の袋でございました。

「赤い石をふたつ」

とダークシャが言いました。

これは、ダークシャがふざけて言ったのであり、見物人の誰もが動くまいと思っていたようです。

しかし、狼は、動いて、その小さな革袋を咥えて、見物人の誰かではなく、ダークシャのところへもどってゆきました。

「こらこら、それは違うぞ」

と言いながら、ダークシャはその革袋を狼から受け取り、

「これはどなたのものですか」

見物人を見回しながら、その袋を開きました。

その袋の中から、ダークシャの手の上に転がり出てきたのは、なんと、ふたつの赤い石だったのでございます。

「失礼いたしました。これは、わたしのものでございました」

ダークシャが言うと、どっと、称讃の声が見物人の間にあがりました。

本当に、賢い狼でございました。

しかも、毛並みが、美しい漆黒《しっこく》をしておりました。黒くて、青光りしているように見えるほどでございます。

その狼が、他にも様々な芸をし、ダークシャの言葉だけでなく、見物人の言葉まで聞き分けるものですから、小銭を投げる者や、食べ物を置いてゆく者まで、たくさんいたのでございます。

「みごとな狼だな」

ひと通りの出しものがすんでから、アーモンさまは、ダークシャに歩み寄って言いました。

「どこで手に入れたのだ――」

しかし、ダークシャは、いじ汚ない笑みを浮かべるばかりで、何も答えません。

「いや、すまぬ。ぬしにはぬしの商売の秘密があろう。それをただで聴いてしまおうというのは、こちらの勝手というものであった――」

アーモンさまは、先ほど、お使いになった短剣をダークシャに渡して、

「これで、聴かせてもらえまいか」

そうおっしゃいました。

その短剣は、黄金の飾りのついた、高価なものでございます。それを見ると、ダークシャは、顔中を笑みにして、こう言いました。

「ここから十日ほど北西にゆくと、プラジャマティー川という川がございます。その川に沿って、プラジャマティー谷を十日ほども登ってゆきますと、峠の向こうに、ムリカンダ山という山が見えてまいります」

「ほう」

「そこはすでに、雪山《ヒマヴァット》の中でございまして、ムリカンダ山は、雪山《ヒマヴァット》のひとつでございます――」

「どういう山なのだ」

「年に一度、シヴァ神が、天と地の距離にかわりがないかどうか、その頂に降りてくる山でございます」

「それで――」

「そのムリカンダ山の周囲で捕えた獣の中には、昔より、稀《まれ》に人語を解するものがあると言われています。そこへまいりまして、十二年前に、やっと捕えたのが、この狼でございます――」

そう言って、ダークシャは、アーモンさまに、深々と頭を下げたのでございました。

そうして、アーモンさまは、その日、街から帰られたのでございます。

その芸人が現われたのと時を同じくして、街に、盗人の騒ぎがおこったのでございます。

夜にはあったはずの、家に置いていた銭が翌朝になくなったり、金持ちの屋敷からは、宝石の飾りものや、金の水差しなどが、やはり、夜のうちになくなっているということが、頻繁におこるようになったのでございました。

きちんと、戸締りをしているにもかかわらず、どこからか賊は侵入して、盗みを働いてゆくのでございます。

その、賊らしきものによって、人死にが出たのが、あちらこちらで盗みがおこるようになって、半月後くらいの時でございました。

王舎に近いところに屋敷を持っているアヴァダールという者の家に、その賊と思われるものが侵入したのでございました。

アヴァダールは、王舎にも出入りを許されている、絨緞《じゅうたん》屋でございます。その主人のアヴァダールが、賊に殺されたのでございます。

アヴァダールが殺されるのを、眼の前で見たのは、その妻でございました。

夜半に、何やら物音がするのに気づいて、その妻が、主人のアヴァダールを起こしたのです。

アヴァダールが眼を覚ましても、物音は、まだ、隣りの部屋から聴こえてきます。

ふっ
ふっ
という、獣の息づかいのようなものも、その物音に混じって聴こえていたということでございました。

妻をそこに残し、アヴァダールが、小剣を手に握って、部屋を出てゆきました。

アヴァダールの姿が見えなくなってすぐに、妻は、不気味な悲鳴を耳にしました。

主人のアヴァダールの悲鳴です。

続いて、人の倒れるような重い音が響いてまいりました。

アヴァダールの妻は、気丈夫な女でしたから、何ごとかと思って、その部屋を出ました。

出た途端に、妻の鼻にぷうんと届いてきたのは、濃い血の臭いであったということです。

眼の前の床に、人影が倒れていました。

アヴァダールでした。

その妻の素足は、生温かくぬめるものを踏んで、濡《ぬ》れていました。

それが、自分の夫であるアヴァダールの喉から流れ出した血であることがわかったのは、もっと後のことです。

その時、アヴァダールの妻は、闇の中に光る、ふたつの緑色の点を見つけていたのです。

獣の眼でした。

ふっ
ふっ
という、獣の息づかいが、闇から届いてきます。

そのふたつの光点の下に、しらとほのかに白いものが見えていました。

獣の牙でした。

その牙が、金色に光るものを咥えているのが、なんとか見てとれました。

その金色に光るものは、アヴァダールの妻が、夫からもらった金の腕輪であったのです。

アヴァダールの妻は、大きな声で、叫んでおりました。

獣は、ふいに跳ね飛び、アヴァダールの妻の横を疾《はし》り抜け、小さな窓から外へ飛び出していました。

アヴァダールの妻が、夫のそばへ駆け寄った時には、喉を深々と噛《か》み破《やぶ》られていて、夫はすでに絶命していたということでございます。

そういうことがあったのでございます。

それで、アヴァダールの妻からその話を聴いた役人が、最初に頭に思い浮かべたのが、あの狼使いのダークシャのことでございました。

なるほど、あれほど、人の言うことのわかる狼であれば、人の家に入り込んで、言われた通りに何かを盗んでくることは、わけもないことでございます。

それに、人には入り込めぬような場所からも、狼であれば家の中に入り込めますし、その臭いを嗅《か》ぎ分けられる鼻があれば、何をどこに隠してあるかもすぐにわかることでしょう。さらには、夜眼も利きますし、物陰に隠れることもうまいわけです。

それで、さっそく、役人たちは、ダークシャと狼の行方を捜したのですが、すでに、その時には、ダークシャも狼も、街の中から姿を消してしまっていたのでした。

そうなってみると、色々と、気味の悪い噂が、あちこちからあがってまいりました。

実は、ダークシャが、夜、寝座《ねぐら》にしているピッパラ樹の下で、あの大きな黒い狼と交わっているのを見ただとか、あの狼は、人の言葉がわかるだけでなく、人の言葉を話すこともでき、自分はそれを耳にしただとか、そういう噂が人々の口にのぼったのでございました。

しかし、ダークシャと狼は、ついにどこへ逃げたのか、見つからなかったのでございます。

アーモンさまがわたくしに訊《き》いた盗人の話というのは、つまりは、まあそのようなことであったわけでございます。

アーモンさまとしましては、その奇妙な狼を使う盗人の一件がまだかたづいていないのなら、たいくつをまぎらわしがてら、自分がなんとかしてやろうという、そういう気持であったのでございましょう。

それで、〝惜しいことをした〟などとおっしゃったわけでございます。

「そいつは残念であったな……」

と、アーモンさまはおっしゃって、先ほどのように何やら問いたげな眼で、わたくしを見つめました。

「アーモンさま。何か、この老いぼれ仙人のヴァシタの顔に、興味がおありなのでございますか」

わたくしは、アーモンさまに言いました。

「うん」

アーモンさまはうなずいて、

「あるな」

また、わたくしの眼を覗き込みます。

「興味はあるが、それは、ヴァシタの顔ではない。その頭の中の方だ」

「頭!?」

「そこに、何か隠しているのではないか。そちらの方におれは興味がある」

「何をでございますか」

「今の話の、ダークシャと狼のことさ」

アーモンさまは、涼しい顔で言われました。

「ダークシャ?」

わたくしはとぼけました。

実は、今、アーモンさまとのお話で、ひとつだけアーモンさまに言わないことがあるのです。

それが、今、アーモンさまがわたくしに訊いている、ダークシャのことなのでございます。

「とぼけずともよいから、言ったらどうだ。死体が見つかったのだろうが——」

「しかし、アーモンさま。どこでそれをお聴きになられました? ダークシャの死体が見つかったのは、昨夜のことでございますぞ」

わたくしが言った途端に、アーモンさまは、太い唇で微笑されました。

「やはりそうか」

「やはりとは、アーモンさま。わたくしをひっかけたのでございますか」

「ひっかけたのではない。街はずれで、菩提樹《ぼだいじゅ》の下から、犬が、人の屍体《したい》を掘り出したという話を耳にしたからな。獣に喉を噛まれた屍体だというから、そのことを訊《たず》ねようとしたのさ。しかし、そうか、その屍体が、ダークシャの屍体であったのか――」

「ぼっちゃま。ずるい手をお使いになりましたな」

「まあいいではないか――」

アーモンさまは、笑って言いました。

わたくしは、せっかく、すでにすんだと思っていたことが、ダークシャの屍体が見つかったことでぶり返し、アーモンさまがまた首を突っ込まれるのではないかと、それでこのことはアーモンさまには申し上げなかったのでございます。

しかし、わたくしは、アーモンさまの手にひっかかって、ついに、言わなくてもいいことまで言ってしまったことになります。

わたくしが、困った顔でアーモンさまを見つめますと、アーモンさまは、すでに顔をあげて、窓の外を見つめておいでてございました。

「しかし、どうして、ダークシャの屍体が、樹の下になぞ、埋められていたのであろうかな」

アーモンさまが、つぶやきました。

「わかりませんが、そこに埋められたのは、どうやら、七日前くらいのことのようでございます」

「ということはつまり、アヴァダールが殺されたのと同じ頃ということか」

「はい」

「逃げたのは、つまり、狼だけということになるな」

「そうですね」

「ダークシャの喉を嚙み裂いたのも、あの狼ということになるのだろうな……」

アーモンさまは、月を見つめながら、何やら考えているようでございました。

その、月を見つめているぼっちゃまの眼が、何やら急に思い出したことでもあるように、光りました。

「もうひと月ほどで、雨際《うざい》になるな」

アーモンさまが、月を見あげたまま、ぽつりとつぶやきました。

「はい」

わたくしは、悪い予感を胸に覚えながら、うなずきました。

「雨の間を、毎日ここですごすのは、たまらぬな」

アーモンさまが、月から、わたくしに視線を移しました。

「ダークシャが言っていた、山の名は何と言ったかな」

「え?」

「そうだ。ムリカンダ山であったか。ちょうどよいから、その山へでも出かけてみるか。運がよければ、我らも、人の言葉のわかる獣に出会えるかもしれないぞ」

「我ら?」

「なんだ、ヴァシタ、おまえがゆかないのなら、おれはひとりでもゆくぞ」

ぼっちゃまは、笑いながら、わたくしにそう言ったのでございました。

まあ、そのようなわけで、アーモンさまとわたくしとは、ムリカンダ山へ向かう旅に出たのでございます。

ぼっちゃまの突然の気まぐれにおつきあいして旅に出るのは、これが何度目でございましょうか。

旅に出る度に、おそろしいできごとばかりぶつかって、わたくしはその都度《つど》、とっておきの聖典《ヴェーダ》の呪句《じゅく》を唱えて、難をしのいでまいりましたのですが、これまでで、もう、ほとんどの呪句を使い果たしてしまった感があります。

ひと口に呪《しゅ》と申しましても、あまりいつも使っていると、その効果がなくなってくるのでございます。

旅に出ましてから、すでに半月近くが過ぎております。

馬で北西にゆき、コーサラ国を抜けて、プラジャマティー川へたどりついた時には、十日ほどが過ぎておりました。

そこから、川に沿ってプラジャマティー谷に入ったのですが、馬でゆけたのは、ほんの一日くらいでございました。

すぐに、険しい山道になり、とても馬に股《また》がってはゆけぬようになりました。谷に入ってからは、ほとんどの道を、馬の手綱《たづな》を手でひきながら歩き、やってきたのですが、途中で羊飼いの一家が小屋がけをしている場所にぶつかり、そこに馬をあずけて、わたくしたちは荷を背負ってそこから歩き出したのでございました。

羊飼いの息子に、なにがしかの金で、道の案内と荷担ぎを頼もうとしたのですが、我々がムリカンダ山へゆくのだとわかると、たちまち怯《おび》えたように首を振って、

「とんでもない」

と、断わられてしまったのでございます。

「まともな人間なら、ここから先へはいかない方がいい」

羊飼いはそう言いました。

「どうしてなのだ」

と、アーモンさまがお訊きになると、羊飼いは、自分の言葉を誰かが聴いているのではないかという風に周囲を見回し、近くに一頭の山羊がいるのがわかると、それを遠くへ追い払ってから、声をひそめてこう申しました。

「ムリカンダ山の一帯には、月の種族《チャンドラ・ヴァンシャ》が棲《す》んでいるからでございますよ……」

「月の種族《チャンドラ・ヴァンシャ》？」

「ええ」

怯《おび》えた声で、羊飼いはうなずきました。

「人の言葉がわかる獣か――」

アーモンさまがそうお訊ねになると、羊飼いは、ひと声、聖典《ヴェーダ》のうちの、インドラ神を讃える詩句を唱え、

「あんたたちは、それを知ってて行きなさるのか――」

そう言ったきり、もう、二度と、我々とは話をしてくれませんでした。

羊飼いは、そのまま向こうへ行ってしまい、我々が歩き出しかけた時、後方から聴こえてきたのは、馬のひづめの音でございました。

後方を振り返ると、三人の男が、我々が登ってきた道を通って、こちらへ向かってやってくるのが見えました。

すでに、一番危険な場所を通り過ぎて、三人とも馬に股がっておりました。

羊の群れる草の斜面を、三人は馬に股がって、真っ直ぐにこちらに向かってやってまいります。

見れば、コーサラ国の役人のようでございました。

草の斜面は、上流に向かって、右側から左側へ下っており、左側は、途中からふいに切れ込んで崖《がけ》になり、その下にはプラジャマティー川が、ごうごうと音をたてて流れています。

この草の斜面より先は、大きな岩壁にふさがれていて、かろうじて、その岩壁の横に、細い道らしきものが造られています。

そこから先は、もう、馬でゆけないことはひと目でわかります。馬でゆけば、たちまち、馬は、左側のプラジャマティー川へ落ちてしまうでしょう。

プラジャマティー川は、雪山《ヒマヴァット》の雪が溶けて川となったものです。その水は冷たく、落ちたら、その冷たさのため、ほんのわずかで人は死んでしまうでしょう。

もし、この谷を馬で上へゆく気なら、冬に河原をゆくしかありません。冬になれば、山の雪が凍りついて、川の水の量がずっと減るのです。そうすれば、河原をなんとか馬でゆくのは可能だということでございました。

さて、やってきた三人の役人のうち、ふたりは、羊飼いの前で馬を止め、残ったひとりの役人が、我々の前までやってまいりました。

「おまえたちは、何者か？」

その役人は、馬を止め、そう、我々に問うてまいりました。

「我らは、真理を探す者でございます」

わたくしは答えました。

「真理だと？」

「旅の沙門《しゃもん》でございます」

「沙門には見えぬな」

役人は言いました。

沙門にしては、少し持ちものが多いからでございましょう。

わたくしは、自分の名を名告《なの》り、アーモンさまの名を、その役人に告げ、

「二月《ふたつき》ほど前に、なったばかりでございまして……」

いざという時のために、あらかじめ決めてあった話をしました。

「我らは、マッラ国で油を売って暮らしていた者ですが、三月《みつき》ほど前に、こちらのアーモンさまの父である主人が亡くなり、それがきっかけで、沙門になったものでございます。店は売り払い、使用人には暇を出し、家族も家もないもと使用人であったわたくしひとりが、こうしてアーモンさまに従っているのでございます。初めは、ふたりして、ウルヴェーラーの苦行林に入るつもりでいたのですが、そこで会ったゴータマという方から、苦行では真理に至れぬと教えられ、それならば、人の来ない雪山《ヒマヴァット》の山中で、瞑想《めいそう》することから始めようかと、こうして、ここまでやってきたわけでございまして——」

わたくしと、アーモンさまのなりは、ひと口に申せば、やや身ぎれいな平民の旅人といったところでございましょうか。

「我らの荷が多いのは、まだ沙門の生活に慣れておらぬからで、今も、ここで馬を捨てたところでございます」

沙門と申しましても、服装とか持ちものに決まりがあるわけではなく、平民の姿のまま、沙門と称する人間や、時には、士族《クシャトリヤ》が使うような大剣を腰に帯びて旅をする沙門もいたのでございます。

アーモンさまとわたくしの腰には、小ぶりの、平民《ヴァイシャ》が持つのにちょうどよさそうな剣が下がっておりました。

「ふむ——」

　と、役人は、しばらく我々を見つめ、

「この谷が、どういう谷か知っているのか？」

「噂では、人の言葉のわかる獣が、この先のムリカンダ山のあたりには棲むと聴いてますが——」

「それを承知でゆくのか」

「はい。獣を恐れて、人が来ぬということであれば、我々にとってはかえってありがたいというものでございます」

　わたくしは役人を見上げ、

「何か、あったのでございましょうか——」

　問いかけました。

「我らは、コーサラより、人を追ってきたのだ」

　役人は答えました。

「人、でございますか——」

「そやつが、どうやらこの谷に入り込んだらしいのでな」

「どういう人間なのですか——」

「人を殺し、馬を奪って逃げたのよ」

その役人は申しました。

その時、羊飼いと話をしていた背後のふたりから、わたくしと話をしていた役人に声がかかりました。

「わかりましたぞ。今朝、覚えのない馬が一頭、この草原に乗り捨てられていたそうです――」

馬上の役人が、後方を振り返りました。振り返った役人に、さらに声がかかりました。

「この馬です。間違いありません」

叫んだのは、もうひとりの役人でした。

「おお、まさしく――」

馬上の役人は、そう言って馬の腹を蹴《け》り、たちまちふたりの役人の方へ走ってゆきました。

我々は、役人と羊飼いのいる方へもどりかけました。

しかし、我々がそこへもどりつく前に、

「よし」

ひとりの役人が、小さく言うのが聴こえ、その役人は、馬の首を返して、もときた道をもどり始めました。

我々が、そこへもどった時には、ふたりの役人はすでに馬を降り、馬にくりつけてあった荷をほどいていました。

それを、羊飼いが、何がおこったのかまだわからぬといった顔つきで眺めています。

「急げ」

「うむ」

ふたりの役人は、荷を下ろしながら、声をかけあっています。

どうやら、追ってきた相手が、昨夜のうちにここまで馬でたどりつき、馬を残してさらにここから谷の奥へと入り込んだのがわかったというところなのでしょう。

ひとりが、下に知らせに走り、残ったふたりが、ここから歩いて相手を追うつもりなのでしょう。

「昨夜であれば、まだ追いつくことはできよう」

ひとりの役人が言いました。

「どうしたのですか」

わたくしは訊きました。

「おまえたちには関係のないことだ」

役人はぶっきらぼうに言って、下ろした荷を、麻縄で、背に負いました。

もうひとりの役人も、すでに、同じような身仕度を整えています。

「おまえたちも、これから、この谷の奥へ入ろうというのなら、気をつけることだな――」

「人を殺すのが好きな奴が、この谷に入っているのだからな――」

我々を見、そう言ってから、ふたりは背を向けて歩き出しました。

遠ざかってゆくふたりの背を見つめながら、

「何やら、おもしろいことになってきたようだな」

アーモンさまがつぶやかれました。

「アーモンさま、我々はこれで引き返しましょう」

わたくしは、意を決して、アーモンさまに申し上げました。

「やっとおもしろくなってきたところではないか。これからというところで引き返せるものか――」

アーモンさまは言いました。

「ゆこうか」

アーモンさまは、わたくしを眺めてから、ふたりの役人を追うように、歩き出したのでございました。

しかたなく、わたくしもアーモンさまに続きました。

そこからの道は、これまでに通った道なぞ問題にならぬほど、おそろしい道でございました。

道――と呼べるようなものではないのですが――の幅が、足よりも狭い場所があるのはまだ良い方で、場所によっては、斜めの岩盤がむき出しになっているというところもあるのです。その岩盤の斜面がゆるければよいのですが、ほとんど崖と呼んでも良いほど急になっている場所がほとんどでございました。

足のはるか下方では、白く泡立った水が、ごうごうと音をたてて流れているのが見えるのでございます。

その水に呑み込まれたら、たちまちもみくちゃにされて死んでしまうに違いありません。

また、ある場所では、右手の崖が崩れて、ほとんど転がる岩の間を縫うようにして歩かねばならない所もあり、岩によっては、手が触れただけで、たちまち下方に転がり落ちていってしまうようなものもございました。

しかも、そこを通り抜ける間に、横手から、何度か岩が落ちてきたりもしました。

ほとんど生きた心地がいたしません。

しかし、アーモンさまは、まったくどういうお方であらせられるのでしょうか。急な崖の道も、ほとんど平地を歩くような足取りで、無造作に前に進んでゆかれるのでございます。

一度などは、右手の崖から転がり出してきた岩を、逃げずにそこでお受けとめなさったりいたしました。

その時などは、わたくしは、ぼっちゃまとひと言叫んだまま、立ちくらみをおこして気を失ってしまうところでございましたよ。

また、ある時は、横手から、小さな沢がプラジャマティー川に流れ込んでおり、そういう沢を、身体を濡らして渡らねばなりませんでした。

前を歩くふたりの役人の背が、それでも時おり向こうに見えていたのは、最初の一日だけでございました。

二日目からは、もう、見えなくなっていました。

よほど、先を急いでいるのでしょう。

何しろ、わたくしが、もう、よる歳なみでございますから、とても、今を盛りの男の足にはついてゆけるものではありません。

アーモンさまは、ご不満も言わずに、足の遅いわたくしに合わせてくださいました。

そして、羊飼いと別れてから四日目——プラジャマティー谷に入ってから五日目に、雨が降り出したのでございました。

2

最初に申しましたように、本当に、それは突然の雨でございました。

それまでは、雨と申しましても、夕刻のほんの一時、地をわずかにうるおすほどのものが降るくらいだったのですが、五日目の昼過ぎに降り出した雨は、まるで、天の底が抜けたかと思えるほどのものでございました。

朝方から、雲が出始めて、それでも歩き出した時には青空が見えていたのですが、昼になるまでには、谷の上の空は、びっしりと、厚い雲に覆われていたのでございます。

すぐにも雨が降ると思われたのですが、なかなか雨にはならず、空の雲は、さらに厚くなってゆくばかりでございました。

黒い、重い雲でございました。

崖の上から、頭上にかぶさっている樹々の梢《こずえ》が、

ざわざわ

ざわざわ

もののけが揺らしてでもいるように音をたてるようになりました。

そうして、昼を過ぎた頃、ふいに、ひときわ大きな風が、谷の奥から吹き寄せてきたのでございます。

ざわっ

と、大きく、樹々の梢が身を揺すりあげました。

はっきりと、肌に温かみを感ずるほどの、生温《なまあたた》かい風でございました。

そして、ふいに、ぱらぱらと、大粒の雨が地に音をたてたのでございます。

「雨でございますぞ」

わたくしが、アーモンさまにそう言い終えるか終えぬかのうちに、ぱらぱらと降り出した雨が、たちまち強い豪雨となって、地を激しく叩き始めたのでございます。

雨滴というよりは、水の塊りのような雨でございました。

これまで、天に溜めに溜めてきた水が、ついに、天から溢《あふ》れ出てきたというような量の雨でした。

地面にぶつかってはじける雨のしぶきで、前方の視界が利かなくなるほどでございました。

樹の陰に入っても、とっくに、葉は雨滴を支えきれなくなって、雨を、さらに大きな粒にして落としてきます。

体温が、急速に、身体から奪われてゆくのがわかります。

わたくしとアーモンさまとは、ずぶ濡れで、ようやく見つけた崖の窪《くぼ》みに身体を隠しました。

しかし、雨は、いっこうにやむ気配がございません。

「あれをごらん下さい」

わたくしは、ようやくそれに気づいて、それを指差しました。

谷の底を流れる、プラジャマティー川の水の量が、知らぬ間に倍以上になっていたのでございます。

しかも、見ているうちにも、ぐんぐんと水量が増してゆくのがわかるのでございます。

「凄いものだな」

アーモンさまが、感心したような声でつぶやかれました。

灰色であった水が、今は、土色の濁流となって、谷の底を満たし、下流に向かって疾《はし》ってゆくのでございます。

「これは、たまりませぬな」

わたくしは言いました。

「下の村で耳にした話では、そろそろ、岩小屋があるのではなかったか――」

アーモンさまが、思い出したように、そのことを口にしました。

わたくしも、思い出しておりました。

この谷へ入る前に、下の村で、谷の様子を訊いたところ、確かに、五日も歩けば岩小屋があると言っていた者がおりました。

最初の一日は馬でございましたが、何度も馬から降りて手綱を引いて歩いたため、ほとんど歩く速度とかわってはおりません。

ですから、村の人間が話していた岩小屋は、そう遠くない場所にあるはずでございます。しかも、この四日間は、先に出た役人につられて急いだため、案外、思わぬほど近くにその小屋はあるのかもしれません。

村の人間の話では、その岩小屋の所で、対岸に渡り、そこからこんどは、上流に向かって、川の左岸を登ってゆくようになるのだということでございました。

このままゆくと、右岸の道が、巨大な岩壁で塞《ふさ》がれている場所に出るというのです。その岩壁の下に、岩壁が大きくえぐれた場所があり、そこが天然の岩小屋になっているというのでございます。

「ゆくか」

と、アーモンさまがおっしゃいました。

このまま、岩の陰に隠れていても雨でずぶ濡れになり、歩くにしても、やはり雨に濡れることにはかわりはありません。

わたくしたちは、歩き出しました。

ずいぶんと、濡れてきわどい岩場を通り、おそろしく水嵩《みずかさ》の増した支流にぶつかりました。

ごつん
ごつん
と、その支流の水の中から音がしています。

勢いのついた水に流された岩と岩が、水中でぶつかり合っているのです。

その支流は、すぐ左側にある崖から、滝となって、プラジャマティー川に落ち込んでいます。

とても、渡れるものではございませんでした。

先に行った役人たちは、まだ、これほどに水嵩が増えぬうちに、この支流を渡ったのでございましょう。

渡ろうとして、一瞬でも足をとられたら、たちまち流されて、本流のプラジャマティー川に運ばれて行ってしまいます。

さすがに、アーモンさまも、雨に打たれたまま、そこで腕組みをいたしました。

と――

見ているうちに、急に、その支流の水の量が減り始めたではありませんか。

「おお」

雨が、少しも弱くなったとは見えぬのに、その支流の水が、どんどん減ってゆくのでございます。

「アーモンさま、いったい、どのような呪《しゅ》をお使いになったのでございますか」

わたくしは、思わずアーモンさまに問うていたのでございます。

「天が、我らを助けようとしているのさ――」

アーモンさまは、そうおっしゃって、ざぶりと、水量の減った水の中へ足を踏み入れました。

「ぼっちゃま！」

わたくしは、思わず叫んでおりました。

「心配するな。ヴァシタよ、渡るのなら、今しか機会はないぞ。おまえも急げ――」

アーモンさまの言葉に、わけもわからず、わたくしも水の中に足を踏み入れておりました。

その支流を渡り終え、わたくしとアーモンさまは、豪雨の中で、その支流を振り返りました。

「これは、いったいどういうことなのでしょう」

わたくしが、つぶやきますと、

「天が助けたと言ったろう」

と、アーモンさまは、さきほどと同じ言葉を口にいたしました。

「この支流の上流で、大きな崖崩れでもあったのだろうよ」

アーモンさまは、そうおっしゃいました。

「なるほど」

アーモンさまに言われて、わたくしにもようやく、事態が呑み込めました。

それを説明するには、我々のいる谷のことを、もう少しきちんと説明せねばならないでしょう。

我々のいるプラジャマティー谷は、大きな谷でございまして、その谷の底に、プラジャマティー川が流れているのでございますが、このプラジャマティー谷の左右には、無数の小さな谷があって、その小さな谷から、小さな支流が、やはり無数にプラジャマティー川に水をそそいでいるのでございます。

我々が今、渡ったのは、そういう支流のひとつであったのでございます。

その支流もまた、プラジャマティー川のように、左右を岩壁にはさまれた小さな谷になっており、この豪雨によって、その谷の岩壁のどこかが崩れたのでございましょう。その崩れた土砂が、谷を埋めて、支流の水をそこで堰止《せきと》めたに違いありません。それで、支流の水が急に少なくなったのです。

しかし、堰止められた水は、どんどん増え続けて、やがて、堰《せき》となった土砂を越えてあふれ出すでしょう。そうなれば、土砂の堰はたちまちに崩れ、前にも増した水と土砂とが、大量に谷から押し出されて、プラジャマティー川に注ぐことでしょう。

だから、そうなる前に、早く支流を渡ろうと、アーモンさまはおっしゃったのでございます。

まことに、アーモンぼっちゃまは、頭の良い方でございますことよ。

「さあ、早いところ、この支流から離れた方がよいぞ」

　アーモンさまが、そう言い終えぬうちに、支流の上の谷の方角から、低い、底にこもったどろどろという音が聴こえてまいりました。

「いかん」

　アーモンさまとわたくしは、飛ぶようにして、その支流から離れ、後方を振り返りました。

　振り返ったその時、まっ黒な、泥流《でいりゅう》が、轟音《ごうおん》と共に、その谷から勢いよく吐き出されてまいりました。

　凄まじい音でございました。

　夥《おびただ》しい量の土砂と水が、プラジャマティー川に注ぎ込む光景は、言葉を忘れるほどおそろしいものでございました。

　もし、支流を渡っている間に、あれに巻き込まれたら、岩と砂とに水中でもまれて、骨や肉片すらも残らぬに違いありません。

「うーん」

　と、わたくしは、思わず声をあげておりました。

「さて、ゆこうか、ヴァシタ――」

　アーモンさまがおっしゃいました。

再び歩き出した我々は、いくらも歩かぬうちに、行く手に、とんでもないものを発見したのでございます。

それは、四日前に別れた、あの役人の屍体でございました。

先頭を歩いていたアーモンさまが、最初にその屍体に気がつき、足を止めたのでございます。

「見よ、ヴァシタ」

立ち止まったアーモンさまは、下方を指差しました。

下方——つまりプラジャマティー川の方でございます。

見ると、プラジャマティー川に向かって下っている崖の途中に、ふたつの人間の屍体らしきものが、ひっかかっていたのでございます。

見覚えのある人間——ああ、ふたりの役人たちでございました。

「よし」

言うなり、アーモンさまは、雨の中を、その役人たちに向かって、崖を下り始めたのでございました。

まったく、無茶をする方でございます。

まず、最初のひとりに、アーモンさまは近づいて、その役人の上に屈《かが》み込みました。

「ぼっちゃま！」

わたくしが叫ぶと、下から、アーモンさまがわたくしを見上げました。

「もう、死んでいる」

アーモンさまは、首を振り、

「刃物で心臓をひと突きだ」

そう言って、もうひとりの男の方に近づきました。

その男の頭の下から、雨に濡れた石の上に、赤いものが流れ出していました。

血でございます。

血を恐れもせずに、アーモンさまは、その男の上に、やはり屈み込みました。

すぐに、アーモンさまは、わたくしを見上げました。

「おい、まだ生きているぞ」

わたくしを見上げて、アーモンさまは、はっきりと、そう言ったのでございました。

3

荷とは別に、その、まだ息のある役人を背負って、アーモンさまは、雨の中を歩き出したのでございます。

その役人は、肩に刀傷を負っておりました。

他にも、頭部に傷があり、そこからも血が流れ出ておりましたが、それは、刀傷ではなく、下へ落ちた時に、岩にぶつけてできた傷のようでございました。

おそらく、何者かと闘っているうちに傷を負い、崖から下に落ちて、頭を打ったものと思われます。

役人を背負ったアーモンさまの服に、その役人の身体から流れ出した血が、たちまち染みを広げてゆきます。

雨で、服が濡れておりますので、血が滲《にじ》みやすくなっているのでございます。

役人は、気を失っており、口が利けません。

傷そのものは、深いものではないのですが、血が、だいぶ流れ出ておりますので、役人はもう助からぬかもしれません。頭を強く打っていることもあり、わたくしの見たてでは、今すぐ、最良の手当てをしたとしても、二〜三日の生命というところのようでございました。

しかし、今は、場合が場合でございます。充分な手当てのできるわけもなく、しかも、雨に身体を濡らしておりますので、一日、その生命がもつかどうかというところでございましょう。

　ですから、何があったのか、わたくしにもアーモンさまにもわからないままでございます。追っていた相手にこのあたりで追いつき、争いになってこういう結果になったのか――

　それともなければ、待ち伏せされたのでございましょうか。

　役人ふたりを、倒した相手が、はたして役人が追っていた相手であるのかどうかも、はっきりとはわかりません。

　それにしても、役人をこのような目に遭わせた相手は、どこにいるのでしょう。

　闘いの最中に、ふたりの役人のうちのどちらかと揉《も》み合いになり、その相手は川まで転がり落ちて、そのまま水に流されてしまったという可能性もございます。

　ひとつだけ言えるのは、もし、ふたりの役人をこのような目に遭わせたものが生きているとするなら、その誰かは、この谷の奥にいるということでございます。

　そして、わたくしとアーモンさまは、その谷の奥に向かっているのでございました。

　今は、ほとんど視界が利かなくなっておりました。

　強い雨のため、幕が張られたようになって、対岸もすでに見えません。

　やがて、行手に、ぼうと巨大な黒い影が見えてまいりました。

そのあたりだけ、崖が右側へ遠のいて、平らな地面があるのでございます。

歩いてゆくうちに、前方に立ち塞がったものが何であるのか、わかってまいりました。

それは、垂直の、巨大な岩の壁でございました。

いったん、右側に遠のいた岩壁が、前方を塞ぐかたちに、川岸までまわり込んできているのでございます。

その岩壁の下方に、なつかしい色が見えておりました。

炎の赤い色でございます。

「アーモンさま、あそこでございますぞ」

わたくしとアーモンさまの足が速くなりました。

その炎に向かって、道は、登りになっておりました。

巨大な岩壁が、長い歳月をかけて崩れ、その崩れてきた岩や土が、壁の下に堆積《たいせき》しているからでございました。

たどりついてみますと、それは、家半軒ほどの広さのある、浅い洞窟《どうくつ》のようなものでございました。

岩壁が、その一番下のところで、大きく内側にえぐれているのでございます。

横に広く、奥に浅い洞窟といえば、わかりやすいかもしれません。

洞窟の入口の半分近くを塞ぐように、石が積みあげられておりました。

洞窟の入口あたりは、岩の天井が、アーモンさまでも立って入れるほど高いのですが、だんだんと、奥へゆくにしたがって、その天井も低くなっております。

その洞窟の中央に、火が燃えておりました。

その炎を囲んでいたのは、驚いたことに、ひとりやふたりの人間ではございませんでした。

全部で、四人の人間が、その炎を囲んで、その岩小屋の中に座していたのでございます。

男が三人と、女がひとりでございました。

わたくしたちが、その岩小屋の中へ入ってゆくと、四人の人間の眼が、一斉に我々に注がれました。

「すまないが、怪我をした人間がひとりいるんだ。火のそばをあけてもらえるかい」

アーモンさまがおっしゃいました。

その時、わたくしは、その四人の人間の表情にどのような変化があるか、それを見てやろうと、注意深く四人の人間たちを見ていました。

おそらく、この役人を傷つけた相手が、この四人の中にいるはずだからでございます。

一番奥に座っていたのは、ぼろの服を身にまとった、三十半ばぐらいの男でございました。腰に、大ぶりの山刀を差し、あぐらをかいた腰の横に、弓を置いていました。

見たところは、猟師といった風体の男でございました。

その男は、黙したまま顔をあげ、油断のない視線を我々に向けただけでございました。

むかって、その男の右隣りに座っていたのは、やはり、似たような風体の男で、年齢もあまり隣りの男とかわらぬように見えました。どうやら、このふたりは、仲間のようでございました。

隣りの男と違っていたのは、この男は、自分の横に、弓ではなく、山羊を置いていたことでございます。

置くというよりは、四肢を縛った山羊を、傍に転がしているといった方が正しいでしょう。

黒と白の毛を生やした、山羊で、まだその山羊は生きているのでございます。

その男は、どこか怯えたような眼で我々を見ましたが、やはり無言でございました。

その男の横に、半分、こちらに背を向けるようなかたちで、三人目の男が座しておりました。

やはり、背に近い腰のあたりに、大ぶりの山刀を差していましたが、弓は持ってはいず、猟師とは見えませんでした。

歳のころなら、二十代の半ばぐらいでございましょうか。

「怪我人かい？」

その男は、我々を見、腰をずらせて、火のそばをあけてくれました。

その男の横に、やはり、我々に半分背を向けるかたちに座っていたのが、やはり二十代の初めくらいと見える女でございました。

平民《ヴァイシャ》でも、かなり低い階級《ジャーティ》の女のようでございました。粗末な布を、身体に巻きつけているだけで、何か、持ちものがあるようには見えませんでした。

女は、無言で我々を見、腰の位置をずらせて、火のそばをあけてくれました。

女が寄ったのは、弓を傍に置いた猟師の男の方で、その女と、若い男との間が大きくあいて、我々が運んできた男を横たえる場所ができたのでございました。

はたして、この四人の中の誰が、役人のひとりを殺し、ひとりを傷つけたのか、表情をうかがっていただけでは、わかりませんでした。

アーモンさまは、役人を火のそばに横たえ、

「ヴァシタ、手当てを頼む――」

そう言って、御自分は荷を下ろし、着ていた服を脱いで、水をしぼり落としました。

わたくしは、すでに荷を下ろしておりましたので、役人の上半身を起こして、着ていた

ものを脱がせました。

肩口に、ぱっくりと、刃物傷が口を開いており、そこに、桃色の肉が見え、そこからはなお、新しい血が流れ出ておりました。

頭の方の傷は、今は血が止まっているようでございました。

「どうしたんだ?」

猟師の風体の、弓を傍に置いている男が言いました。

「ここへ来る途中で、見つけたのだ」

そう言って、アーモンさまは、まだ濡れている、しぼったばかりの服を身につけて、火のそばへやってまいりました。

「コーサラの役人のようだが」

猟師風の男が言いました。

「そのようだな」

アーモンさまは、わたくしが横たえた役人の前に屈み込みながら言いました。

「役人が、どうして、こんなところへやってきたのだ?」

「さて、何故でございますかなあ。我らが通りかかったら、この者と、もうひとりが、崖下の川原に倒れていたのでございます。——」

わたくしは、嘘《うそ》を申しました。

もし、四人の中に、役人を襲った人間がいるなら、真実を告げるのは危険であったからでございます。役人が、誰かを追ってこの谷に入ってきたことを我々が知っているとわかれば、役人を襲った人間は、我々を殺そうとしないとも限りません。

「もうひとりは？」

「死んでいたよ。この男だけが生きていたので、担いできたのだ」

アーモンさまは、上半身を裸にされ、そこに横たえられた役人を見下ろしました。

「助かるか？」

アーモンさまが、わたくしに訊きました。

「わかりません。できるだけのことはしてみるつもりでございますが——」

わたくしは、荷の中から、傷によく効く薬草を取り出しました。

それを湯で練って、傷口にあてれば、そこから、悪い気が体内に入らず、膿《う》まずに傷口がふさがるのです。

ちょうど、湯の入った鍋《なべ》が火の上に乗せられていて、そこで湯気をあげておりました。

わたくしは、木の椀《わん》にその湯をすくい、とっておきの、薬草を粉にしたものをその中に入れ、練り始めました。

わたくしの手元に、皆の視線が集まっております。

役人は、細い呼吸を繰り返しているばかりで、発熱もしているようでございました。

わたくしが、傷の手当てをしている間に、四人が、色々と声をかけてきて、それで、ようやく四人の名がわかりました。

弓を持った男が、ヴァラーハ。

その連れの男が、カマナ。

若い男が、薬草採りのマニバドラ。

女が、ヴァージャ。

わたくしとアーモンさまも、名を名告《なの》りました。

名は、本物の名なのですが、身分は、四日前にこの役人に語ったように、沙門になりたてのふたり、ということで、彼等には話をいたしました。

互いの名がわかると、皆も、いつかうちとけた雰囲気になってまいりました。

わたくしが、ひととおり、役人の手当てを終える頃には、会話の中に、軽い笑い声さえ混じるようになりました。

「ところで、その役人たちを襲ったのは、いったい誰なんだろうな――」

ふいに、弓を持った男――ヴァラーハが訊いてまいりました。

言った途端に、自分の言葉の意味に、ヴァラーハは気づいたようでございました。口をつぐみ、岩小屋の中にいる人間たちを、あらためて眺めまわしました。

「この中の誰かが、役人を襲ったやつかもしれないってことだな」

そう言ったのは、自分のことを薬草採りだと言った、マニバドラでございました。

気まずい沈黙が、岩小屋の内部に流れました。

「まさか、それがおれだというんじゃないだろうな」

ヴァラーハは言いました。

「そうは言っていないが、あんたじゃないとも言ってないぜ」

マニバドラが、言いました。

「冗談じゃない。おれとカマナは、一番最初にここへやってきたんだ。それも上から降りてやってきたのだ。その時には、もう、雨は降り出していて、やっとのことで、水の増え始めたプラジャマティー川を、ここで渡って、濡れた身体をここで乾かしていたのさ。そこへやってきたのが、そこの女で、次にやってきたのが、おまえだぞ――」

「たとえばの話だけどね。あんたたちが上から降りてきたのだとしても、それは自分で言っているだけだろう。誰もそれは見ちゃいない。降りてきたのではなく、登ってくる途中で、役人を襲い、川原へふたりを投げ落としておいて、ここまでやってきたことも考えられるじゃないか」

「なんだと――」

「だから、最初に、たとえばの話だとことわったじゃないか」

「そういうことを言う、おまえこそ、この役人を殺そうとしたのじゃないのか。おれたちが、下へゆくつもりだと言うと、支流の水が増えて無理だと言って下へ向かわせなかったではないか。役人の死体を見つけられるのがいやだったんじゃねえのかい。それにだ、おれたちが役人を殺したというのなら、なんで、女やあんたが死体を見つけなかったのだ?」

「そういつも、川原を見下ろして歩いているわけじゃない。女も、おれも、死体を見つけずに、そこを通り過ぎていた可能性は十分にある。もっとも、そこの女がやったという可能性だって、ないわけじゃないだろう?」

マニバドラが言うと、

「なにを言うのですか」

それまで黙っていた女――ヴァージャが、顔をあげて、マニバドラを見ました。

「なにも、おれは、あんたがやったと決めつけているわけじゃない。可能性について言っているんだ」

「可能性というなら、その役人をここまで運んできた、そこのふたりだって、そうかもしれねえ」

弓を持った猟師のヴァラーハが、とんでもないことを言い出しました。

「そうだな。自分たちで、役人を襲っておいて、何かの事情でその片われの役人を、ここまで運んできたのかもしれない」

「そうだな」

低い声で、そうお答えになったのは、アーモンさまでございました。

「疑う気なら、ここにいる全員を疑うことができる。しかし、そこの役人の意識が、少しでももどれば、すぐに本当のことはわかるだろうよ」

アーモンさまがそう言うと、

「ちげえねえ」

ヴァラーハが、うなずきました。

「どうなんだ。その男の意識はもどるのか？」

マニバドラがわたくしに訊いてまいりました。

「生命の方はともかく、いずれ、今夜にでも意識はもどるかもしれませぬな」

わたくしは正直に申しました。

血が流れ過ぎており、たとえ、一時《いっとき》意識はもどっても、生命が助かるかどうかは、まだ何とも言えない状態にあったのでございます。

4

ぽつりぽつりと話をしているうちに、夜になり、四人の人間たちのことが、色々わかってまいりました。

ふたりの猟師は、どうやら、そこへ転がしている野生の山羊を、この山の上で捕え、それを下へ持って帰る途中のようでございました。

ちょうど、この岩小屋の前のプラジャマティー川が、なんとか泳いで渡れるくらいの淵《ふち》になっており、雨で水が増え始めている時に、淵を泳いでこちらに渡ってきたというのです。

しかし、今は、その淵さえも、すごい流れとなって、ごうごうと水が逆巻いて流れているばかりでございます。

マニバドラは、どうやら、このあたりの山の上に自生している雪蓮《せつれん》という薬草採りの専門の人間のようでございました。

雪蓮であれば、わたくしもよく知っております。口から尻まで、食の通路についてのほとんどの病によく効く、貴重な薬草でございます。

高山にしか生えず、しかも、どこにでも生えているものではありません。しかし、いったん、その雪蓮が生えている場所を見つければ、たちまちにして無数の雪蓮を手に入れることができるのです。というのも、この雪蓮というのは、群れて生えることが多いからでございます。

一番よくわからないのが、女——ヴァージャでございました。

そもそも、女ひとりが、どうしてこのような谷にやってきたのか、ヴァージャは、そのことについては、何ひとつ、語ろうとはいたしませんでした。

夜が深くなっても、雨は、少しも小降りにはなりません。

そして、空気も冷え込んでまいりました。

焚火《たきび》に、時おり木の小枝を足して、火を絶やさぬようにはしているのですが、この岩小屋にたくわえられていた焚き木は、たくさんあるわけではなく、無駄には焚き木を使えません。

雨は、いよいよ降り続き、闇のむこうで、ごうごうと、プラジャマティー川の水音が、絶え間なく聴こえているのでございます。

谷中のもののけが、ひしひしとここに寄り集まって咆《ほ》えているようでございました。

岩の、斜めになった天井に、赫《あか》あかと炎の色が揺れて、まるで、我々は、山の胃袋の中に飲み込まれているような気がいたしました。

時おり、わたくしは、役人の身体に手で触れるのですが、発熱して、その身体は、かっと燃えているようでございました。

それぞれに、用意していた食料を口にして、我々は誰からともなく、その場所に横になって、ひとりずつ眠りに落ちてゆきました。

こういう場所だと申しますのに、

「では寝るか――」

アーモンさまは、そうおつぶやきになり、横になったとたんに、たちまち安らかな寝息をたてて、眠ってしまわれました。

いつしか、わたくしも眠っていたのでございますが、何の加減でか、ふと、わたくしは眼を覚ましておりました。

何故、眼を覚ましたのか？

すぐに、わたくしは、その理由がわかりました。

雨の音と、川の音に混じって、それらの音ではない、別の音が聴こえていたからでございます。

いえ、音というよりは、それは声のようでございました。

不気味な獣のひしる声でございました。

ゆお〜〜〜〜〜〜

と、その声が、細く、ゆるやかに、あるいは強く、闇の中から聴こえてくるのでございます。

おる〜〜〜〜〜〜〜〜〜〜〜〜〜

おる〜〜〜〜〜〜〜〜〜〜〜〜

と、最初のその声に、いくつかの獣の声が、時おり闇の中で重なってゆきます。

これまで、わたくしが耳にしたどのような獣のひしる声とも違っております。

不気味なばかりではなく、それは、哀切で、しかも美しい声でございました。

「何だ、あの声は——」

闇の中に、声がありました。

薬草採りのマニバドラの声でございました。

気がつけば、アーモンさまを始め、皆、その獣の声に気づいて、闇の中で顔をあげ、そのひしりあげる声に耳を傾けているのでございました。

しばらく続いて、ふっ、とその声はとぎれました。

あとは、ただ、雨と川の音が届いてくるばかりでございます。

ふと気づくと、かちかちと、小さな音が岩小屋の内部に響いております。

わたくしは、その音のする方へ視線を向けました。

すると、そこに、燠火《おきび》の灯りに赤く照らされた、ヴァラーハの連れのカマナの顔がありました。

そのカマナの顔は、恐怖でひきつっておりました。

カマナが、恐怖のため、身体を震わせ、歯をかちかちと触れ合わせているのでございます。

わたくしが声をかけようとしますと、

「奴らだ……」

低く、カマナがつぶやきました。

「奴らが追ってきたのだ」

その声までもが、恐怖のあまり震えておりました。

「だいじょうぶだ。奴らだって、この川を渡って追ってはこれまい」

カマナに向かって、ヴァラーハが言いました。

「何だ、奴らってのは？」

薬草採りの、マニバドラが問いましたが、ヴァラーハもカマナも答えませんでした。

「おい」

と、その時、闇の中に、アーモンさまの落ち着いた声が響きました。

「死んでるぞ、この男――」

アーモンさまは、闇の中で手を伸ばし、傍で横になっている役人の額に触れていました。

わたくしも、その役人の身体に手を伸ばして、頬に触れました。

その頬は、石の温度をしておりました。

役人は、闇の中で死んでいたのでございます。

その時、誰かが、熾火に小枝をくべたらしく、闇の中に炎があがりました。

その炎の灯りで、はっきりと、わたくしは見ておりました。

「これは――」

わたくしは、思わず、声をあげておりました。

役人の喉に、黒々と、痣《あざ》になって、手の指の跡が残っていたのでございます。

眠っている間に、誰かが起き出して、この役人の首を絞めたのでございます。

やはり、四人の中に、役人を襲った人間がいたのでございます。

5

さて、その強い雨は、翌日も降り続いたのでございました。

その翌日も、勢いこそ衰えたものの、さらに雨は降り続いたのでございます。

柔らかな、細い雨が、その日一日中降り続いて、さらに、その翌日も、雨でございました。

一日、雨は降り続き、そのまま、この岩小屋で四度目の夕刻を、我々はむかえたのでございました。

あの役人の死体は、夜明けと共に川に流しました。

岩小屋に閉じこめられている間に、誰があの役人の首を絞めて殺したのかということが、何度か話題になりましたが、結局、誰がやったのかはわからないままでございました。

あの岩小屋にいた誰もが、あの役人の首を絞めることはできたのです。あれだけ弱っている相手であれば、女であっても、首を絞めて殺すことは可能であったでしょう。まさか、アーモンさまがそのようなことはいたしませんし、もちろんわたくしがやったわけでもありません。

四人のうちの誰かが——もしくは何人かがやったことには間違いがないはずでございます。

しかし、誰がやったのか。

それだけがわからないのでございます。

雨が弱くなったとはいえ、まだ、川の水の量は減る気配を見せません。

日に一度、猟師のひとりが、下まで降りていって支流の様子を見てくるのですが、まだ、とてもその支流でさえ渡れぬ状態が続いておりました。

山羊は、今は、四肢の縄を解かれてはいますが、逃げられぬように、しっかりと首に縄を巻かれて、一方の縄の端を、大きな岩に縛られております。

ヴァラーハかカマナが、時おり外に出ては、近くから山羊に喰えそうな草を、山刀で刈ってきては、山羊に与えていますが、山羊は、日に日に痩せ衰えてゆくようでございました。

火にくべる枯枝は、二日目には失くなり、何人かで近くの樹から枝を切ってきたり、木を拾ってきたりしては、なんとか薪を絶やさぬようにしていました。

雨で濡れた木も、一日、焚火の近くに置いておけば、ほどよく乾くのですが、生木《なまき》も混じるようになり、焚火の煙が多くなっております。

そして、困ったことには、我々の食料は、そろそろ尽きようとしていたのでございます。

こういう状態でなければ、獣を捕えるか、山に入って食べられる草の根を掘ることも、木の実を捜すこともできるのですが、我々の動ける範囲は限られていて、そうそうは、たくさんの食料を手に入れられない状況にあったのです。

せめて、これほど水が増えてなければ、なんとか、川から魚をとることも考えられるのですが、川から魚がとれるような状態であるのなら、わざわざ魚をとらなくともよいわけでございます。

そして、夜になればなったで、毎晩、あの獣のいんいんとしたひしる声が、川の対岸からこちらに届いてくるのでございます。

その夕刻――

「いよいよ喰い物がなくなってきたな」

薬草採りのマニバドラが、誰にともなく、つぶやきました。

そのマニバドラの眼が、岩小屋の奥の山羊に向けられていました。

「しかし、なくなっても、そこの山羊を喰えば、おれたちみんなが、まだしばらくは生きてゆけるだろうさ」

そのマニバドラの言葉が終らないうちに、

「駄目だ。この山羊は、喰わせるわけにはいかねえ――」

ヴァラーハが言いました。

「しかし、喰い物がなくなったんじゃ、しょうがないだろう」

「駄目だな」

「何故だ」

「何故でもだよ」

「この山羊を潰《つぶ》せば、肉だけじゃない。内臓も、脳味噌も、眼だまも、あらゆるところが喰えるんだ――」

マニバドラが言いました。

その時、マニバドラは――いえ、その岩小屋にいた全員がそのことに気がつきました。

そのことというのは、山羊のことでございます。

山羊が怯えたように低く鳴いて、首をつないだ縄が、縄を結んだ岩からいっぱいに伸びきる場所まで、岩小屋の奥に逃げこんだのでございます。その身体が小刻みに震えておりました。

まるで、マニバドラの言った言葉を、山羊が理解したかのようでございました。

そう思った時、わたくしの頭に閃《ひらめ》くものがございました。

それを、わたくしのかわりに、マニバドラが口にしていました。

「まさか、その山羊は月の種族《チャンドラ・ヴァンシャ》じゃないんだろうな」

岩小屋の中が、一瞬、静まりかえりました。

誰もが、マニバドラの言った意味がわかったのでございます。

月の種族《チャンドラ・ヴァンシャ》――

それは、月神ソーマと、神々の指導者であるブリハスパティの妻ターラーとの間に生まれた、不倫の子の血をひくものたちのことでございます。

ある時、月神ソーマは、御自分の栄光と強大な支配権に酔いしれたあまり、ブリハスパティの妻ターラーを、自分のものにするため、誘拐してしまったのでございます。

ソーマ神の祖父であるブラフマー神が、ターラーを返すようにソーマ神に頼んだが聴き入れられず、ついに、ブリハスパティ神とソーマ神との間で戦争が始まってしまったのでございました。

インドラを始めとする神々は、ブリハスパティの味方をし、魔神族《ダイティヤ》たちは、ソーマ神の味方をしたのでございます。

激しい闘いが行なわれ、たまりかねたターラーが、ブラフマー神に助けを求め、再びブラフマー神がブリハスパティ神とソーマ神との間に入って、争いをやめさせました。

ブラフマー神は、ソーマ神に命じて、ターラーをブリハスパティの元に帰させたのですが、その時すでに、ターラーは、そのお腹に子を宿していたのでございます。

やがて生まれたのは、神々の目もくらますほどの、光輝く美しい男の子でございました。

ブリハスパティ神もソーマ神も、この男の子は自分の子であると、互いに主張しあいましたが、母親のターラーは、男の子の父が、ブリハスパティ神であるのか、ソーマ神であるのか、恥ずかしがって言いません。

また、ブラフマー神が間に入って、どちらの神が父親であるのか正直に言うように、ターラーに命じました。

そして、ようやく、ターラーは、男の子の父親がソーマ神であることを告げたのでございました。

この、月神であるソーマ神から生まれた種族が、月の種族《チャンドラ・ヴァンシャ》と呼ばれているのでございます。

これが、聖典『ヴィシュヌ・プラーナ』に記された、月の種族《チャンドラ・ヴァンシャ》の物語でございます。

しかし、それは、あくまでも、神について記された無数の神話のうちのひとつでございます。

ほんとうに、ソーマ神の血をひく月の種族《チャンドラ・ヴァンシャ》がいるのでしょうか――

ともあれ、マニバドラの言葉がはっきりわかったように、山羊は、びくんとその身体を震わせました。

「そうだ」

うなずいたのは、ヴァラーハでございました。

「これは、おれとカマナが、苦労して捕えた月の種族《チャンドラ・ヴァンシャ》なのだ。人の言葉が、この山羊はわかるのだ。この山羊は、獣でありながら、獣ではないのだ。喰わせるわけにはゆかん――」

「しかし、腹が減れば、そんなことは言っていられなくなるだろうさ」

マニバドラが言った時、ふいに、闇の奥からすべり出てくるように、あの、美しい旋律が、夜の天に向かってひしりあげたのでございます。

るう〰〰〰〰〰〰〰〰〰〰〰〰〰〰〰〰〰〰〰〰

おろ〰〰

外に眼をやれば、外は、すっかり夜になって、しかも、濡れた岩の上に、青い光がきらきらとこぼれています。

岩小屋から外へ顔を出してみますと、いつのまにか雨はやんで、濡れたように澄んだ夜の天に、青い月がかかっていたのでございます。

その月の天に向かって、獣の声が、ひしりあげます。

おろ〰〰

いる〰〰

それは、無理に引き離された仲間へ向かって呼びあげる、哀切な旋律でございました。

「そうか、それで、あの獣の声の意味がわかったぜ。月の種族《チャンドラ・ヴァンシャ》が、連れ去られた仲間を追って、川の対岸まで来ているんだ――」

マニバドラが言いました。

アーモンさまは、岩小屋の中でのことにはほとんど関心がないかのように、外へお出になり、月光の中へ立ちました。

「なんとも美しく、哀《かな》しい声だな……」

月を見あげながら、アーモンさまは、低くそうおつぶやきになりました。

6

月が見えた晩から、さらに二日が過ぎました。

あの晩以来、雨はやみ、空は晴れて、陽光が差すようになりました。

川の上流部を眺めれば、谷に沿って、高い尾根が幾つも重なり合っているのが、遥か遠くまで見えています。

その、重なり合った尾根の一番奥に、雲がかかっている他は、どこにも雲は見えません。

下の村で耳にしたことによりますと、おそらく、その雲さえなければ、ムリカンダ山がそこにそびえているはずなのでございます。

すでに、本流の水は減ってきているのですが、まだ支流の水の勢いが強いため、わたくしたちはいまだに動きがとれずにおりました。

マニバドラが、ついに空腹を押さえきれなくなったのは、その二日目の晩のことでございました。

「山羊を喰おうじゃないか――」

と、マニバドラが、ヴァラーハとカマナにもちかけたのでございます。

いやだというふたりに、

「ならば、その山羊を、おれに売ってくれないか」

と、マニバドラは言い出しました。

「売る？」

「そうだ。どうせ、その山羊は、コーサラあたりで、誰かに売りつけようってつもりなんだろう？　それなら、ここで売るも同じじゃないか。ようするに、高く買ってくれる方が、あんたたちにはいいんだろう？」

マニバドラの言葉に、ヴァラーハとカマナは、顔を見合わせてうなずきました。

「幾らで買う？」

ヴァラーハが訊きました。

「幾らなら売るんだ」

逆に、マニバドラが訊きました。

「そっちが先に言え」

ヴァラーハが言うと、マニバドラが、懐に左手を差し込んで、そこから金色に光るものを取り出しました。

黄金に、宝石の飾りがついた腕輪でございました。

そして、さらに、宝石を嵌《は》め込んだ指輪もつまみ出し、

「この指輪ひとつでなら、もんくはあるまい」

マニバドラが言いました。

ヴァラーハとカマナが、もの欲しそうな顔で、その指輪を見つめました。

ふいに、その時、アーモンさまの眼が、何か気づいたように光りました。

「その指輪と腕輪――何故、おまえが持ってるのだ？」

アーモンさまが言いました。

「何故だっていいだろう。この指輪でその山羊を売ってくれるのかどうかって話を、おれは今してるんだぜ」

「まて。その指輪は、おまえのではないのだろう。そうだ。盗んだものなのだろうよ、コーサラあたりでな」

アーモンさまが、唇を小さく持ちあげるようにして微笑しました。

焚火の炎を挟んで、ふたりは話をしていたのですが、その時、マニバドラの顔に浮いた

笑みに炎の色が揺れ動く様は、おそろしいものがございました。

「それで、役人が、おまえを追っかけてきたのだ。その役人を、おまえはこの谷の途中で待ち伏せて殺したのだろう――」

アーモンさまが、声を大きくして言いました。

長い沈黙がありました。

ふいに、ひきつれたような声で、マニバドラが笑いました。

「そうだよ。あんたの言う通りさ。この谷に入り込めば、もう追っては来まいと思ってたんだが、追ってきやがった。それで、おれは待ち伏せてふたりを殺してやったんだよ。下の川原に落としておけば、すぐに、増えた水に流されて死体はわからなくなっちまうだろうと思ってたんだが、そうなる前に見つけられちまったってわけだ。しかも、ひとりは生きていて、おまけに、おめえがここまで来やがった。もっとも、そいつも、意識をもどさないうちに、おれが始末をつけてやったけどな」

「そういうことだったか」

アーモンさまがつぶやいた時、

「糞《くそ》！」

マニバドラが、いきなり焚火を飛び越えて山羊の首にかけていた縄を握っているカマナに飛びかかりました。

飛びかかりざまに、マニバドラは、山刀を引き抜いて、カマナの胸を刺し貫いておりました。

「あぶぶ」

カマナは、口から血を吐きながら、焚火の上に倒れ伏しました。

焚火の中に頭を突っ込んで、数度もがき焚火の外へ転り出て、すぐに動かなくなりました。

マニバドラは、山羊の首を縛った縄をつかんでいました。

「こいつは、おれがもらう」

左手で縄を握り、右手に山刀を持って、マニバドラは、後方へ退がってゆきます。

「無駄なことはよせ。どうせ、ゆくところはないのだ」

アーモンさまが、そう言って、前へ一歩を踏み出そうとした時、マニバドラは、素早く動いて、ヴァージャを、山刀を持った右手で後方から抱え込んでいました。

抱え込んだ右手に握った山刀の切先が、ちょうど、ヴァージャの白い喉にあてられていました。

「動くなよ。この女の生命を助けたいのならな」

マニバドラは言いました。

「放っておけば、どうせくたばっちまうような役人の男を、わざわざ危険を冒して助けてくるようなおめえだ。この女が殺されるとわかっていれば、手は出すまい」

マニバドラの言う通りでございました。

アーモンさまは、心のお優しい方でございますから、とても手は出せないであろうことは、このわたくしが、一番よくわかっております。

「念のためだ。爺《じじ》い、てめえも一緒に来い。他の者はついてくるなよ。爺いだけだ」

しかたなく、わたくしは、マニバドラについて、外に出ました。

外に出たとたんに、わたくしは、ふわっと青い明るい光に包まれました。

月の光でございます。

満月が、頭の上に出ておりました。

谷の奥にあった雲も、今は消えて、そこに、白く雪をかぶった岩峰が見えておりました。

それが、ムリカンダ山でございました。

わたくしが、山羊の縄を持ち、マニバドラが、ヴァージャの喉に山刀の切先を押しつけたまま、下流に向かって歩いてゆきました。

「さあ、爺い、おめえが、その山羊を殺して、ここでその肉を焼くんだ。おかしなまねをすれば、この女の生命はねえぜ」

マニバドラが言った時、ふいに、川の向こうから、高い獣の声が届いてまいりました。

うろ〰〰〰〰〰〰〰〰〰〰〰〰〰〰

最初はひとつ。

それに、次々と新しい声が和して、無数の獣の声の合唱となりました。

その時です。

ヴァージャが、いきなり、月の天に向かって、その白い喉を垂直にたてました。

その喉から、あの、今聴こえているのと同じ、美しい獣の旋律が伸びあがってまいりました。

うる〰〰〰〰〰〰〰〰〰〰〰〰〰〰〰〰〰〰〰〰〰

マニバドラは、何ごとがおこったのかと、呆然《ぼうぜん》としたまま、山刀の切先をヴァージャの喉にあてて、そこに突っ立っておりました。

月光をいっぱいに浴びているヴァージャの白い喉に、点々と、何かが黒い染みをつけてゆきます。いえ、染みではございません。それは、黒い、獣の毛でございました。

みるみるうちに、その獣の毛は伸びてゆき、白い喉を覆《おお》ってゆきます。見れば、喉だけでなく、顔も、腕も、身体中から、その獣の毛が生え出ているのでございました。

「こ、この！」

あわてて、マニバドラが、ヴァージャの喉に山刀を突き立てようとした時、マニバドラの、山刀を握った手を、毛むくじゃらの手が摑《つか》んでおりました。

ヴァージャが、天に向けていた顔を、マニバドラに向けました。

「ひいいっ」

マニバドラは叫んでいました。

ヴァージャの顔が、人間のそれではなくなっていたからでございます。

ヴァージャの顔は、すでに、半分、獣に変じておりました。

「ば、化物！」

叫んで逃げようとしたマニバドラの後方から、ヴァージャが飛びかかりました。

ぬうっと、ヴァージャの口から生えた牙が、後方から、マニバドラの首の付け根あたりに埋め込まれました。

「おぼぼっ」

マニバドラは、唇から、大量の血を外へ向かって吐き出しながら、倒れ込みました。

すぐに、マニバドラは動かなくなりました。

「どうした?」

わたくしの後方から、声が聴こえてまいりました。

アーモンさまの声でございました。

「アーモンさま!」

わたくしは、細い声で叫びました。

わたくしの後方から、アーモンさまと、ヴァラーハがやってまいりました。

月光の中の光景をひと眼見て、アーモンさまは、状況をつかんだようでございました。

「はなして……」

声がしました。

わたくしが手綱を握っている山羊の口が、しゃべったのでございました。

人の言葉でございました。

山羊と人とでは、口の中の造りが明らかに違います。言葉こそ、人のものでありましたが、発音はきわめて不自然なものでございました。

「その、手を、はな、して――」

わたくしが手を放しますと、山羊は、たちまち、ヴァージャのそばへ走ってゆきました。

わたくしの横に、アーモンさまの大きな身体と、ヴァラーハが並びました。

「なんだ、これは――」

ヴァラーハが、驚いた顔で、月光の中に立つものを見つめ、山刀を引きぬきました。

「まて――」

アーモンさまが、ヴァラーハの手を押さえ、ゆっくりと、前へ一歩を踏み出しました。

いつの間にか、山羊と、ヴァージャの後方に、点々と光るものが並んでいます。

無数の獣が、知らぬ間に、ヴァージャの周囲に集まっておりました。

〝おおう……〟

というどよめきのようなものが、その獣たちの周囲に満ちました。

〝おお〟

〝月の種族《チャンドラ・ヴァンシャ》の王の血をひく者が、この谷にお帰りになったぞ〟

〝思わぬ喜びぞ〟

〝月の王《ソーマ・ナータ》のお帰りぞ〟

〝おおう〟

〝ここで月の王《ソーマ・ナータ》に出会えるとは〟

〝おおう……〟

そのような囁《ささや》き声が、獣たちの間に満ちていました。

獣の種類は、色々でございました。

狐。

狸。

熊。

豹。

この谷に棲む、無数の獣たちが、ここに集まってきているのでございました。

アーモンさまは、静かに、目の前でゆっくりと獣に変貌《へんぼう》してゆくものを見つめておられました。

「会うのは、二度目だな」

アーモンさまが言いました。

月光の中で獣に変じてゆくものが、うなずきました。

「ここで、おまえは、ダークシャに捕えられたのだな」

「はい」

と、それが答えました。

「幼い時、狼の姿でいる時に、ダークシャに捕えられ、人の世界へ連れてゆかれたのです」

「そこで、ダークシャのために、働いたのか——」

「盗みのことですか、芸のことですか——」

「両方だ」

「そうです」

「何故、すぐに逃げなかった？」

「あの男が、好きだったからです」

それは言いました。

言っている間にも、どんどん身体が変貌してゆく。

獣毛が濃くなり、鼻が尖《とが》り、牙が生えてくる。

背が、大きく曲がってゆく。

まるで、満月の光が、それの肉体に染み込み、その月光力が、それの肉体を変貌させてゆくようでした。

「あの男は、捕えたわたしを育ててくれました。我らは、育ててくれた者には、自然になついてしまうものでございます」

「それが、何故、急に逃げ出したのだ」

アーモンさまが訊きました。

しかし、それは、答えませんでした。

「何故だ？」

アーモンさまが、もう一度訊きました。

「ダークシャが、狼の姿のわたしを犯したからです。あの男の好みが、だんだんとひどいものになってきたからです。人の姿で、あの男に抱かれるうちはよかったのですが、獣の姿の時に犯されるのは耐えられません――」

「ほう」

「それだけではありません。わたしを、あの晩、人の姿にさせ、犬と番《つが》わせようともしました。わたしがそれをいやがると、あの男は、どこかから、メスの犬を連れてきて、その犬をわたしの目の前で犯しました。こうやれと言って――」

「それで、殺したのか――」

「はい。ダークシャが、この世にいなくなれば、わたしは、ここへもどってくるだけでございます。育てられた恩は、充分にかえしました――」

「おまえは、人にも、狼にもなれるのか――」

「王の血を引く者は、満月の日には、人にでも獣にでも、自由に変形できるのです」

「月の種族《チャンドラ・ヴァンシャ》か――」

「それは、人が、勝手に我らに名づけただけのもの。我らも、人の言葉では、その呼び方を使いますが、我らは、昔から我らでございます」

言って、それは、身にまとっていたものを脱ぎ捨てて、地に四つん這いになりました。

そこには、あの、青い光さえ放っているような、漆黒の色をした狼が、月光に全身を濡らしながら立っているばかりでございました。

人だったものは、もう、どこにもおりません。

「われらは、川を渡って、帰ります。できることなら、もう、これより上流の地には足を踏み入れぬことです――」

それは、そう言ってアーモンさまを見あげ、

「わたしをかばってくれたあなたを、殺したくありません。人が、これより先に足を踏み

入れるならば、わたしはともかく、他のものが、それを許さないでしょう――」

「わかった」

アーモンさまは、静かにおっしゃいました。

狼と共に、獣の群が、動き始めました。

次々に、川を渡って、対岸へ姿を消してゆきます。

ついに、その姿が一頭も見えなくなりました。

彼等の姿が見えなくなって、まだ、アーモンさまは、凝《じ》っと月光の中に立っておられました。

しばらくして、ひと声、あの美しい獣の旋律が、対岸の闇の中から聴こえてまいりました。

むうるるる～～～～～～～～～～～～～～～～～～～～～～～～～～～

その澄んだ声は、氷の刃物のように、月光の天にのびあがり、いんいんと山の大気に響いて消えました。

それきり、いっさいの気配は絶え、聴こえてくるのは、川の瀬音と、風の音ばかりとなりました。

それでも、まだ、消えていった美しい旋律に耳を傾けようとでもするように、アーモンさまは、月光の中に立っておられました。

この作品は２０１０年４月徳間書店より刊行されました。
なお、本作品はフィクションであり実在の個人・団体などとは一切関係がありません。

徳間文庫

月《げっ》神《しん》祭《さい》

2016年10月15日 初刷

著者 夢《ゆめ》枕《まくら》獏《ばく》

発行者 平野健一

東京都港区芝大門二―二―一 〒105―8055

発行所 株式会社 徳間書店

電話 編集〇三(五四〇三)四三四九
販売〇四八(四五一)五九六〇

振替 〇〇一四〇―〇―四四三九二

印刷 図書印刷株式会社

製本 株式会社宮本製本所

ISBN978-4-19-894160-4 (乱丁、落丁本はおとりかえいたします)

大藪春彦新人賞 創設のお知らせ

作家、大藪春彦氏の業績を記念し、優れた物語世界の精神を継承する新進気鋭の作家及び作品に贈られる文学賞、「大藪春彦賞」は、2018年3月に行われる贈賞式をもちまして、第20回を迎えます。

この度、「大藪春彦賞」を主催する大藪春彦賞選考委員会は、それを記念し、新たに「大藪春彦新人賞」を創設いたします。次世代のエンターテインメント小説界をリードする、強い意気込みに満ちた新人の誕生を、熱望しています。

第1回 大藪春彦新人賞 募集

《選考委員》(敬称略) **今野 敏 馳 星周** 徳間書店文芸編集部編集長

応募規定

【内容】
冒険小説、ハードボイルド、サスペンス、ミステリーを根底とする、エンターテインメント小説。

【賞】
正賞(賞状)、および副賞100万円

【応募資格】
国籍、年齢、在住地を問いません。

【体裁】
①枚数は、400字詰め原稿用紙換算で、50枚以上、80枚以内。
②原稿には、以下の4項目を記載すること。
　1.タイトル　2.筆名・本名(ふりがな)
　3.住所・年齢・生年月日・電話番号・メールアドレス　4.職業・略歴
③原稿は必ず綴じて、全ページに通しノンブル(ページ番号)を入れる。
④手書きの原稿は不可とします。ワープロ、パソコンでのプリントアウトは、A4サイズの用紙を横置きで、1ページに40字×40行の縦書きでプリントアウトする。400字詰めでの換算枚数を付記する。

【締切】
2017年4月25日(当日消印有効)

【応募宛先】
〒105-8055 東京都港区芝大門2-2-1 株式会社徳間書店
文芸編集部「大藪春彦新人賞」係

その他、注意事項がございます。

http://www.tokuma.jp/oyabuharuhikoshinjinshou/

をご確認の上、ご応募ください。

大藪春彦賞選考委員会
株式会社徳間書店